REINHARD M. CZAR

DIE TEUFELSBRÜCKE

EIN FRIAUL-KRIMI

CM medienverlag

Für Gabriela

Reinhard M. Czar
Die Teufelsbrücke
1. Auflage, © Oktober 2013

CM Medienverlag, Inhaber Christoph Morré
A-8074 Raaba, Johann-Kamp-Platz 1
www.medienverlag.at

ISBN 978-3-900254-92-6

I.
ALL'INIZIO

Plötzlich war wirklich etwas los. Drei Tote. Der erste vom Ponte del Diavolo gestürzt. So zielsicher, dass er exakt auf den Felsen geprallt war, von dem sich der mittlere Pfeiler der Teufelsbrücke erhob. Das vorbeiströmende Wasser des Natisone hatte die Folgen seines nächtlichen Sturzes nicht mildern können…
Der zweite über die glitschigen Stufen einer ins modrige Gestein getriebenen, dunklen Gewölbekammer namens Keltisches Hypogäum gefallen. Ausgerutscht? Gestoßen? Am Ende gar vom Höllenhund geholt?
Der dritte in eine Kellerzelle des Klosters Santa Maria in Valle gesperrt und dort verhungert. Das muss man sich vorstellen: Im 21. Jahrhundert mitten in Europa verhungert! In Cividale, einer schmucken Ortschaft im Nordosten Italiens, wo man Salsiccia mit Polenta genoss, den weltberühmten Prosciutto, eine kräftige Bohnensuppe oder die in der Gegend so beliebte Gubana, ein Hefegebäck mit Nüssen und Rosinen gefüllt. Und dazu einen Grappa. Nein, man verhungerte nicht einfach in dem friulanischen Städtchen.
Zu allem Überfluss fehlte seit Monaten das Schwert. Gestohlen.

II. PALIO DI SAN DONATO

Als am Vortag des Palio di San Donato in Cividale binnen weniger Stunden die drei Leichen entdeckt wurden, war es mit der ursprünglich angedachten Strategie vorbei, die da lautete: Geheimhaltung, um das Fest zu Ehren des Stadtpatrons nicht zu gefährden. Sicher, der Mann, den man tot im Flüsschen Natisone treibend aufgefunden hatte, war offensichtlich von der Brücke gestürzt (worden). Doch was bedeutete das schon? Nach dem zweiten Leichenfund – ebenfalls ein Mann – geriet die geplante Vorgangsweise der Stadtoberen ein wenig ins Wanken.

Den unerfreulichen Begleitumständen zum Trotz wollte man das Fest durchziehen, ohne großes Aufheben von der Sache zu machen. Der Palio hatte schließlich Tradition. Nicht in seiner derzeitigen Form als Event, der Menschen aus nah und verstärkt auch fern zum Schauen in die Stadt lockte. Aber schon im Mittelalter hatte man in Cividale regelmäßig einen Palio veranstaltet: Ritter kamen zusammen und maßen sich im Wettstreit. Touristische Motive mögen bei der Wiederbelebung des mittelalterlichen Ritterspektakels anfangs eine untergeordnete Rolle gespielt haben; dass sich zum Palio di San Donato rund um den Namenstag des Heiligen im August eine ständig steigende Zahl an Touristen und Schaulustigen einfand, störte die Stadtväter freilich auch nicht wirklich.
Vertreter der einzelnen Viertel – Borgi genannt – traten beim Palio der Gegenwart zum sportlichen Kräftemessen an. Die Bewohner hüllten sich in historische Gewänder, die Stadt mit ihrem historischen Gepräge bildete den passenden Rahmen für das bunte Bild. Trommlerbrigaden marschierten lautstark durch die Straßen, in den Tavernen servierte man nach alten

Rezepten gekochtes Essen. Ganz Cividale putzte sich mittelalterlich heraus. Nach Leiche Nummer drei, auch diese männlich, verkündete Commissario Claudio Camilieri: „Aus! Wir werden die Öffentlichkeit informieren."

Camilieri, aus dem fernen Sizilien nach Cividale versetzt – über die Gründe ging die Gerüchtebörse beim traditionellen Glas Wein im Caffè Longobardo auf der Piazza Paolo Diacono jeden Spätnachmittag genauso wie in der Bar gegenüber –, hätte aufgrund seiner Herkunft der Geheimhaltung durchaus etwas abgewinnen können. Sizilien, Mafia – man kennt das ja.

Nach dem dritten Toten sprach er sich dennoch gegen ein fortdauerndes Stillschweigen aus: „Das wäre unverantwortlich und viel zu gefährlich. Was, wenn der Täter neuerlich zuschlägt? Während der Veranstaltung – und wir hätten vorher nichts gesagt! Dann könnt ihr die Stadt gleich zusperren!"

+++++

Camilieri war ein geradliniger, nüchterner Typ, eigentlich das Gegenteil des typischen Sizilianers oder dessen, wie man sich den typischen Sizilianer in Cividale vorstellte. Der in Italien vielerorts geliebte Pomp, das Trara waren seine Sache nicht. Er schätzte es auch wenig, in der Öffentlichkeit zu stehen. Am wohlsten fühlte er sich in der kleinen Trattoria, die sein Cousin unweit seines Elternhauses in Taormina betrieb. An diesen beschaulichen Flecken kam er seit seiner Versetzung freilich nur mehr selten. Zuletzt im Urlaub zum Jahreswechsel, aus dem man ihn heuer wegen des gestohlenen Schwerts allerdings vorzeitig zurückbeordert hatte.

Camilieri gab ein kurzes Communique an die Presse heraus. Der Inhalt: Drei Tote wurden gefunden. Einer vom Ponte del Diavolo auf einen Felsen im Natisone gestürzt – vermutlich, darauf legte der Commissario Wert, schließlich hatte die Obduktion noch nicht einmal begonnen. Der zweite im Keltischen Hypogäum zu Tode gekommen. Der dritte im Keller von Santa Maria in Valle verstorben. Dass er ein paar Wochen hinter den Klostermauern eingesperrt gewesen sein musste, um im Kellerverlies zu verhungern, erwähnte Camilieri nicht. Vor dem Vorliegen der Obduktionsergebnisse konnte man das ohnehin nicht mit hundertprozentiger Gewissheit sagen, sagte sich der Commissario. Und hundertprozentige Gewissheit durfte man von den Äußerungen in einem kriminalpolizeilichen Communique wohl erwarten.
Noch etwas erwähnte Camilieri in seiner Presseinformation nicht: Dass man bei allen drei Toten ein Täfelchen mit der Aufschrift „Alboin" gefunden hatte, mit einer Kette um den Hals der Opfer gebunden. Alboin – was bedeutete das? Camilieri hatte keine Ahnung. Und bevor er es nicht wusste, mussten die anderen auch nicht davon wissen. Schon gar nicht die Pressemenschen, mit denen er seit seiner Versetzung von Sizilien nach Cividale den Kontakt sowieso auf das Notwendigste beschränkte.

✢✢✢✢✢

Camilieri und sein Kollege saßen an einem Tischchen im Laubengang des Caffè Longobardo, untergebracht im schönsten Haus auf der Piazza Paolo Diacono. Beim Wein nach Dienstschluss war Alboin natürlich ein Thema. Der in Camilieris Ohren ungewöhnlich wirkende Name klang Giuseppe Forza vertraut.

„Alboin heißt kein Mensch?“, wiederholte er die Frage seines Chefs und lächelte, „heute vielleicht nicht mehr. Aber Alboin war hier sogar König.“

„Wie?“ – Camilieri starrte vom süffigen weißen Friulano, der die späten Sonnenstrahlen im Weinglas brach, direkt in Forzas Augen.

Der genoss die Momente der Überlegenheit und antwortete langsam, als müsste er erst nachdenken: „Zur Langobardenzeit. Im Jahr 568 nach Christus besetzten die Langobarden unter König Alboin unsere Stadt und errichteten hier ein Herzogtum.“

„Und das muss man wissen?“, fragte Camilieri ungläubig.

„In Cividale schon“, erwiderte Forza, „schließlich sind wir DIE Langobardenstadt. Hier weiß das jeder Grundschüler.“

Camilieri schwieg, was Forza als Aufforderung zur Fortsetzung seiner historischen Lehrstunde interpretierte.

„Die Langobarden geben den Historikern so manches Rätsel auf. Das Volk dürfte aus Skandinavien stammen und über Ungarn nach Norditalien gewandert sein, wo es ab dem sechsten Jahrhundert seine Herzogtümer errichtete. Cividale war eins davon. Und weil sich fast nirgendwo Spuren der Langobarden erhalten haben außer in Cividale, gelten wir als Stadt der Langobarden. Paulus Diaconus, nach dem der Platz benannt ist, auf dem wir sitzen, hat im achten Jahrhundert nach Christus die Geschichte der Langobarden aufgeschrieben. Alboin, so sagt er, war einer ihrer Könige.“

„Und das lernt man hier in der Schule?", fragte Camilieri immer noch ungläubig.
„Genau", versicherte Forza, „schließlich steht da drüben das Geburtshaus von Paulus Diaconus."
Er deutete mit der Hand quer über den Platz zu einem Gebäude, auf dessen Fassade ein blasses Fresko zu sehen war.
„In diesem Haus wurde der berühmte Geschichtsschreiber der Langobarden geboren. Deshalb lernen wir in der Schule viel über die Langobarden. So wie ihr in Sizilien in der Schule von der Mafia lernt."
Forza lachte breit.
„Che idiota", ärgerte sich Camilieri und gestikulierte so wild, dass er beinahe sein Glas mit dem Friulano umgestoßen hätte.
„Commissario, das weiß hier ebenfalls jedes Kind: Ab Mailand beginnt die Mafia."
„Auch nicht schlimmer als die Lega Nord", brummelte Camilieri.

+++++

Alboin – der Name ließ Camilieri auf dem Heimweg nicht mehr los. Warum hängte ein Mörder – wenn denn alle drei Taten Morde waren, aber Camilieri war sich auch ohne Vorliegen der Obduktionsergebnisse sicher – warum also hängte ein Mörder Hinweisschildchen um die Hälse seiner Opfer, auf die er den Namen eines alten Langobardenkönigs schrieb? Und setzte sich damit der Gefahr aus, eine Spur zu legen. Sicher, das hatte er auf der Polizeischule gelernt: Täter legten gerne Spuren, um letztendlich zu sich zu führen. Eine Tat, die nicht

die Möglichkeit eröffnete, publik zu werden, stellte sozusagen keine befriedigende Tat dar. Zumindest in komplexen Fällen wie diesem, wo es allem Anschein nach nicht nur um Geld und simplen Raub zu gehen schien. Aber ein so bezeichnender Weg zum Täter?
Wenn der Weg, den der Mörder mit den Alboin-Täfelchen weisen wollte, wirklich so deutlich offenlag, sollte Camilieri den Fall ja bald gelöst haben. Er lächelte. Andererseits: Wenn hier in Cividale jeder von Alboin wusste, wenn Alboin so etwas wie einen Local Hero darstellte, der jedem Grundschüler geläufig war, dann war der Hinweis wohl kaum als besonders aussagekräftig zu bewerten...

+++++

Die vorläufigen Obduktionsergebnisse brachten zutage, was sich ohnehin schon jeder in Cividale erzählte. Es handelte sich um Mord. Um dreifachen Mord. Cividale, das muss man wissen, ist nicht gerade eine Großstadt. Wenn etwas passierte, wusste es in Kürze jeder. Und wenn sich dann jeder so seine Gedanken darüber machte und diese beim Weitererzählen mit dem Vernommenen verwob, wusste am Schluss keiner mehr, was ursprünglich Sache war.
In diesem Fall konnte man beim Weitererzählen allerdings gar nicht genug dazudichten, um die ganze Tragweite der Ereignisse gebührend zu würdigen. Drei Leichenfunde innerhalb weniger Stunden bei gerade einmal 12.000 Einwohnern!
Dem Bedauernswerten, den man von der Ponte del Diavolo gestürzt hatte, waren vorher die Hände gefesselt worden. Schürf-

male an den Handgelenken verrieten dies. Interessanterweise war die Leiche aber ohne Fesseln gefunden worden. Wer hatte dem Opfer nach dem Sturz von der Brücke die Fesseln abgenommen? Warum? Und vor allem wie? Schließlich war er auf das Felspodest des mittleren Brückenpfeilers geklatscht, das sich mitten im Fluss Natisone erhob. Auch wenn das Gewässer an dieser Stelle im Sommer nicht besonders tief war, ein Badeausflug, um einer Leiche Fesseln abzunehmen, brachte doch ein erhebliches Risiko mit sich, entdeckt zu werden. Tagsüber war das ohnehin unmöglich, aber auch tief in der Nacht war die Gefahr groß, dass ein Nachtschwärmer das finstere Treiben bemerkte.

Auch das zweite Opfer, das die Stufen des Keltischen Hypogäums hinuntergestürzt war, zeigte Schürfmale an den Handgelenken. Und wieder: Fesseln waren an der Leiche nicht gefunden worden, jemand musste sie nachträglich entfernt haben.

Dass das dritte Opfer gefesselt gewesen sein musste, ergab schon die Logik: Sonst hätte sich der Unglückliche wohl aus seinem Kellerverlies befreien oder zumindest durch lautes Klopfen auf sich aufmerksam machen können, statt heimlich, still und leise zu verhungern. Die Obduktion bestätigte den logischen Schluss.

+++++

Der hagere Mann mit dem rötlichen Bart im bleichen Gesicht zog genüsslich an seiner Zigarette. Man hätte ihn aufgrund der Haarfarbe und der Statur eher für einen Briten oder Iren gehalten als für einen Südländer. Tief im Innersten spürte er

auch, dass er nicht hierher gehörte. Gut, er mochte in Italien geboren und aufgewachsen sein. Aber die grelle Sonne, das aufgesetzte Getue rund um Nudeln, Kaffee und Wein, diese von – zugegeben schmucker – Designerkleidung übertünchte Oberflächlichkeit waren nicht seins. Die Italiener, so meinte er, verdienten mit ihrer Geschichte viel Geld, ohne deren Tragweite zu würdigen. Sie zerstörten ohne mit der Wimper zu zucken historische Bausubstanz, um eine Pizzabude hineinzubauen. Sie scherten sich weder um Landschaft noch Umwelt; trotzdem pilgerten die Menschen in Scharen in ihr Land.
Abermals zog er an seiner Zigarette und wunderte sich, dass man ausgerechnet im Improvisationsparadies Italien ein wasserdichtes Rauchverbot hingekriegt hatte.

Doch es störte ihn nicht. Er suchte nicht die Öffentlichkeit. Lieber rauchte er daheim.

✝✝✝✝✝

Die Stimmung am Palio di San Donato, in den die Bekanntgabe der Obduktionsergebnisse aufgrund der überkochenden Gerüchteküche weniger als Bombe platzte, sondern eher als Bestätigung dessen daher kroch, was ohnehin schon jeder zu wissen glaubte, war gedämpft. Im großen Zelt auf der Piazza Dante nahe einem der alten Stadttore, der Porta Arsenale Veneto, tummelten sich zwar auch dieses Jahr Einheimische und Gäste aus nah und fern. Sie aßen auch dieses Jahr mittelalterliche Grillspezialitäten und tranken Bier oder Wein aus altertümlich anmutenden Plastikgefäßen. Vorher hatten sie der Eröffnung des Palio auf der Piazza del Duomo neben dem Dom beigewohnt und waren dann im dichten Gedränge an der Statue des Stadtgründers, Gaius Julius Caesar, vorbei zum Zelt herübergeschlendert. Aber es fehlte die Unbeschwertheit vergangener Jahre. Weniger den Besuchern von auswärts, nein, die Bürger Cividales selbst fühlten, dass es in diesem Jahr ein wenig anders war. Vorerst.

Camilieri und Forza vertauschten ihre Schreibtische mit dem Festplatz und besuchten ebenfalls den Palio di San Donato. Irgendwie war das ziellose Marschieren durch die Menge symbolhaft für ihre Ermittlungen: In Wahrheit hatten sie keine Ahnung, wo sie ansetzen sollten. Schnell war die Theorie eines geisteskranken Täters geboren, der ohne erkennbaren Grund mordete. Die doch sehr aufwendig vorzubereitenden, geradezu zelebrierten Morde schienen dem zu widersprechen und ließen den Gedanken so rasch verschwinden, wie er aufgetaucht war. Auch an rechtsradikale Wurzeln dachte Camilieri kurz – die Langobarden als Stamm aus dem Norden hätten vielleicht anziehend auf die rechten Recken wirken können. Der Commissario warf sie immer dann in die Diskussion ein, wenn ihn seine wenigen Freunde, die er seit seiner Versetzung in Norditalien gewonnen hatte, mit der süditalienischen Mafia aufzogen. Dachte er jedoch genauer darüber nach, schienen ihm die selbst ernannten Retter des Abendlandes viel zu dämlich, um derart durchgeplante und – man musste es wohl so nennen – „kunstvolle“ Morde durchzuführen. Blieben natürlich andere Motive aus der Geschichte der Langobarden – darauf hatte er Forza angesetzt, als gebürtiger Cividalese kannte der sich da eindeutig besser aus. Inständig hoffte Camilieri auf Forzas

Tüchtigkeit bei der Lösung des Falls. Aber vielleicht sollte der Name Alboin auf den Opfern sie ja nur in die Irre führen. Oder bedeutete ganz etwas anderes, völlig abseits der Langobarden.
„Commissario", unterbrach Forza Camilieris Gedanken, „gehen wir was essen!"
„Gute Idee", erwiderte Camilieri.
Sie strebten dem Zelt zu. Es war heiß. Für Camilieri, an die Sonne Siziliens gewöhnt, stellten die 33 Grad keine besondere Herausforderung dar; Forza hingegen schwitzte. Während Camilieri einen freien Platz auf den Bänken suchte, stellte sich Forza um Essen und Trinken an. Kurz darauf kehrte er mit einem großen Tablett zurück.
„Ich habe Ihnen einen Fischspieß vom Grill mitgebracht. Für einen Sizilianer bestens, dachte ich..."
„Fischspieß – typisch mittelalterlich", meinte Camilieri mit Ironie in der Stimme.
„Man muss ein wenig mit der Zeit gehen, die Touristen wollen Fisch, wenn sie in Italien sind", versuchte Forza eine Erklärung.
„Sie müssten ja ganz genau wissen, was die Langobarden gegessen haben", erwiderte Camilieri nach wie vor ironisch wie vorhin.
„Wohl eher meins", sagte Forza und deutete auf seinen Teller mit gegrillten Hühnerteilen und Speck, ebenfalls auf einen Spieß gesteckt, „noch wahrscheinlicher aber einen Getreidebrei oder eine Bohnensuppe."
„Dann bin ich gerne Sizilianer", erklärte Camilieri bestimmt, „und überlasse euch die Langobarden."
Obwohl der Wein von den Hügeln, die die Stadt umgaben – Colli Orientali –, dem sizilianischen Wein in nichts nachstand,

dachte Camilieri. Aber das wollte er Forza nicht auf die Nase binden und sagte nur: „Danke für den Rotwein."

Dann stieß er beim Zuprosten unabsichtlich mit dem Ellbogen gegen seine Sitznachbarin – angesichts der engen Biertischbänke kein Wunder. Infolge des Stoßes schwappte der Wein aus dem Becher auf die Bluse der Frau.
„Scusi", entschuldigte sich Camilieri und schaute in die blauesten Augen, die er je gesehen hatte.
„Non fa niente", erklärte die angesprochene (und angeschüttete) blonde Dreißigerin mit deutlich deutschem Akzent, ansonsten aber in korrektem Italienisch.
„Tut mir leid", setzte Camilieri nach und schaute noch immer in die blauen Augen, „darf ich Sie für das Missgeschick auf einen Wein einladen?"
„Si", sagte die Frau mit dem deutschen Aussehen und der deutschen Aussprache, „gerne, das wäre aber wirklich nicht nötig."
„Es ist mir ein aufrichtiges Anliegen."
„Dann will ich Sie nicht davon abhalten."
Forza hatte zugehört und war im Begriff, sich zu erheben: „Ich geh' mal den Wein holen."
„No", sagte Camilieri, „lassen Sie das, den muss ich selbst holen."
Während Camilieri zum Ausschank ging, begann Forza ein kurzes Gespräch mit der blonden Frau. Dabei erfuhr er, dass sie nicht aus Deutschland stammte, sondern aus Österreich kam. Sie reiste schon seit einigen Jahren regelmäßig nach Cividale, um den Natisone entlangzuwandern, den Tempietto Longobardo, also den Langobardentempel, zu besuchen, auch

den Dom und das archäologische Museum mit den vielen Zeugnissen der Römerzeit in Cividale sowie das christliche Museum in einem Innenraum des Doms. Darin wurde bedeutende Langobardenkunst gezeigt, der Steinaltar von König Ratchis beispielsweise, kunstvoll und aufwendig verziert, wobei die langobardischen Künstler in der Regel kein Fleckchen bei der Verzierung ausließen. Horror Vacui nannte man das, die Angst vor dem leeren Raum.

Bei ihren Besuchen in Cividale wohnte die Österreicherin immer in einem Hotel am Rande der Altstadt, nur wenige Schritte vom Festzelt entfernt, erfuhr Forza noch.

Bevor er der Frau mitteilen konnte, dass er bei der Kriminalpolizei arbeitete, und vielleicht auch ein wenig mit seinen Ermittlungen in den drei Mordfällen anzugeben in der Lage war, kehrte Camilieri mit dem Wein zurück.

„Forza, Sie sitzen auf meinem Platz", sagte er zu seinem Untergebenen.

Der Angesprochene rückte zur Seite, ein wenig eifersüchtig auf seinen Chef, und versuchte in der nun entstehenden intensiven Unterhaltung mehr zu sein als das fünfte Rad am Wagen. Das gelang ihm nur mäßig.

✢✢✢✢✢

Der hagere, bleiche Mann zog an seiner Zigarette. Zwar hasste er Menschenansammlungen; den Palio di San Donato liebte er aber. Er schätzte die Wiederbelebung der Tradition, er freute sich, so viele Menschen in mittelalterlichen Gewändern bei mittelalterlichem Essen und Trinken zu beobachten. Ein schönes Fest mit einer langen Geschichte. Nur eins störte ihn: Manche Typen missbrauchten das festliche Ereignis für plumpe Anmachversuche. Wie der offensichtliche Süditaliener da, der der nordischen Frau zuerst den Wein aus der Hand geschlagen hatte, um sie dann bei einem neuen Glas Wein ungeniert anzubraten. Noch dazu diese Frau…

+++++

„Glauben Sie, dass das gestohlene Schwert damit in Zusammenhang steht?“, fragte Forza plötzlich.
Die Österreicherin war bereits ins Hotel zurückgekehrt, Forza und Camilieri schauten auf einen abschließenden Schluck ins Caffè Longobardo. Camilieri angenehm berührt wie seit seiner Versetzung von Sizilien hierher in den Norden noch nie. War die blonde Frau dafür verantwortlich? Oder war es einfach nur der viele Wein, den sie, er und Forza im Laufe des Abends getrunken hatten?
Das Schwert stellte die Attraktion der Schwertmesse am 6. Jänner dar. Anlässlich des Fests der Heiligen Drei Könige – L'epifania – erinnerte der Diakon bei dieser Messe mit dem Schwert in der Hand jedes Jahr an eine Begebenheit im Hochmittelalter: an den Einzug des Patriarchen Marquardt von Randeck in Cividale im Jahr 1366. Allein daran konnte man erkennen, wie geschichtsträchtig der Boden der Stadt war. Angefangen von den Römern über die Langobarden weiter zu den mittelalterlichen Patriarchen spannte sich der Bogen. Jede Epoche für sich wäre Grund genug für einen Besuch; das kleine Cividale vereinte sie alle.

Heuer hatte man die Messe freilich absagen müssen, weil das Schwert einige Tage zuvor verschwunden war. Von seinem als sicher geltenden Aufbewahrungsort gestohlen!

„Ausschließen kann man gar nichts“, antwortete Camilieri nach einer kurzen Nachdenkpause, „zumal wir keine Ahnung haben, was hinter der ganzen Sache steckt.“

„Nehmen wir einmal an“, spann Forza den gedanklichen Faden weiter, „Kunstliebhaber haben den Diebstahl des Schwerts in Auftrag gegeben. Das Schwert ist ja sehr wertvoll, immerhin stammt es aus dem 14. Jahrhundert – ein Geschenk der Bürger Cividales an ihren neuen Patriarchen. Dann haben sich der oder die Diebe mit den Auftraggebern wegen des Preises überworfen.“

Forza zögerte, bevor er fortfuhr: „Danach haben die Auftraggeber kurzen Prozess mit den Dieben gemacht. Oder umgekehrt.“

„Und welche Rolle spielt Alboin dabei?“, fragte Camilieri, „außerdem löst man solche Unstimmigkeiten doch eher weniger aufwendig und ausgefallen, als das bei unseren Morden geschehen ist.“

„Ich weiß, ich weiß“, erwiderte Forza mit einem Grinsen, „bei euch in Sizilien gibt’s Betonpatscherl, und danach geht’s bei der Straße von Messina ab ins Meer mit dem Bedauernswerten.“

Sein Zungenschlag war nun nicht mehr zu überhören.

„Che idiota“, brauste Camilieri auf, wobei das Ganze eher wie „Schediota“ klang – kein sizilianischer Slang, sondern eindeutig das Ergebnis von mehr Alkohol, als einer deutlichen Akzentuierung gut tat.

✢✢✢✢✢

Die Orte, an denen die drei Morde verübt worden waren, hatten durchaus Symbolcharakter. Das schoss Camilieri durchs Hirn, als er mit leichtem Kopfweh nach Hause wankte.

Am ältesten war das Keltische Hypogäum. Dieser düstere Kellergang, der sich von der Via del Monastero Maggiore in unmittelbarer Nähe des Ponte del Diavolo bis zum Natisone hinunterschraubte, dürfte lange vor der Römerzeit in den Fels gegraben worden sein. Man ging von einer Funktion als Grabkammer aus, worauf die in den Stein gehauenen Köpfe verwiesen, die einen auf dem Weg in die Tiefe begleiteten. Als Wächter über die Toten. Ursprünglich Begräbnisstätte, soll der Gang später als Gefängnis genutzt worden sein. Wahrlich, wer die glitschigen Stufen in der heute durch ein paar Glühbirnen erhellten Grotte hinunterstolperte, fragte sich, ob und wie er da jemals wieder hinaufgelangen und das natürliche Licht der Welt erblicken würde. Könnte man an der Sohle des Keltischen Hypogäums das steinerne Gefängnis einfach verlassen, stünde man vermutlich genau unter dem Ponte del Diavolo, dem zweiten Tatort. Die Teufelsbrücke, bereits auf einem hochmittelalterlichen Bronzesiegel Cividales als Flussübergang zu erkennen, damals allerdings noch in Holzkonstruktion, ging laut Legende auf den Teufel höchstpersönlich zurück. Er soll sie errichtet und als „Lohn" dafür die Seele des Ersten verlangt haben, der das Bauwerk betrat. Cividales Bürger überlisteten den Fürsten der Finsternis und schickten an Menschen statt eine Katze auf die Reise, bevor der erste Zweibeiner über die Brücke ging. Wer auch immer zuerst den Fluss auf der neuen Brücke querte, ob Mensch oder Tier, der weithin sichtbare Ponte del Diavolo gilt als Wahrzeichen der Stadt. Damals wie heute.

Der dritte Tatort im ehemaligen Kloster Santa Maria in Valle verfügte ebenfalls über Tradition. Seltsam war nur, dass der Täter nicht den prominentesten Teil des Klosters als Schauplatz erkoren hatte – den im Kloster befindlichen Tempietto Longobardo, also den Langobardentempel, der in Wahrheit kein Tempel, sondern eine alte Kapelle aus dem achten Jahrhundert nach Christus war. Das Kirchlein stellte in dieser Form ein einzigartiges Zeugnis langobardischer Kunst dar. Doch statt des von Touristen stark frequentierten Tempietto hatte sich der Täter, der sonst offensichtlich wenig Scheu zeigte, entdeckt zu werden, einen abgeschiedenen Teil des Klosters ausgesucht, um seinen grausamen Fantasien freien Lauf zu lassen.
Damit hatte er weder Cividales drei bekannteste historische Bauten, Hypogäum, Teufelsbrücke, Tempietto, konsequent als Schauplatz seiner Umtriebe gewählt noch den logischen Kreis zwischen Langobardenkönig Alboin und langobardischem Bauwerk geschlossen. Warum? Camilieri wusste trotz leichter Nebel in seinem Denken, dass er dieses Rätsel möglichst schnell lösen sollte. Am besten noch während des Wochenendes, an dem der Palio di San Donato ausgetragen wurde. Und er wusste auch: Zumindest bis Sonntag würde er Zeit haben, die blonde Österreicherin wiederzusehen.

✢✢✢✢✢

„Die Österreicherin!“, schoss es Camilieri durch den Kopf, als er am nächsten Morgen mit verkatertem Schädel erwachte. Dem Schock folgte die Entwarnung: Sie wurde nicht mit heftigen Schlägen ans Kreuz des Klosters Santa Maria in Valle geschlagen, wie er gerade geträumt hatte. Gott sei Dank! Das laute Klopfen ertönte von der Tür. Kollege Forza holte ihn zum Dienst ab.

In Ermangelung einer besseren Idee hatten sie am Vorabend beschlossen, noch einmal die drei Tatorte zu besuchen. Die Spurensicherung hatte zwar schon ganze Arbeit geleistet, alles umgedreht und jeden Winkel durchsucht. Aber vielleicht würde ihnen beim ungezwungenen Abwandern der Schauplätze der Verbrechen noch etwas auffallen – oder ein Gedankenblitz über sie hinwegrollen, der ihnen verriet, wie es sich zugetragen haben könnte. Die Routinetätigkeiten in einer derartigen Ermittlung – Computerabfragen, Recherche vergleichbarer Taten, Erstellung eines Täterprofils durch einen Profiler, weltweite Suche nach eventuell verwertbaren Spuren eines Alboin und so weiter und so fort – waren längst angelaufen. Große Hoffnungen setzte darauf freilich niemand.

Es sprach also nichts gegen einen neuerlichen Lokalaugenschein. Am allerwenigsten die keineswegs geringe Wahrscheinlichkeit, in den engen Gassen des kleinen Cividale die auf Sightseeing befindliche Österreicherin wiederzutreffen. So dachte Camilieri und so dachte Forza, wenngleich für Letzteren die Chancen schlecht standen. Zu intensiv hatte sein Chef am Vorabend mit der schönen blonden Frau geflirtet.

✢✢✢✢✢

Den Posten im leerstehenden Turm an der Einmündung der Via Filippo del Torre auf die Piazza Foro Guilio Cesare, der aus dem tiefsten Mittelalter stammte, hatte er gut gewählt. Im

alten, dicken Steingemäuer war es angenehm kühl, während draußen bereits am frühen Morgen die Sonne vom blauen Himmel brannte. Und der Überblick über einen der wichtigsten Festplätze der Stadt war ausgezeichnet. Der Qualität des Beobachtungspostens tat auch die Tatsache keinen Abbruch, dass der Turm in der Vergangenheit auf Befehl der Venezianer zu einem Stumpf verkürzt und in der Gegenwart nach Erdbebenschäden restauriert werden hatte müssen.
Dennoch ärgerte sich der hagere, bleiche Mann. Schon wieder streunte der Süditaliener mit seinem Freund über den Platz vor dem Turm. Sicher suchten sie die Frau, bei der sie gestern den charmanten Italiener raushängen hatten lassen. Sie würden sie nicht finden...
Was tat der Sizilianer in Cividale? Hatten die dort unten nicht genug eigene Feste? Bevor der Ärger überhandnehmen konnte, wurde er sich wieder seiner Mission bewusst. Er musste handeln, seinen Weg weitergehen, das wurde ihm in diesem Augenblick klar.
Er zog an seiner Zigarette.

✢✢✢✢✢

Während die blonde Österreicherin noch beim Frühstück in ihrem Hotel saß, betraten Camilieri und Forza das kleine Lokal neben dem Keltischen Hypogäum. Nach Abschluss der Spurensicherung herrschte wieder touristischer Normalzustand, und der sah vor, dass man sich den Schlüssel für die Gruft in der Trattoria am Anfang der Via del Monastero Maggiore holte. Camilieri schätzte keine Sonderbehandlungen, also fragten die

beiden Ermittler den Wirt nach dem Schlüssel. Wie gewöhnliche Touristen. Er wollte sich mit Forza wie du und ich bewegen; nur so könnte ihnen etwas auffallen, was ihnen bisher nicht ungewöhnlich erschienen war.
Camilieri drehte den Schlüssel im Schloss der Holztür. Der Schlüssel knirschte, und die Tür raunzte in den Angeln, als er sie aufstieß und mit dem Schalter neben der Tür das Licht anknipste. Nach Sekundenbruchteilen, die die Energiesparlampen zum Starten benötigten, lag der feuchte Schlund, der in die Tiefe des Felsens führte, im bleichen Licht vor ihnen…

✣✣✣✣✣

… wie das Sonnenlicht des jungen friulanischen Tages den Frühstücksraum im Hotel am Rande der Altstadt in eine leichte, die Augen noch nicht belästigende Helligkeit tauchte. Die österreichische Frau mit Namen Lydia wählte am Frühstücksbuffet Succo di Pompelmo – Grapefruitsaft, – ein wenig Prosciutto, eine der typisch italienischen Semmeln, ein hartes Ei und Kuchen. Sie freute sich über die frischen Feigen, die in einer Schüssel für die Gäste bereitstanden, und einen Cappuccino. Insgeheim grüßte sie den schönen Sommertag, der sich durch das Fenster abzeichnete, und wunderte sich auch nach Jahren immer noch über den bereits in der Früh eingeschalteten Fernsehapparat. Die Italiener und ihr geliebtes TV!

✣✣✣✣✣

Der bleiche, hagere Mann erhob sich von seinem Beobachtungsposten im Turm. Die kühle Düsternis der mittelalterlichen Mauern zu verlassen widerstrebte ihm. Wie gut hatten die Baumeister damals doch die Hitze draußen lassen können! Keine Klimaanlage der modernen Welt konnte mit der Qualität dieser natürlichen Kühlung Schritt halten. Doch er musste ins Freie, da half alles nichts. Seine Mission duldete keinen Aufschub.

✢✢✢✢✢

Die reifen Feigen mundeten Lydia vorzüglich, Camilieri und Forza grinsten die steinernen Fratzen des Keltischen Hypogäums bei ihrem Abstieg in die Tiefe frech ins Gesicht. Was hatten sie gesehen? Worüber würden sie berichten, könnten sie ihre kalten Lippen aus Stein bewegen und den Tathergang schildern?
Sicher nichts Angenehmes. Da half kein künstliches Licht, das Hypogäum wurde auch durch die moderne Technik um nichts freundlicher.

✢✢✢✢✢

Lydia hatte das Frühstück beendet, sie schulterte ihren Shopper, der einen Friaul-Julisch-Venetien-Reiseführer, einen Stadtplan von Cividale, ein Infoblatt zum Palio di San Donato, Papiertaschentücher, Make-up, ihre Geldbörse und ihr Handy, ein Adressbuch, ein Notizheft, einen Kugelschreiber, eine Packung Damenbinden, einen abgelaufenen Müsliriegel, ihren Führerschein sowie etliche Kundenkarten österreichischer Handelsunternehmen enthielt, gab den Zimmerschlüssel an der Rezeption des Hotels ab und trat ins Freie. Bis der Palio wieder in Fahrt kam, wollte sie durch Cividale wandern und nach Lust und Laune die eine oder andere Sehenswürdigkeit besuchen.

+++++

Die Verantwortlichen des Palio di San Donato waren zufrieden, aber nicht euphorisch. Der erste Tag hatte trotz der tragischen Ereignisse im Vorfeld mindestens gleich viele Besucher gesehen wie in den Jahren zuvor – vermutlich waren einige überhaupt erst der schaurigen Rahmenbedingungen wegen gekommen, zum „Mörderschauen" sozusagen. Die Stimmung war zwar nicht ausgelassen, das war sie bei italienischen Festen in der Regel ohnehin nie, eher fröhlich-heiter. Angesichts der Umstände konnte man die Stimmung aber durchaus als gut bezeichnen und alle waren froh, den Palio nicht abgesagt zu haben. Durch eine Absage wären die Toten auch nicht lebendig geworden, ein paar wirtschaftlich noch lebendige Betriebe hingegen vielleicht tot.
Der heutige Tag sollte spannende Wettbewerbe bringen: das Bogenschießen und den Staffellauf der Vertreter der einzelnen Borgi. Am Abend würde dann das Aufeinandertreffen zweier Trommlerbrigaden folgen, die zum ebenso spektakulären wie lautstarken Wettstreit auf der Piazza del Duomo antraten.

+++++

Lydia ging über den Corso Mazzini in Richtung Dom und weiter zur Teufelsbrücke. Der hagere Bleiche, der ihr folgte, seit sie das Hotel verlassen hatte, hielt konstant fünfzig Meter Abstand zur blonden Österreicherin. Er warf die abgebrannte Zigarette zu Boden und zertrat den Stummel mit dem Fuß.

✢✢✢✢✢

Camilieri rutschte auf einer der klammen Stufen des Hypogäums aus und wäre beinahe in die Tiefe gerumpelt, hätte ihn Forza nicht am Hemdsärmel erwischt und aufgefangen.
„Grazie", murmelte der Commissario und schaute missmutig in die Tiefe.
Ein Wassertropfen löste sich just in dem Moment von einer der steinernen Fratzen und klatschte ihm auf die Stirn.
„Da braucht es nicht unbedingt einen Mörder, um in dieser Gruft zu Tode zu kommen", analysierte Camilieri seinen Beinahe-Sturz sarkastisch und dachte an gestern.

✢✢✢✢✢

Warum übt der Süden eine derartige Anziehungskraft auf die Menschen aus dem Norden aus? Jedes Jahr bewegen sich im Sommer die Massen über den Brenner oder die österreichische Südautobahn nach Italien, und an den Stränden Lignanos, Grados oder Caorles wähnt man sich in Wien, München oder Berlin. Darüber hatten sie am Vorabend beim Wein auf dem Festgelände des Palio di San Donato ausführlich geplaudert: die blonde Österreicherin namens Lydia, Camilieri und ein wenig

auch Forza, wenn er denn in der intensiven Unterhaltung zwischen dem Commissario und dem Urlaubsgast zu Wort kam.
„Sie haben's gut", hatte Lydia den Commissario angestrahlt, „Sie sind dort daheim, wohin uns unsere Sehnsucht treibt. Sizilien, allein der Name klingt wie Musik."
Darauf Camilieri trocken: „Jetzt lebe ich in Cividale."
„Ist ja auch sehr schön, quasi an der Schnittstelle zwischen Nord und Süd", bemühte sich Forza um einen intelligent klingenden Beitrag zum Gespräch.
„Wieso haben Sie Sizilien verlassen?", fragte die Österreicherin Camilieri, ohne auf Forzas gedankliche Meisterleistung einzugehen.
„Es war nicht meine Entscheidung", antwortete Camilieri vage.
„Ich würde so gerne nach Sizilien reisen", fuhr Lydia fort, „aber es ist für uns sehr, sehr weit."
„Fliegen Sie doch!", riet Camilieri.
„Flugzeuge mag ich nicht", erwiderte Lydia, „sie kommen mir vor wie Zeitmaschinen. Man steigt am Ort X ein, und ohne einen Wechsel in der Landschaft zu bemerken, steigt man am Ort Y wieder aus. Dazwischen nichts außer Essen. Aber nicht einmal das sterile Essen verrät, wohin die Reise führt."
„Genau", startete Forza einen neuen Anlauf, ins Gespräch zu kommen, „keine Übergänge. Ganz anders hier in Cividale, wo man sich am Wechsel zwischen Nord und Süd..."
„Aber mit dem Flugzeug geht's wesentlich schneller", unterbrach Camilieri den Kollegen, ohne ihn eines Blickes zu würdigen oder gar auf seine Wortspende einzugehen.
„Schnelligkeit ist nicht das Wichtigste beim Reisen", erwiderte Lydia.

„Stimmt“, antwortete Camilieri, „und sie passt auch überhaupt nicht zu Sizilien.“

„Cividale“, begann Forza von Neuem mit einer nicht zu leugnenden Hartnäckigkeit, „erreichen Sie von Österreich aus leicht mit dem Auto.“

„Aber Cividale ist nicht Sizilien“, wies Camilieri Forza schroffer zurecht, als er beabsichtigt hatte.

Der war aber gar nicht beleidigt, sondern vielmehr froh, dass man ihn endlich einmal nicht ignoriert hatte. Bevor er antworten und den dritten Aufguss seiner Nord-Süd-Schnittstelle-in-Cividale-Überlegung darbringen konnte, ergriff bereits wieder Lydia das Wort.

„Das Land, wo die Zitronen blühen“, schwärmte sie mit einem Goethe-Klassiker, „ihm gilt die Sehnsucht vieler im Norden.“

„Dann war ich ziemlich privilegiert“, meinte Camilieri versöhnlich, „wenn ich jahrelang dort leben durfte, wohin es die anderen zieht.“

„Kann man wohl sagen“, bestätigte Lydia, „mehr als privilegiert. Vom Schicksal auserwählt.“

Camilieri schaute der blonden Österreicherin mit skeptischem Blick in die blauen Augen. Auserwählt? Diese Einschätzung war wohl dem Wein zu verdanken… Forzas Worte vom Übergang des Nordens in den Süden auf der Höhe von Cividale entschwanden in den lauen Abendwind, ohne wirklich wahrgenommen zu werden.

Gestern…

✢✢✢✢✢

Jetzt verzichtete der Bleiche auf das Rauchen. Er verringerte den Abstand zur blonden Österreicherin und näherte sich ihr auf wenige Schritte. Sie hätte den Rauch riechen können, den seine Haut atmete, hätten ihn nicht die vielen Gerüche der Kleinstadt überlagert. Der Benzin- und Dieselgestank der Autos, die vor einer Verkehrsampel halten und anfahren mussten. Das Signal verhinderte, dass zwei Fahrzeuge auf der Engstelle der Teufelsbrücke zusammentrafen. Aber auch der Wohlgeruch, der einer Gubana-Bäckerei knapp vor der Brücke entströmte, lag in der Luft.

Nur wenige Meter trennten den Mann noch von der Frau, als sie plötzlich seine gefährliche Nähe zu spüren begann. Instinktiv, ohne es zu bemerken, beschleunigte sie den Schritt.

Sie ging schneller, hastete fast schon, blickte hinter sich, sah den Bleichen und wusste: „Zu spät, Lydia, es ist zu spät, du entkommst ihm nicht!"

Und wirklich: Zwei, drei schnelle Schritte, da war der Bleiche bei Lydia, ergriff sie hart an den Schultern und zerrte sie von der überlaufenen Hauptstraße in ein schmales Gässchen. Rechts und links stiegen die mittelalterlichen Häuserfassaden in die Höhe, kaum Fenster und wenn, dann mit schweren Holzbalken fest verschlossen. Sie hätte schreien können, wer aber hätte es in dieser hohlen Gasse gehört? Und wer, der es gehört hätte, hätte den Schrei nicht als logische Folge des Palio interpretiert? Schwertkämpfer, Bogenschützen, Trommler, sie alle eilten kreuz und quer durch die Stadt, um zum Training zu gelangen, zu Vorausscheidungen und der ein oder andere vielleicht auch erst ins Quartier, wo er nach einer langen, durchzechten Nacht sein Haupt wenigstens für ein paar Stunden betten konnte, bevor es wieder richtig losging. Da schrie alle Augenblicke irgendwo irgendwer.

Bevor ihr bewusst wurde, dass Schreien zwar nicht helfen würde, aber immer noch besser war, als nicht zu schreien und damit tatenlos geschehen zu lassen, was geschah – ihre Entführung nämlich –, war es mit Schreien auch schon vorbei. Der Bleiche drückte ihr ein Tuch vor den Mund und zerrte sie in Richtung Turm.

Dann ereignete sich das Unerwartete, mit dem man in diesem gottverlassenen Gässchen nicht rechnen konnte. Am allerwenigstens rechnete der Entführer damit: Oben öffnete sich ein Fensterladen.

Lydia, die immer noch heftig gegen die kräftige Umklammerung durch den Bleichen ankämpfte – wenngleich chancenlos, denn der Mann war so stark, wie stark er rauchte –, Lydia strampelte mit den Beinen, schlug mit den Füßen in alle Richtungen, sodass das seltsame Gespann beinahe gestürzt wäre. Außerdem verlor die Frau in dem Gemenge ihre Handtasche mit den persönlichen Papieren, die nun breit aufgefächert auf dem mittelalterlichen Pflaster lagen.

Das sah zufällig der einzige Anrainer der Gasse, der im zweiten Stock die Fensterläden zum Lüften aufkippte und dabei wie jeden Tag einen Blick auf die Straße hinunter warf. Schon schleppte der Entführer Lydia um die nächste Straßenecke, aus der Sichtweite des unfreiwilligen Augenzeugen, und verfrachtete das tretende Bündel Mensch in den Turm. Aber der Vorgang war bemerkt worden, wenngleich das Ziel der Entführung im Dunkeln blieb.

✢✢✢✢✢

Als Commissario Claudio Camilieris Handy klingelte, war er nicht in der Lage, sofort abzuheben. Er musste es einige Male läuten lassen, weil er gerade damit beschäftigt war, Forza aufzuhelfen. Seinem eigenen Beinahe-Sturz über die Stufen des Keltischen Hypogäums war ein wirklicher Sturz des Kollegen gefolgt.

Camilieri hatte noch warnen wollen und gemeint: „Langsam, Forza, langsam. Die Toten sind ohnehin schon tot. Wir müssen also nicht so hasten. Es kann nichts mehr passieren, weil es schon passiert ist."
Doch Forza, seit frühester Jugend mit der Gruft vertraut, weil sie als Kinder damals darin gespielt hatten, statt dass sie als touristische Sehenswürdigkeit vermarktet wurde, Forza also glaubte einen gewissen Heimvorteil auf seiner Seite. Er glaubte zu wissen, wo es besonders rutschig war und wo die gefährlichen Stellen lauerten. Aber er war keine fünfzehn mehr und mit der Jugend hatte er wohl auch die genaue Erinnerung an die örtlichen Gegebenheiten verloren.
„Passen Sie auf!", schickte Camilieri dem Stolpernden noch hinterher.
Doch es war zu spät. Im Gegensatz zu vorhin, wo er vom Kollegen am Ärmel ergriffen worden war, erwischte er den fallenden Forza nicht mehr, Forza rumpelte einige Stufen hinunter, bis er auf einer kleinen Plattform zu liegen kam, die zur nächsten Stufenkaskade weiterführte.

„Che idiota!“, rief Camilieri dem Stürzenden hinterher, dieses Mal ganz ohne Mafiaanspielung als Grund.
Forzas Wortmeldung aus der Tiefe rechtfertigte den Gefühlsausbruch sofort: „Gefährlicher als die Mafia“, tönte es zum Commissario herauf, der sich trotz der glitschigen Stufen beeilte, zu Forza zu gelangen.
Als er ihm aufgeholfen hatte und Forza mit einem breiten Grinsen ob seines Mafia-Sagers seine Hosen abputzte, drückte Camilieri endlich die grüne Taste seines nach wie vor klingelnden Mobiltelefons.
„Pronto.“
Der Empfang in der Gruft war nicht besonders gut, genügte aber für die Übermittlung des Wesentlichen.
„Forza“, sagte Camilieri nach Beendigung des Telefonats mit geknickter Stimme, „wir haben ein Problem.“
„Nichts passiert“, entgegnete der Angesprochene in der Meinung, der Commissario sei wegen seines Sturzes und der möglichen Folgen für seine Gesundheit in Sorge.
„Doch, ein großes Problem sogar: Zu den drei Morden kommt eine Entführung.“
„Was?“, fragte Forza ungläubig. „Eine Entführung?“
„Ja, unsere österreichische Freundin, wie es aussieht.“

+++++

Beim Palio di San Donato war es wie bei den Olympischen Spielen. Während die gegenwärtige Veranstaltung noch lief, wurde bereits die nächste vorbereitet. Und: Dabei sein war alles. Allein die Teilnahme am Palio stellte eine Ehre dar. Auch Borgi,

die noch nie einen Bewerb für sich entschieden hatten, machten selbstverständlich mit. Die Freude und die Begeisterung waren gleich groß, egal ob ein Läufer als Erster oder als Letzter durchs Ziel auf der Piazza del Duomo lief und seine Staffel damit nach vorne katapultierte oder ganz hinten platzierte. Trotz des olympischen Gedankens zählte ein Sieg beim Palio sehr viel. Siegreiche Borgi standen in der Achtung der Bürger Cividales hoch, Athleten mit Erfolg wurden geehrt und geachtet, freilich nur innerhalb der Stadtmauern. Die zahlreichen Gäste aus nah und fern nahmen gleichgültig zur Kenntnis, wer den Staffellauf oder das Bogenschießen für sich entschied. Sie interessierte vor allem das Spektakel, das an den drei Tagen im August geboten wurde. Sie waren wegen der festlichen Stimmung da.
Heuer hatte – wie meist – der Wettergott ein Einsehen mit der Veranstaltung. Abgesehen von der Katastrophe, die in Form der drei Morde über den aktuellen Palio hereingebrochen war, trübte kein Wölkchen den Himmel. Es war ein heißer August mit tiefblauem, wolkenlosem Himmel, in den sich die grünen Hügel rund um die Stadt – auf einem davon erhob sich das Kloster Castelmonte – schnitten wie Diamant in Glas. Im fernen Norden sah man die markanten Felsgipfel an der Grenze zu Österreich ins Blau des Firmaments ragen; gegen Süden hin ging die Landschaft in die Ebene über, die letztlich ins Meer auszurinnen schien.
Fast hätte man die Morde in diesem friedlichen Umfeld vergessen können, verdrängt waren sie schon, da brach die Entführung der Österreicherin als nächste kapitale Störung des gewohnten Ablaufs über dem Fest zu Ehren des Stadtpatrons herein.

„Sollten wir angesichts der aktuellen Lage den Palio nicht abbrechen?“, fragte sich so mancher Verantwortliche, „hier ist zurzeit ja niemand mehr sicher.“
„Nein“, meinten andere, „jetzt haben wir den Palio begonnen und wir werden ihn auch zu Ende bringen. So oder so.“
Letztere setzten sich durch. Vor allem ihre Idee, die Polizei in die Veranstaltung einzubinden, punktete im Entscheidungsgremium, das den Spagat zwischen dem beträchtlichen wirtschaftlichen Interesse an einer Weiterführung der Veranstaltung und der berechtigten Sorge um den Schutz der Festgäste zu meistern hatte.

+++++

Den Wunsch der Verantwortlichen, er möge beim Palio den Scharfrichter geben, konnte Commissario Claudio Camilieri schwer abschlagen, obwohl es für ihn wahrlich genug anderes zu tun gab. Das Ansinnen war vor wenigen Minuten an ihn herangetragen worden, von höchster Stelle der Stadtverwaltung. So zwängte sich der Sizilianer, der erst seit Kurzem in Cividale weilte und dem die Unterscheidung der einzelnen Borgi noch immer schwerfiel, ins Kostüm des Scharfrichters. Eigentlich war die Rolle alteingesessenen und verdienten Bürgern des Städtchens vorbehalten: Scharfrichter wurde nur, wen man wirklich schätzte. Schon aus diesem Grund konnte sich Camilieri der Ehre nicht entziehen, auch wenn sein Zeitbudget durch die Kostümprobe beträchtlich litt. Immerhin handelte es sich um die erste offizielle Würdigung seiner Anwesenheit vor Ort. Dass er in seinem Scharfrichterkostüm eigentlich nur

den Aufpasser spielen sollte, hatte man ihm schlauerweise nicht gesagt. Die Verantwortlichen, allen voran der Bürgermeister, wollten den Sizilianer bei der Eitelkeit packen und ihn durch die Ehrerbietung, ins Scharfrichterkostüm schlüpfen zu dürfen, freiwillig und ganz von selbst mitten in den Festrummel locken. Wie ein Wolf im Schafspelz könnte er auf diese Weise helfen, weiteres Unheil von der Veranstaltung fernzuhalten.
Forza bemühte sich, während Camilieris Einkleidung ernst zu bleiben, was ihm nicht so recht gelingen mochte.
„Sehr kleidsam, Commissario", spottete er.
„Che idiota!"
Dann lachten beide, obwohl ihnen angesichts der Entführung ihrer neuen Bekanntschaft gar nicht zum Lachen zumute war.

✢✢✢✢✢

Bis zum Auftritt Camilieris beim Palio di San Donato am Spätnachmittag dauerte es noch einige Stunden. Er und Forza gingen unverzüglich wieder an ihre Arbeit. Zuerst, so legte Camilieri fest, wollten sie nach der Frau suchen. Dann die Morde.

„Tot ist tot, das eilt weniger", erklärte der Commissario.
Sie inspizierten den Ort der Entführung. Der Zeuge, der den Vorgang von seiner Wohnung im zweiten Stock für einen kurzen Augenblick gesehen hatte, konnte nur vage Angaben machen.
„Commissario, viel habe ich nicht erkennen können."
„Warum nicht?", fragte Camilieri streng, als könnte er dadurch den Zeugen dazu bringen, mehr gesehen zu haben, „es wird

ja wohl nicht jeden Tag jemand aus dieser Gasse geschleppt."
„Nicht dass ich wüsste. Aber die Gasse ist so eng, da sehen Sie aus dem zweiten Stock nicht einmal richtig zur Straße hinunter."
„Aber irgendetwas müssen Sie doch bemerkt haben", drängte Camilieri, „die Farbe der Kleidung, eine Haarfarbe, Bart oder kein Bart, wenigstens die Richtung, in die die beiden verschwunden sind?"
„Dass es zwei waren, das habe ich gesehen. Und dass die Frau – blond, glaube ich – nicht freiwillig mitzukommen schien. Sonst hätte er, es muss ein Mann gewesen sein, wegen der Kraft, sie nicht so zerren müssen."
„Geht doch", ermunterte der Commissario den Zeugen, „und in welche Richtung hat er sie gezerrt?"
Der Zeuge dachte nach und sagte dann: „Also, ich würde sagen, sie sind von der Seite der Brücke in die Gasse gekommen. Folglich dürften sie auf der anderen Seite raus sein. Richtung San Francesco."
Obwohl Camilieri in den engen Gassen Cividales noch alles andere als heimisch war, wusste er: Dort gab es unzählige Möglichkeiten abzutauchen. Das aufgelassene Kloster San Francesco selbst; dann führte ein schmaler Weg durch viel Gestrüpp zum Fluss hinunter; außerdem gelangte man auf der gegenüberliegenden Seite zum neueren Viertel Cividales. Hunderte Wohnungen, in die der Entführer sein Opfer schleppen konnte. Die Auswahl war groß, ohne einen konkreten Anhaltspunkt war da wenig zu machen.
Inzwischen hatte Forza die Untersuchung der verlorenen Handtasche abgeschlossen.

Er resümierte: „Ich befürchte, da gibt es keinen Zweifel. Die Tasche gehört unserer Österreicherin. Jede Menge Kundenkarten mit demselben Namen. Dazu ein Führerschein. Das Foto beweist: Sie ist es. Sehen Sie selbst!“
Forza reichte Camilieri den Führerschein. Sie war es, eindeutig. Das Foto mochte zwar einige Jahre alt sein, aber die blonde Lockenpracht, die blitzblauen Augen verrieten es auf den ersten Blick.
Camilieri war der Verzweiflung nahe: Warum sie? Warum gerade sie?

„Wo beginnen wir mit der Suche?“, fragte Forza und hoffte auf die entschlossene Entscheidungskraft seines Chefs. Der spürte alles Mögliche in sich aufsteigen, nur nicht die Fähigkeit, Entschlüsse zu fassen.
„Hunde“, meinte er nur instinktiv, „wir brauchen Hunde.“

+++++

Mit letzter Kraft hatte er den Turm erreicht. Die Frau war kräftiger, als er gedacht hatte. Er schwitzte und hätte gerne geraucht, doch die verdiente Zigarette musste warten. Zuerst musste er sie endgültig in seine Gewalt bringen, er durfte nichts riskieren.
Er spritzte ihr ein Betäubungsmittel und überlegte, wohin mit ihr. Hier im Turm konnten sie nicht bleiben. Früher oder später würde ihr Verschwinden entdeckt und man würde nach ihr suchen. Garantiert auch im Turm. Also musste er seine Mission an anderer Stelle zu Ende bringen.

Er begann aufzuräumen und Spuren zu beseitigen. „Kheirar", lachte er dabei und stampfte mit dem Fuß, „kheirar, kheirar, kheirar."
Mit dem Besen in der Hand hüpfte er wie Rumpelstilzchen, während sein Opfer in die Bewusstlosigkeit hinüberdämmerte. Das Letzte, was Lydia sah, war ein güldenes Medaillon, das vom Hals des tanzenden Männleins baumelte. Sein Gesicht aber sah sie nicht.

+++++

Gero von Bellheim, aufgrund einiger Zentimeter mehr zwischen Sohle und Schulterblatt gerne als „der Große – il grande – Bellheim" gerufen, inspizierte die Stelle in der Gasse, an der die Tasche der Österreicherin gefunden worden war. Gero war gut, dem Schnüffler tat sich sofort eine wahre Oase an Gerüchen auf.
„Such, Großer Bellheim, such!"
„Was?", knurrte Gero den Hundeführer an. „Den Laden, in dem sie das billige Parfum gekauft hat? Einen Terminal, wo man die Plastikkarten stecken kann? Den Hersteller des Müsliriegels? Wobei – der ist nicht ganz frisch, den würde ich an deiner Stelle nicht mehr fressen, Capitano!"
Es klang wie „Wuff".
„Los, Großer Bellheim, such!"
„Wie üblich, keine näheren Angaben", seufzte Gero, und jetzt klang es wie Winseln, „Capitano, ich sage dir, wenn du dich ein bisschen klarer ausdrücken würdest, hätten wir beide mehr Erfolg."

„Such, braver Hund, such!“

„Braver Hund!“, Gero sabberte jetzt die Pflastersteine voll und wollte damit wohl seiner spottenden Verachtung Ausdruck verleihen.

„Der Zweibeiner, den wir suchen sollen, stinkt nach Rauch. Und sie nach billigem Parfum, aber das erwähnte ich schon“, hechelte Gero seine erste Analyse der Sachlage dem Hundeführer entgegen. Der versteht wie immer überhaupt nichts, dachte sich Spürhund Gero von Bellheim noch.

Dann legte Gero los. Er drehte sich und kreiselte, die Nase immer dicht am Boden. Einem eleganten Achter, den er, seinen Führer im Schlepptau, auf das Pflaster brannte, folgten einige Mäander, wie sie sonst in der Gegend nur der Natisone vollführte.

Gero scharwenzelte an einer Trattoria vorbei und kläffte im Vorbeihecheln durch die offene Tür: „Frisches Frittieröl! Deins stinkt schon.“

Schon war das Gespann aus der engen Gasse draußen, vorne Gero mit der Nase so nah an den Pflastersteinen, dass die Funken gestoben wären, wäre sie aus Metall gewesen und nicht aus feuchtem Hundefleisch, hinter ihm sein Herrl und Meister, neben diesem Camilieri und Forza, der Mühe hatte, Schritt zu halten.

„Wau, wau, wau – Die sind zum Turm!“

„Er zieht in Richtung Turm“, konstatierte der Hundeführer.

„Zum Turm?“, fragte Camilieri.

„Wau – Hab’ ich ja gesagt. Wau, wau – Warum hört mir keiner zu?“

„Der Turm steht seit Jahren leer", keuchte Forza, „wenn da wer drinnen wäre oder im Vorfeld auch nur die Tür aufgebrochen hätte, hätten das die Anrainer unter Garantie gemerkt und uns alarmiert. Die hätten sofort eine Hausbesetzung befürchtet, und Hausbesetzer mag man in Cividale überhaupt nicht leiden."
„Wuff, wau, wow! Leer steht höchstens dein Hirn. Die sind zum Turm, das riecht doch jeder Welpe – wau, wau!"
Gero von Bellheim zog energisch in Richtung des mittelalterlichen Turmes beziehungsweise des Stumpfs, den die Venezianer von ihm übrig gelassen hatten.
„Der Hund scheint dort aber etwas zu spüren", widersprach der Hundeführer Forza.
„Wahrscheinlich einen anderen Hund", versuchte Forza das Verhalten des Großen Bellheim in Einklang mit seiner vorhin geäußerten Meinung zu bringen, „der Turm ist leer. Ein idealer Unterschlupf für einen streunenden Köter also. Oder eine Katze."

„Wau, wau, wau, wau, wau – Ich und ein Streuner? Ich beiß dich gleich ins Wadel, schließlich bin ich von Adel. Wuff, wuff, wuff – Und was die Katze betrifft, wozu hast du eine Nase im Gesicht, nur zum Schnäuzen?"
„Was meinen Sie, Commissario?", fragte der Hundeführer.
„Keine Ahnung", antwortete Camilieri, „ich bin neu hier in der Gegend. Also muss ich mich wohl auf die Einschätzung des Kollegen Forza verlassen…"
„Wuff – Dann bist du verlassen!"
„Wie Sie glauben", sagte der Hundeführer gehorsam, aber ein

wenig beleidigt zu Camilieri, „versuchen wir es also auf der anderen Seite."
„Wau, wau, wau – Wieder eine Chance für eine Beförderung vertan. Gratuliere, Capitano!"
Der Hundeführer zog Gero von Bellheim so hart vom Turm weg, dass die Leine spannte wie das Stahlseil der Gondelbahn auf den Monte Lussari in Tarvis.
„Wau – Nicht so fest! Wuff, wuff – Arme Narren!"
Forza sagte im Umdrehen zum Hundeführer: „Ja, schauen wir zuerst drüben nach. Der Turm ist leer. Den können wir nötigenfalls auch noch später durchsuchen, wenn es Sie beruhigt. Jetzt dürfen wir keine Zeit verlieren."
„Wau, wau – Dann wirst du aber nichts mehr finden, das rieche ich jetzt schon."
„Such, Großer Bellheim, such!"
„Wozu, ich hätt's ja schon gefunden." – Es klang wie klägliches Winseln, und Geros Nase war zentimeterweit vom Pflaster weg, sein Weg schnurgerade und uninspiriert. Aber das merkte nicht einmal der Hundeführer.

✢✢✢✢✢

Als der Bleiche Camilieri an der Spitze eines mit Hund ausgestatteten Suchtrupps auf dem Foro Giulio Cesare erblickte, zuckte er vom Turmfenster zurück. Er wusste, dass man ihn von draußen nicht erkennen konnte, schließlich hatte er sich Dutzende Male mithilfe einer Puppe, die er am Fenster platzierte, selbst davon überzeugt. Dennoch schreckte er sich so, dass er, obwohl in sicherer Deckung, in Deckung ging.

Ein Bulle! Der Sizilianer war ein Bulle! Der Sizilianer, der bei der Frau hineingebraten hatte, war ein Bulle. Der Sizilianer, der bei der Frau hineingebraten hatte, die betäubt und gebunden ihm zu Füßen lag, war ein Bulle. Langsam sickerte es in sein Hirn: Er hatte eine Frau entführt, auf die ein Polizist ein Auge geworfen hatte. Was war er doch für ein Idiot!
Zuerst musste er mit seinem Opfer raus aus dem Turm. Und dann musste er sich überlegen, wie er den wild gewordenen Bullen ruhigstellen konnte.
Das nervöse Kläffen des Hundes stresste ihn zusätzlich. Er hätte schwören können, dass ihm das Vieh direkt in die Augen schaute, als es vom Hundeführer stramm an die Leine genommen und – Gott sei Dank! – vom Turm weggezerrt wurde.

✢✢✢✢✢

„Was hat Sie eigentlich nach Cividale verschlagen, Commissario?“, versuchte der Hundeführer die verkrampfte Stille zu durchbrechen, die sich nach der Meinungsverschiedenheit vorhin, in welche Richtung die Suche gehen sollte, über den Suchtrupp gelegt hatte, „Sie kommen doch aus dem fernen Sizilien, erzählt man sich.“
„So, so, erzählt man sich das?“, fragte Camilieri.
„Naja“, erwiderte der Hundeführer verlegen, „es ist ja kein Geheimnis, dass ein Neuer zuerst einmal genau begutachtet wird. Überhaupt wenn es sich um einen Commissario handelt.“
„Ja, es stimmt, ich komme aus Sizilien. Aus Taormina, um es genau zu sagen.“

„Schöne Insel", meinte der Hundeführer mit einem Ton in der Stimme, der die Frage enthielt, warum einer wie Camilieri Sizilien verlassen hatte, um im Norden Italiens sesshaft zu werden – oder zumindest zu arbeiten.
Camilieri ignorierte den Unterton und antwortete nicht. Wieder legte sich eine gespannte Stille über die Suchmannschaft, in die hinein Geros Gekläff ertönte.
„Wau, wau, wau – Ich kenne das Gefühl, fern der Heimat ist man immer ein bisschen wehmütig. Wuff, winsel, wuff – Ich komme ja auch nicht von hier, sondern aus Freiburg."
„Der Hund hat angeschlagen", freute sich Forza, „er scheint etwas verspürt zu haben."
„Wau, wau – Dein Hirn ist's nicht, da gäbe es nicht viel zu spüren."
„Da, er schlägt schon wieder an", Forzas Stimme überschlug sich fast.
„Wuff – Hoffnungsloser Fall."
„Aber er zieht nicht", erklärte der Hundeführer, „wenn er etwas gefunden hätte, müsste er zu der Stelle hin ziehen."
„Vielleicht ist's hier, wo wir uns gerade befinden", versuchte Forza eine Erklärung für das Verhalten des Hundes.
Alle drei – Camilieri, Forza, der Hundeführer – drehten sich einmal im Kreis. Es war nichts zu sehen außer Pflastersteinen und, nicht weit entfernt, der Pforte von San Francesco. Als Forza zu Boden blickte und leise „Vielleicht unterhalb?" murmelte, schauten sich Camilieri und der Hundeführer fragend in die Augen.
„Wau – Da unten ist nur der Kanal."

„Durch Straßenpflaster, Unterbau und Erdschichten, alles wahrscheinlich jahrhundertelang festgetreten, riecht auch ein Hund nicht viel", sagte der Hundeführer.
„Dann versuchen wir es hinter San Francesco. Entlang des Pfades runter zum Fluss kann sich im Gestrüpp allerhand verstecken, auch unser Entführer und sein Opfer", schlug Forza vor.
„Wuff, wau, wuff – Und Igel, Schlangen, Mäuse."
„In Ordnung", bestätigte Camilieri, „versuchen wir es dort."
Gero schritt wenig strebsam voran, die drei Menschen folgten dem Hund, überholten ihn gelegentlich. Im Gegensatz zu vorhin war das Tempo mittlerweile derart moderat, dass auch Forza keine Atemprobleme mehr hatte. Manchmal musste der Hundeführer Gero an der Leine ziehen, um ihn zum Vorangehen zu motivieren. Langsam, einem Touristengrüppchen auf Besichtigungstour nicht unähnlich, marschierte der Suchtrupp am aufgelassenen Kloster vorbei und bog in den Spazierweg oberhalb des Natisone ein. Nach ein paar Metern zweigten sie auf den Pfad zum Fluss hinunter ab, den sich über weite Strecken die Natur zurückzuerobern begann.
„Hier ist auch schon länger niemand durch", meinte Camilieri angesichts des dichten Gestrüpps, das weit in den Weg hineinragte.
„Wau, wau, wau – Doch, aber nur ein paar Jugendliche, um sich unten am Fluss bei einem illegalen Lagerfeuerchen zuzudröhnen. Die, die ihr sucht, waren hier sicher nicht. Zumindest nicht seit dem letzten Regen."
„Spürt der Hund etwas?", fragte Forza vorsichtig hoffend.
„Er bellt nur", antwortete der Hundeführer, „aber er zieht nicht."

„Wo könnten die denn sonst noch untergetaucht sein?", fragte Forza jetzt wieder eher verzweifelt.
„Vielleicht im Turm?", meinte Camilieri zynisch.
„Wau, wau, wau – Volltreffer!"
„Ich glaube, es hat keinen Sinn, weiter zum Fluss hinunterzugehen", resümierte der Hundeführer, „hier wären optimale Bedingungen für eine Suche mit dem Hund: Erdboden, offensichtlich wenig andere menschliche Spuren, nicht so viele Gerüche wie in den Gassen der Stadt... wenn unsere Gesuchten vor kurzer Zeit hier vorbeigekommen wären, dann wäre es kein Halten mit dem Großen Bellheim. Er fände sie sofort."
„In Ordnung, kehren wir um!", befahl der Commissario.
„Sollen wir ins neue Viertel raus?", fragte Forza kleinlaut, „vielleicht hat der Entführer sein Opfer ja in eine Wohnung geschleppt, die er dort angemietet hat."
„Nein", entschied Camilieri, „wir gehen zurück zum Turm."
„Wau, wau, wau – Hab' immer schon gewusst, dass du der Intelligentere der Truppe bist."
Der Suchtrupp machte kehrt und kämpfte sich durch den verwachsenen Weg zurück nach oben. Plötzlich zog auch wieder der Hund.
„Wau, wau, wau – Sizilien und Deutschland, Freiburg und Taormina. Gemeinsam sind wir stark! Wuff – Viribus unitis."
Den lateinischen Ausspruch, unter anderem Wappenspruch des österreichischen Kaisers Franz Joseph, hatte Gero von Bellheim vor seiner Ausbildung zum Polizeischnüffler als Welpe auf einer Fahne gesehen, die durch das ausladende Stiegenhaus seines Züchters wehte. Obwohl er ihn nicht hundertprozentig verstand, gefiel ihm der Spruch und er verwendete ihn gerne.

Das Tempo, das der Suchtrupp nun an den Tag legte, überforderte Forza. Er keuchte hinterher, der Abstand zum Hund, dessen Führer und Camilieri vergrößerte sich. Als er vom Waldweg zurück auf die Promenade oberhalb des Natisone einbog, eilten die anderen bereits an San Francesco vorbei und überquerten die gleichnamige Piazza hin zum Turm.

„Hoffentlich kommen wir nicht zu spät", keuchte jetzt auch Camilieri infolge des deutlich verschärften Tempos zum Hundeführer.

„Dort waren sie, mittlerweile bin ich mir sicher", antwortete dieser.

„Wau, wau, wau – Capitano, deine Einsicht kommt spät, zu spät."

„Ich hätte nicht auf Forza hören sollen, che idiota!", schimpfte der Commissario.

„Er hat so überzeugt geklungen", beschwichtigte der Hundeführer.

„Wau, wau, wau – Aber er hat keine Nase, zumindest keine, die man für irgendetwas brauchen kann außer zum Schnäuzen."

„Jetzt zieht auch der Hund wieder."

„Ein tüchtiges Tier, woher stammt er?", fragte Camilieri, der inzwischen wie der Hundeführer in einen leichten Laufschritt verfallen war.

„Deutschland. Freiburg. Ein deutscher Schäfer. Der hat einen Stammbaum, der ist garantiert länger als Ihrer, Commissario."

„Mein Stammbaum? Ich habe keine nennenswerten Ahnen."

„Wau, wau, wau – Macht nichts, wir aus der Ferne müssen in der Fremde zusammenhalten."

Forza erreichte die Piazza San Francesco erst, als Camilieri und der Hundeführer am Turm ankamen. Gero von Bellheim vorneweg. Alle keuchten, auch der Hund hechelte ob der Anstrengung der letzten Meter und Forza hinten sowieso.
Der Commissario inspizierte das Schloss des mächtigen Eingangstors in den mittelalterlichen Turmstumpf. Es war aufgebrochen, eindeutig mit Gewalt geöffnet.
Camilieri fragte den Hundeführer: „Haben Sie eine Pistole?"
„Nein, ich trage keine Waffe."
„Egal, ich gehe rein. Noch einmal warte ich nicht auf Forza und seine heimatkundlichen Ratschläge."
„Wau, wau, wau – Keine Sorge, ich habe gute Zähne, mit denen ich kraftvoll zubeißen kann. Wuff – Sei dir meiner Hilfe versichert, Fremder in der Fremde!"
Camilieri zog seine Dienstwaffe.
„Bleiben Sie zurück!", befahl er dem Hundeführer noch, bevor er das Tor mit dem Fuß aufstieß, die Pistole im Anschlag.
Das Tor quietschte nicht, kein rostiger Laut, als es aufschwang. Ebenfalls ein Zeichen, dass es entgegen Forzas Einschätzung vor Kurzem geöffnet worden sein musste, dachte Camilieri und verschwand im mittelalterlichen Turmstumpf. Der Hundeführer konnte Gero nur mit erheblicher Mühe zurückhalten. Mit aller Kraft drängte das Tier in den Turm, mit genauso großer Anstrengung zerrte der Hundeführer in die Gegenrichtung.
„Wau, wau, wau – Sei kein Feigling, Capitano, wir müssen unserem Freund helfen."
„Braver Hund, brav", versuchte der Hundeführer Gero mit Lob zu zügeln, „magst einen Müsliriegel?"

„Wau, wau, wau – Falls du den abgelaufenen meinst, mit Verlaub, Capitano, den kannst du selber fressen!“

+++++

Rekapitulieren wir! Drei Tote, jeder an einem historisch bedeutenden Ort Cividales gefunden, wenngleich sich aus dem offensichtlich scheinenden Zusammenhang keinerlei Rückschlüsse auf den oder die potenziellen Täter ziehen ließen. Alle drei Opfer ursprünglich gefesselt, dann von den Fesseln befreit; außerdem ein Täfelchen mit der Aufschrift „Alboin“ um den Hals. Eine entführte österreichische Touristin, die trotz Einsatz eines Spürhundes verschwunden blieb. Und, nicht zu vergessen, das Schwert des Patriarchen Marquardt von Randeck aus dem 14. Jahrhundert gestohlen. Keine besonders günstigen Vorzeichen, unter denen der zweite Tag des Palio di San Donato in den späten Nachmittag ging. Dabei zählte der Abend des zweiten Tages zu den Höhepunkten des Fests. Spannende Bewerbe wie der Staffellauf der Borgi, das Bogenschießen und der Wettstreit der Trommlerbrigaden standen auf dem Programm.

Doch unter diesen Prämissen blickten die Verantwortlichen des Palio durchaus mit Sorgenfalten auf der Stirn in die nahe Zukunft.

„Ob der Sizilianer der richtige Mann ist, um unsere Probleme zu lösen?“

„Vielleicht sollten wir doch abbrechen…“

„Begonnen ist begonnen, und was begonnen wurde, wird auch zu Ende geführt. So wollte es schon Marquardt.“

„Bald kommt Camilieri als Scharfrichter. Wir werden ihn peinlich genau über die Fortschritte in den Ermittlungen befragen müssen."
„Ich habe gehört, sie haben die entführte Touristin immer noch nicht gefunden. Trotz Suchhund."
„Wenn er nichts weiterbringt, sollten wir Forza zum Chef der Ermittlungen ernennen."
„Forza? Der ist ja nur am Kommissariat gelandet, weil sein Onkel Präfekt war."
„Aber er stammt aus Cividale."
„Mit Camilieri oder ohne ihn. Der Palio ist wichtig für die Wirtschaft unserer Stadt. Wir dürfen jetzt nicht klein beigeben."
So oder so ähnlich ging die Diskussion unter den Verantwortlichen des Palio di San Donato, als man am Samstagnachmittag zur Lagebesprechung zusammentraf. „Panta rhei", hätte man zusammenfassen können, alles im Fluss. Im Totenfluss Styx, würde ein Poet wohl kommentieren, nicht im leuchtend grünen und lebensfrohen Natisone...
Heute liegt Cividale ein wenig abseits der großen Verkehrswege. Die Autostrada Alpe-Adria A23 von der österreichischen Grenze hinunter zu den beliebten Badeorten an der Adria führt ein paar Kilometer an der Stadt vorbei. Wenn Durchreisende halten, dann am ehesten in Udine, der schicken Bekleidungs- und Möbelgeschäfte wegen. Auch die alte Staatsstraße durch das Kanaltal, die Strada Statale 13 Pontebbana, lässt Cividale links liegen. Diese Lage im Abseits bringt den Gästen der Stadt Vorteile: Vor den bedeutendsten Sehenswürdigkeiten bilden sich keine Besucherschlangen, in den Gaststätten findet sich

immer ein Plätzchen für hungrige und durstige Mäuler. Die Nachteile sind evident: In der Haupteinkaufsstraße der Stadt, am Corso Mazzini, wechseln sich schmucke neue Boutiquen und traditionsreiche Geschäfte ab; verlässt man die Lebensader der Stadt nur ein paar Schritte, stößt man auf geschlossene Läden und verklebte Schaufenster. Sogar auf dem heimlichen Hauptplatz Cividales, der Piazza Paolo Diacono, kämpfen altgediente Kaufleute erfolglos gegen den Kundenschwund.

Es mag dieser Lage quasi „im Eck" zu Slowenien geschuldet sein, dass sich Cividale seinen Status als Geheimtipp erhalten hat. Voraussetzungen, unter denen der Wunsch der Stadtoberen nach einer touristischen Belebung verständlich erscheint, der Wunsch, wenigstens ein kleiner Teil der Jahr für Jahr aus dem Norden in Italien einströmenden Touristenkolonnen möge sich nach Cividale ergießen wie die Langobardenhorden vor vielen, vielen Jahrhunderten…

✢✢✢✢✢

Commissario Claudio Camilieri stand der Ärger noch ins Gesicht geschrieben, als er sich zu seinem Auftritt als Scharfrichter auf der Piazza del Duomo einfand. Leer, der Turm war leer gewesen! Der Hundeführer hatte ihm, nachdem er mit der Waffe in der Hand in das mittelalterliche Gebäude am Ende der Via Filippo del Torre gestürmt war, kaum Gero von Bellheim vom Hals halten können. Der Hund bellte und bestürmte den Commissario, als wollte er ihm versichern, dass hier, genau hier und nirgendwo anders die Gesuchten zu finden waren. Die

Betonung lag auf „waren“, denn der Turmstumpf stand leer, als ihn der Suchtrupp durchstöberte.
Doch dann, in einer versteckten Ecke, entdeckten sie eine erste Spur, klein, sehr klein sogar: Ein Zigarettenstummel lag unauffällig auf dem ansonsten sauber gefegten Boden. Beim Kehren, dessen Spuren sich deutlich auf dem sandig-erdigen Estrich abzeichneten wie Sternschnuppen im Nachthimmel, dürfte man ihn unabsichtlich in die Ecke befördert und trotz peniblen Saubermachens übersehen haben.
„Nicht anfassen“, herrschte Camilieri den Hundeführer und den beim Tor hereinschnaufenden Forza an, „gut dass Sie da sind, Forza, verständigen Sie sofort die Spurensicherung!“
„In… Ordnung… Commissario“, bestätigte dieser, während er mit dem Rücken gegen den Sturz des Eingangstors gelehnt dastand und nach Luft schnappte.
„Mach’ ich sofort“, sagte er noch, als er sich erholt hatte, und verschwand unverzüglich nach draußen, froh, dass er vom Commissario eine Aufgabe übertragen bekommen hatte, statt eine Standpauke zu erhalten. Schließlich war er es gewesen, der den Suchtrupp anfangs vom Turm weggelotst hatte.
„Ein Raucher also“, murmelte Camilieri mehr zu sich als zum Hundeführer, „von Lydia stammt der Stummel nicht, sie hat den ganzen gestrigen Abend keine Zigarette angerührt.“
Dann sagte er laut in Richtung Hundeführer: „Halten Sie den Hund gut fest, damit er nicht unser einziges Beweisstück frisst.“
„Wau, wau, wau – Ich hab’ in meinem ganzen Leben noch nie eine Zigarette gefressen. Da werde ich heute nicht mit dem Zigarettenfressen anfangen.“

„Was macht Sie sicher, dass der Glimmstängel vom Entführer stammt, Commissario?“, fragte der Hundeführer.

„Mein Gefühl“, antwortete Camilieri, „mein Gefühl sagt es mir. Langsam kehrt es zurück.“

Unterbrochen von Geros energischem Bellen, fügte der Commissario lächelnd hinzu: „Hören Sie, der Hund sagt es auch. Tja, Gero stammt wie ich aus der Ferne, da wird man besonders sensibel.“

„Wau, wau, wau – Du bist mein Freund!“

Und noch etwas verriet das zurückgekehrte Gefühl dem Commissario: Dass seine bisherigen Ermittlungen Mist waren, vor allem die Suche nach der entführten Österreicherin, und dass er dies schleunigst ändern würde – für sich, für Lydia.

+++++

Neben Ärger verströmte der Commissario eine bis dato an ihm in Cividale nicht gesehene Tatkraft, als er auf der Piazza del Duomo an die Honoratioren herantrat. Diese hatten bereits ihre mittelalterlichen Kostüme übergezogen. So stand Camilieri in perfekt sitzenden Jeans und sportlichem weißen Matrosenhemd mit aufgestickten Applikationen in Meeresblau vor Männern in langen Talaren und mit fremd wirkenden Mützen auf dem Kopf. Purpurroter Brokat, blauer Samt, bei den Stoffen hatte man nicht gespart. Camilieri konnte sich des Eindrucks nicht erwehren, dass die hohen Herren auch beim Karneval von Venedig eine ausgezeichnete Figur abgegeben hätten.

„Ah, Commissario", begrüßte man ihn, „schön, dass Sie kommen. Wie laufen die Ermittlungen? Nicht besonders erfolgreich, hört man?"
Es war der Bürgermeister, der fragte.
„So, so, hört man das", antwortete Camilieri unverbindlich, „wenn man es hört, wird es wohl so sein."
„Nun erstatten Sie schon Bericht", drängte der Bürgermeister, „lassen Sie sich nicht jedes Wort aus der Nase ziehen!"
„Hier ist nicht das Gremium, dem ich Bericht zu erstatten habe", erwiderte der Commissario schroff, „aber wenn Sie mich schon so freundlich bitten, werde ich Ihnen sagen, was Sache ist."
Er lächelte, während der Bürgermeister säuerlich dreinschaute.
„Wie hinlänglich bekannt, wurden drei Männer ermordet und eine Frau entführt. Ob zwischen den Morden und der Entführung ein Zusammenhang besteht, vermag ich derzeit nicht zu sagen", erklärte Camilieri freundlich, ungeachtet der finsteren Miene des Bürgermeisters.
„Aber Sie werden doch wohl eine Spur verfolgen!"
„Wir haben in der Tat eine Spur."
„Ja? Darf man vielleicht fragen, in welche Richtung diese Spur deutet? Ausländer? Mafia? Irre? Herrgott, Camilieri, jetzt reden Sie schon!"
„Die Spur weist auf eine klare Missachtung des Rauchverbots in öffentlichen Gebäuden hin, würde ich sagen", antwortete der Commissario immer noch nett, als säße er mit Freunden vor der Trattoria seines Cousins in Taormina beim Wein.
Der Bürgermeister verstand nicht. Er schaute Camilieri fragend an: „Commissario, sind Sie gedanklich bei der Sache?"

„Natürlich bin ich bei der Sache. Aber zu laufenden Ermittlungen darf ich keine weiteren Auskünfte erteilen."
„Was heißt weitere Auskünfte? Bis jetzt haben Sie nur wirres Zeug geredet!"
Die Miene des Bürgermeisters verriet, dass er inzwischen wirklich sauer war.
„Sie werden schon sehen", drohte er, „wie weit Sie mit Ihrer Art kommen!"
„Bis Cividale habe ich's zumindest geschafft", scherzte Camilieri.
Mittlerweile machte er sich einen Spaß daraus, den Bürgermeister zu provozieren. Was glaubte der eigentlich, wer er war? Bürgermeister einer norditalienischen Kleinstadt, mehr nicht! Von Sekunde zu Sekunde spürte er seine alte Form zurückkehren. Wie viele Scharmützel hatte er sich doch mit Siziliens Obrigkeit geliefert!
„Also gut", sagte der Bürgermeister verärgert und abschätzend, „dann ziehen Sie wenigstens das Kostüm über. Ich hoffe, der Vertrauensbeweis, Sie zum Scharfrichter zu ernennen, war kein Fehler. Sicher bin ich mir da nicht mehr."
„Aber ich bin mir sicher", jetzt kam Camilieri wirklich gut in Fahrt, „nein, Bürgermeister, ich habe keine Zeit, bei eurem Kostümfest mitzuwirken. Ich habe Wichtigeres zu tun. Eine entführte Touristin zu suchen beispielsweise. Und nebenbei rennt auch noch ein dreifacher Mörder frei herum. Arrivederci!"
Baff blieb der Bürgermeister zurück. Bevor er protestieren konnte, stürmte Camilieri vom Platz.
„Um Gottes willen, Herr Bürgermeister, jetzt ist der Commissario weg! Was wird nun aus unserer Strategie, durch die

Einbindung der Polizei Gefahr von der Veranstaltung abzuwenden?", fragte einer der nebenstehenden Palio-Verantwortlichen aufgeregt.
Der Bürgermeister überlegte eine Sekunde. Dann ließ er Forza rufen, der ein wenig abseits stand und von dem Vorfall nichts mitbekommen hatte. Er war in ein Gespräch mit einer Touristin vertieft, die ihn nach dem Weg zum Geburtshaus Paolo Diaconos gefragt hatte. Eilig lief er herbei, das Stadtoberhaupt verlangte schließlich nicht jeden Tag, ihn zu sehen.
„Forza", begrüßte ihn der Bürgermeister jovial, „ich habe Commissario Camilieri weggeschickt. Mit drei Morden und einer Entführung dürfte er wohl ausgelastet sein."
Forza schaute ihn entgeistert an.
„Sie wissen" fuhr der Bürgermeister fort, „die Rolle des Scharfrichters zählt zu den ehrenvollsten Aufgaben, die der Palio di San Donato für einen Bürger Cividales zu vergeben hat. Ich denke, Sie sind dieser Aufgabe würdig. Es geht gleich los, ziehen Sie schnell das Kostüm über!"
Forza schaute noch erstaunter als vorhin.
„Los, los, machen Sie schon!", trieb ihn der Bürgermeister zur Eile, „wir wollen die Gäste unserer schönen Stadt doch nicht warten lassen."
Forza schaute sich um, sah seinen Chef aber nirgendwo. Während man ihm das Scharfrichterkostüm schon über den Kopf stülpte, hörte er die Stimme des Bürgermeisters, durch das Gewand gedämpft wie hinter einem Beichtstuhlfensterchen: „Sagen Sie, Forza, man hört, dass die Ermittlungen nicht besonders erfolgreich verlaufen..."

+++++

Als Camilieri von der Piazza del Duomo zurück zur Arbeit ging, war er zufrieden mit seiner neugewonnenen Energie. „Die Frau", dachte er, „es war die Begegnung mit der Frau, die mich aus der Lethargie gerissen hat, in die ich seit meiner Versetzung verfallen bin." Und man glaubt es kaum: Ein wenig hatte auch der Hund den Commissario zum Nachdenken gebracht. Wenn Gero von Bellheim in der Fremde seinen Hund stehen konnte, dann sollte Camilieri wohl genauso seinen Mann zu stehen in der Lage sein. Sizilien hin, Sizilien her, er lebte jetzt in Cividale, wo er sich zu bewähren hatte. Ohne trauriges Trübsalblasen. Er war aufrichtig froh, die Teilnahme am Palio abgesagt zu haben. Lydia endlich zu finden hatte Vorrang vor einer vermeintlichen Ehrerbietung seitens der Stadtoberen. Nur wie? Im Büro angekommen, telefonierte er zuerst mit der Spurensicherung. Ja, man hatte den im Turm gefundenen Zigarettenstummel bereits einer ersten Untersuchung unterzogen. NT filtro, eine beliebte italienische Zigarettenmarke, im Geschmack den „roten" Marlboro nicht unähnlich, aber billiger, wie jeder Schüler bestätigen hätte können. Marlboro für Arme, wäre man geneigt zu sagen, wenn die Verwendung des Adjektivs „arm" im Zusammenhang mit dem Rauchen angesichts der Zigarettenpreise nicht jedweder Realität hohnsprechen würde.

„NT", grübelte der Commissario nach Beendigung des Telefongesprächs, „die Marke inhaliert wahrscheinlich die Hälfte der italienischen Raucher. Das hilft uns höchstens dabei, dem Täter die Tat zu beweisen." – DNA-Spuren am Filter des Stummels hatte man nämlich auch entdeckt. – „Zur Überführung ist eine NT ein denkbar schlechtes Fundstück."

Trotz der Zweifel schickte er zwei Streifenpolizisten auf Tour durch Cividales Trafiken. Sie sollten nach besonders auffälligen Käufern der Zigarettenmarke fragen. Er durfte keine Möglichkeit ungenutzt lassen, Lydia möglichst bald aus den Fängen ihres Entführers zu befreien. Ein Zusammenhang mit den Morden war zwar nicht zwingend anzunehmen, keinesfalls aber auszuschließen. Sollte es wirklich der Mörder sein, der Lydia in Händen hatte, dann gute Nacht – Camilieri wollte sich gar nicht ausmalen, was das bedeutete.

Vielleicht sollte er sicherheitshalber Polizisten alle bedeutenden Sehenswürdigkeiten der Stadt durchstöbern lassen. Dom; Geburtshaus Paolo Diaconos; Casa Medievale – mittelalterliches Haus also, das, nebenbei bemerkt, mit unregelmäßigen Fluchtlinien und schiefen Fenstern von Zeiten zeugte, in denen das Quadrat noch nicht das Maß aller Dinge war; Palazzo de Nordis; Callistobrunnen; Santa Maria di Corte – angeblich soll dort der Hof der Langobardenherzoge gestanden haben, archäologisches Museum; San Giovanni in Xenodochio; römische Thermen; San Pietro e Biagio; römisches Tor; Patriarchentor; von den bisherigen Tatorten ganz zu schweigen… er würde nicht genug Beamte zur Verfügung haben, um auch nur die wichtigsten Bauwerke bewachen zu lassen. Abgesehen vom Aufsehen, das eine derart massive Polizeipräsenz erregen würde. Der Ablauf des Palio di San Donato wäre erheblich beeinträchtigt, die trotz der Morde langsam zurückkehrende Stimmung wohl gänzlich zerstört. Nein, Lydias Befreiung musste auf andere Weise gelingen.

Camilieri drückte sich einen Espresso aus der Kaffeemaschine des Kommissariats und setzte sich zum Nachdenken wieder hinter seinen Schreibtisch. Er hatte kaum den Zucker umgerührt – heiß muss ein Espresso sein, süß und schwarz wie der Teufel –, als ein heller Glockenton die Stille durchbrach und den Eingang eines E-Mails auf dem PC des Commissario signalisierte. Weil sich seine Gedanken im Kreis drehten und kein wirklich vernünftiger fassen ließ, wie Lydia geholfen werden konnte, öffnete Camilieri den Posteingang entgegen seinen Gewohnheiten unverzüglich mit Doppelklick.

Angesichts des Betreffs erstarrte er. Was sich da auf seinem Bildschirm ins Outlook brannte, ließ ihn in der Folge aufschreien, dass das gesamte Kommissariat zusammengerannt wäre, wären die Kollegen nicht unterwegs in Cividales Trafiken oder – im Falle Forzas – beim Palio. So steckte nur eine junge schwarzhaarige Udineserin, die an der Vermittlung Dienst tat, ihre Nase in das Büro von Commissario Claudio Camilieri und sah gerade noch, wie dieser mit einer aufgeregten Bewegung seiner Hände unabsichtlich den Kaffee vom Tisch wischte. Die Tasse knallte in die Ecke und der rabenschwarze Inhalt ergoss sich in einer kontrastreichen Spur über die weiße Wand, um sich am Boden in einer Pfütze zu sammeln.

„Commissario, tutto bene?", flötete die Udineserin erschrocken durch die Tür.

„Bene?", brüllte Camilieri, „bene?"

Seine Stimme überschlug sich.

„Nichts ist bene! Das Schwein hat Lydia!"

Die schwarzhaarige Vermittlerin verstand kein Wort. In Anbetracht des Zustands ihres Chefs erachtete sie es für besser, den Rückzug anzutreten. Den Kaffeefleck konnte die Putzfrau später wegwischen.

✝✝✝✝✝

Forza schwitzte. Die Zeit hatte nicht gereicht, um das Scharfrichterkostüm seiner Leibesform anzupassen, und so zwängte und zwickte es an allen Ecken. Als geschulter Polizeibeamter verzog er darob keine Miene, die übers Gesicht rinnenden dünnen Schweißbächlein verrieten es dennoch.
Mit einem ordentlichen Wirbel kündigten die Trommler den Auftritt der Honoratioren auf der Piazza del Duomo an. In einem feierlichen Zug schritten die als Adelige und Ritter verkleideten Bürger Cividales über den Platz, allen voran der Bürgermeister als Patriarch Marquardt von Randeck. Forza hatte sich an der dem Scharfrichter zustehenden Stelle eingereiht, weit vorne in dem bunten, historisch gewandeten Grüppchen. Er stöhnte unter der Nachmittagssonne, die auf die Piazza brannte. Der Umzug des Patriarchen strebte hin zum Thron, den man am Rande der Wettkampfstätte aufgestellt hatte. Auf das Pflaster hatte man Sägespäne gestreut, um das Areal wie einen mittelalterlichen Turnierplatz wirken zu lassen. Holzbalken rund um das Gelände trugen das ihre zu einem authentischen Aussehen bei. Dichtgedrängt standen die Besucher aus nah und fern entlang der hölzernen Planken und folgten dem Festgeschehen.

Nachdem der Zug den Thron auf der dem Dom gegenüberliegenden Seite der Piazza erreicht hatte, löste sich der Patriarch aus der Gruppe, bestieg die Holzkonstruktion, die seinen Thron darstellte, und begann eine kurze Ansprache.

„Bürger Cividales", eröffnete der Bürgermeisterpatriarch unter Trommelwirbel seine Rede.

„Da hat sich nicht viel geändert im Laufe der Jahrhunderte", dachte Forza, „damals haben die hohen Tiere gequatscht und heute quatschen sie noch immer. Egal, ob Bürgermeister oder Patriarch. Und unsereiner schwitzt. Camilieri", dachte er weiter und lächelte, „würde wohl sagen: „Der vertreibt uns noch die Touristen mit seinem Gequatsche."

Des Bürgermeisters Worte als Patriarch schallten über den Platz, verfingen sich einmal am Dom, ein andermal am Palazzo de Nordis, dann wieder am Palazzo dei Provveditori veneti, heute Sitz des archäologischen Museums.

Forza schmunzelte immer noch beim Gedanken an Camilieri und seine wahrscheinlich zynischen Kommentare zur Festrede des Bürgermeisters, als ein Polizist in Uniform über den Platz eilte und hektisch winkend auf Forza zusteuerte. „Kaum denkt man an ihn", dachte dieser mit einer Vorahnung…

+++++

„Alboin" – Die Betreffzeile der Nachricht hatte Camilieri zu einem richtigen Wutausbruch verleitet, wie er ihn seit seiner Ankunft in Cividale nicht gehabt hatte. Damals in Sizilien, ja, da hatte es Ergüsse seiner Wut gegeben, die gefürchtet waren, aber hier im Norden Italiens… anscheinend war seine Wut proportional zur Steigerung der Entfernung von seiner Heimat geschwunden. Bis zu diesem Betreff.

„Eleonora!“, schrie er, das war der Vorname der dienstbeflissenen schwarzen Beamtin aus Udine, die an der Vermittlung saß, „bringen Sie mir Forza und den Hund!“
Eleonora verstand in dem Gebrüll „Forza, den Hund“, zog es angesichts der Rage, in der sich der Commissario befand, aber vor, zu der vermeintlichen Beleidigung zu schweigen. Unverzüglich schickte sie einen Uniformierten, um Forza vom Palio-Umzug auf der Piazza del Duomo zurückzuholen.
Kurz darauf keuchte Forza, immer noch kostümiert, in Camilieris Büro. Statt einer Begrüßung schrie dieser nur: „Und wo ist der Hund?“
Eleonora steckte ihre Allen-vor-allem-den-Vorgesetzten-alles-rechtmachen-wollen-Nase durch die Tür, erblickte zuerst Forza, schaute dann fragend zum Commissario, als wollte sie sagen: „Da steht er ja.“
Aber sie wagte nicht, es auszusprechen. Camilieris Wutausbruch vorhin, eine für sie bis dato unbekannte Seite an dem Mann aus Sizilien, hatte sie genug geschreckt.
Doch da kam keine Wut. Im Gegenteil. Ruhig fragte der Commissario: „Signora Eleonora, haben Sie auch den Hund alarmiert?“
„Welchen Hund?“, stammelte Eleonora und warf einen verzweifelten Blick auf Forza, weil sie es ja auch für beleidigend hielt, den armen Mann als Hund zu bezeichnen. Wo er in seinem Kostüm doch so schwitzte.
„Na, Gero von Bellheim. Ich weiß schon, dass Sie den Hund nicht alarmieren können. Natürlich meinte ich seinen Hundeführer. Haben Sie den rufen lassen?“, antwortete Camilieri, immer noch ruhig, aber bereits ein wenig sich selbst zur Ruhe

zwingend, wie man deutlich an der Stimme hören konnte. Sollte sich das Frage-Antwort-Spiel in die Länge ziehen, drohte Ungemach, so der Unterton.
„Si, no", Eleonora war den Tränen nahe, verstand gar nichts mehr, „also, no, ich habe nicht. Der Hund, Forza, dachte ich..."
„Denken Sie nie mehr in meiner Anwesenheit! Warum Sie es trotz meiner ausdrücklichen Anweisung unterlassen haben, den Hundeführer holen zu lassen, vermag ich nicht zu erklären. Trotzdem ersuche ich Sie, unverzüglich den Hundeführer zu verständigen. Das ist ein Befehl!"
Jetzt schrie der Commissario wieder.
Weinend stürmte Eleonora aus Camilieris Büro und rief nach dem Hundeführer.
„Commissario", meinte Forza erstaunt, „was regt Sie denn so auf?"
„Das E-Mail!", brüllte Camilieri.
„Schon gut, schon gut", versuchte ihn Forza zu beruhigen, „ich weiß, das Programm nervt, weil es die halbe Zeit nicht funktioniert: Einmal lassen sich keine Mails empfangen, dann verschwinden sie wieder urplötzlich nach dem Öffnen ..."
„Ich meine nicht das Programm", unterbrach ihn Camilieri.
„Nein?"
„Nein, ich meine ein ganz bestimmtes E-Mail, das vor wenigen Minuten in meinem Posteingang gelandet ist. Kommen Sie ruhig rüber, Forza, und lesen Sie selbst!"
Forza ging um den großen, aber billigen Schreibtisch des Commissario. Er achtete darauf, nicht in den Kaffeefleck zu treten, und stellte sich hinter Camilieri. Er las.
„Alboin?", fragte er, „ich dachte, Sie kennen keinen Alboin.

Als wir über die Langobarden sprachen, kannten Sie nicht einmal den Namen."
„Che idiota!", entfuhr es Camilieri, „natürlich kenne ich keinen Alboin. Dieses Mail hier, das stammt von Alboin, dem Mörder."
Forza pfiff durch die Zähne.

+++++

Camilieri und Forza kannten sich seit einigen Monaten, seit dem Zeitpunkt, als man den Commissario plötzlich in den Norden Italiens versetzt und in Cividale stationiert hatte. Dem Sizilianer brachte man anfangs ein gehöriges Maß Skepsis entgegen – Mafia und Polizei, im Süden alles eins. Auch Forza verspürte wenig Freude mit dem neuen Vorgesetzten. Die Hoffnungen auf den Chefsessel, die sein Onkel erweckt hatte, als er ihn im Kommissariat untergebracht hatte, waren dahin. Andererseits, Forza und Karriere, das passte nicht recht zusammen. Und so arrangierte sich der Mann aus Cividale mit dem Mann aus Taormina. Hauptsache, er hatte weiterhin seine Ruhe.
Ausschlaggebend für die schlagartige Verbesserung des Klimas zwischen Camilieri und Forza war eine Einladung, die Letzterer nach rund einem Monat ein wenig unbeholfen aussprach.
„Commissario, Elisabetta Forza würde sich glücklich schätzen, Sie zum Essen begrüßen zu dürfen."
„Elisabetta Forza, Ihre Frau?", fragte Camilieri.
„No", antwortete Forza strahlend, „meine Mamma."
Camilieri freute sich über die Einladung, die erste, seit er aus Sizilien angekommen war. Langsam hatte er die einsamen Abende in der kleinen Mietwohnung satt.

„Gerne, Forza, bestellen Sie Ihrer Frau Mamma, dass ich mich freue, sie kennenzulernen."

Mit Blumen in der Hand stand Camilieri vor der Tür der Wohnung in Cividales neuerem Viertel ein wenig außerhalb der Altstadt. Er läutete, Forza riss nervös die Tür auf, als wäre er unmittelbar dahinter gestanden und hätte schon auf die Ankunft des Commissario gewartet.

„Ah, schon da?", begrüßte er Camilieri verlegen.

„Si", sagte Camilieri, „komme ich zu früh?"

„No, no, kommen Sie rein!"

„Commissario", ertönte es mit opernartiger Wucht aus der kleinen Küche.

Auf trat eine rundliche Frau mit Schürze um den Bauch.

„Schön, dass Sie da sind."

Bevor Camilieri die Blumen überreichen konnte, bat Mamma Forza bereits zu Tisch.

„Setzen Sie sich doch, Sie müssen einen gewaltigen Hunger haben!"

„Geht so", murmelte Camilieri, um nicht allzu gierig zu erscheinen. In Wahrheit hätte er den berühmten Ochsen verspeisen können.

Er schaute auf die Blumen in seiner Hand und bedeutete Forza mit den Augen, er möge eine Vase organisieren.

„Diese Bescheidenheit", strahlte Elisabetta Forza, „wenn Giuseppe vom Dienst nach Hause kommt, ist er immer völlig ausgehungert. Und die schönen Blumen! Tante grazie, Commissario!"

Bevor Camilieri antworten konnte, plätscherte bereits Rotwein in sein Glas.

„Merlot alla casa von Onkel Giorgio", erklärte der Forza-Sohn.
„Ich hoffe, Commissario, ich habe Ihren Geschmack getroffen", setzte Mamma Forza fort, „Prosciutto aus San Daniele als Antipasto. Im Vertrauen gesagt, Commissario, der schmeckt besser als der aus Parma. Noch zarter, zergeht auf der Zunge."
„Verantwortlich dafür ist das Klima", ergänzte Sohn Forza, „in San Daniele treffen sich die Winde aus dem Norden, von den Bergen, mit den Winden vom Meer aus dem Süden."
„Offenbar Experten", dachte Camilieri und das Wasser begann ihm im Munde zusammenzulaufen.
„Danach", schwärmte der Forza-Sohn weiter, „können Sie sich freuen: Zuppa di fagioli. Mamma macht die beste Bohnensuppe der Welt."
„Thymian", unterbrach die Mamma, „das Geheimnis ist mein Thymian. Er wächst direkt auf der Veranda."
Sie zeigte nach draußen, wo ein dichtes Kräutergestrüpp in der Abendsonne leuchtete.
„Und deine Kochkunst", ergänzte der Forza-Sohn pflichtbewusst und voll Überzeugung.
„Auch die Bohnen", überging die Forza-Mutter das Lob ihres Sohnes, „sind wichtig. Mit den falschen Bohnen kann man die ganze Suppe vergessen. Dazu der Speck – ohne Pancetta keine Bohnensuppe. Fett, aber nicht zu fett. Aber auch nicht zu mager. Wie es sie nur mehr in der Macelleria in unserer Gasse gibt."
„Und dann deine Pasta als Einlage." – Der Sohn.
„Hausgemacht." – Die Mutter.
„Ohne hausgemachte Pasta keine original italienische Bohnensuppe." – Wieder der Sohn.

Camilieris ohnehin nicht schwach ausgeprägter Appetit an diesem Samstagabend wuchs von Minute zu Minute. Allein das Zuhören machte ihn hungrig.
„Aber warten Sie erst auf die Hauptspeise, Commissario!"
Camilieri wäre inzwischen bereits über einen bescheidenen Gruß aus der Küche froh gewesen. Hauptsache, etwas Essbares.
„Pollo con polenta!"
„Aber nicht ein einfaches Brathuhn, wie Sie es aus dem Ristorante kennen", erklärte Giuseppe Forza, „nein, Mamma füllt es mit vielen Kräutern."
Alle drei blickten aus der Tür zur Veranda und schauten ohne Worte auf die Kräuterbüsche, die teilweise das Geländer emporwucherten.
„Und dann streicht sie einen Hauch Honig über die Haut."
„Aber erst knapp vor dem Fertigbraten", fügte Elisabetta Forza hinzu, „das ist wichtig, sonst wird das Huhn schwarz. Der Honig verbrennt schnell."
„Polenta", fuhr der Sohn fort, „werden Sie unten in Sizilien nicht kennen, Commissario. Hier bei uns lässt sie sich nicht wegdenken, sie zählt quasi zu den Grundnahrungsmitteln. Ohne Maisgrieß kein ordentliches Essen."
„Was isst man eigentlich in Sizilien?", erkundigte sich Elisabetta Forza, „ich habe vor Kurzem einen Krimi gelesen – spannend, sage ich Ihnen. Da hat der sizilianische Commissario, ich glaube, er hieß Montalbano oder so, aber alle haben ihn ständig Salvo oder so genannt, immer nur Fisch gegessen. Kennen Sie den? Zu Mittag im Ristorante Fisch, abends im Ristorante Fisch. Und das die ganze Woche."
Camilieri lächelte: „Das gibt's wohl nur im Roman.

Jeden Tag Fisch im Ristorante könnte ich mir mit meinem bescheidenen Gehalt gar nicht leisten."
„Überhaupt jetzt", sekundierte Kollege Forza, „wo wegen der Finanzkrise laufend die Löhne gekürzt werden."
„Und die Gewerkschaft schaut tatenlos zu!", ärgerte sich seine Mutter, „gut, dass Giuseppe zuhause essen kann. Da spart man sich viel."
Dann kehrte sie zum Wesentlichen zurück: „Wenn Sie keine Polenta kennen, Commissario, dann kennen Sie bestimmt auch nicht unsere Gubana."
„Doch, die hab' ich schon gesehen, im Caffè Longobardo."
„Kein Vergleich zu meiner selbstgemachten Gubana! In meine Fülle kommen nur selbstgepflückte und selbstgeriebene Nüsse von Onkel Giorgios Baum!"
„Im Caffè", dachte Camilieri, „hab' ich die Gubana wenigstens gesehen, hier bis jetzt nur von ihr gehört… wie auch vom restlichen Essen."
Das änderte sich binnen Sekunden. Giuseppe Forza füllte das Weinglas des Commissario auf, seine Mamma trug die Antipasti-Platte aus der Küche, groß wie ein Lkw-Reifen. Camilieri wunderte sich, dass sie in der winzigen Küche überhaupt Platz gefunden hatte. Allein die Menge an Prosciutto hätte locker eine fünfköpfige Familie gesättigt.
„Also, dann lasst uns essen und trinken!", forderte Elisabetta Forza ihren Sohn und den Gast auf, ordentlich zuzugreifen.
„Sonst sind wir tot", dachte Camilieri, sagte aber nur: „Grazie, buon appetito!"
Dann entspann sich ein feines Mahl, aufgrund der teils unbekannten Zutaten für Camilieri zwar fremd, dennoch wohl-

schmeckend. Hätte er der beinahe im Minutentakt geäußerten Aufforderung von Forzas Mamma Folge geleistet, nur ja ordentlich zuzugreifen, hätte er wahrscheinlich schon nach dem Antipastiteller mit dem zugegeben himmlischen Rohschinken kapitulieren müssen. Im Gegensatz zu italienischen Ristoranti, muss man wissen, servieren italienische Mamme nämlich Portionen, als gäbe es morgen kein Essen mehr, ach was, als gäbe es überhaupt kein Morgen.

So aber riss sich Camilieri am Riemen und beendete jeden Gang, als es am schönsten war respektive am besten schmeckte. Nichtsdestotrotz genoss er an der als Dolci servierten Gubana dann vor allem den Grappa, den Mamma Forza dazureichte – er konnte nicht mehr zugreifen, schon gar nicht ordentlich.

„Grappa von Onkel Giorgio."

„Ah, der mit den Nüssen", erinnerte sich Camilieri.

„Ein Juwel von einem Onkel. Er war es", Mamma Forzas Stimme wurde plötzlich leise und vertraulich, „der meinen Giuseppe bei der Kriminalpolizei untergebracht hat."

Camilieri konnte ein Grinsen kaum unterdrücken.

„In Sizilien wäre Onkel Giorgio sicher Padrone bei der Mafia", meinte Giuseppe Forza, dem die Enthüllung sichtlich unangenehm war, säuerlich.

„Giuseppe! Untersteh dich, so von Onkel Giorgio zu sprechen!" Elisabetta Forza bekreuzigte sich dreimal.

Camilieri setzte schon zum üblichen „Che idiota!" an, besann sich angesichts der Gastfreundschaft, die er in Mamma Forzas Haus genoss, aber eines Besseren und sagte nur: „Die wahren Kriminellen sitzen ohnehin in der Regierung in Rom."

Elisabetta Forza bekreuzigte sich gleich noch einmal und ignorierte den Rotwein, der sich aus dem Glas, das Camilieri in der Hitze des Gesprächs umgestoßen hatte, auf das weiße Tischtuch ergoss.

✢✢✢✢✢

Vom guten Einvernehmen vergangener Tage war wenig zu spüren, als Giuseppe Forza seinem Chef über die Schulter schaute und auf das E-Mail starrte, das man dem Commissario übermittelt hatte. Zu angespannt war die Stimmung in Camilieris Büro, dazu die heulende Eleonora, deren Schluchzen draußen am Empfang nicht zu überhören war.

„So etwas habe ich noch nie erlebt, Commissario“, stammelte Forza, „da schickt uns ein Mörder einfach ein E-Mail.“

„Glauben Sie mir, Forza, auch ich habe so etwas noch nicht erlebt.“

„Dazu wäre nicht einmal die Mafia fähig...“

„Schweigen Sie, Forza“, unterbrach der Commissario, „und lesen Sie weiter.“

Forza trat näher an den Bildschirm heran und kam aus dem Staunen nicht heraus.

„Aber Commissario, wenn ich das richtig verstehe, dann hat Alboin Lydia in seine Gewalt gebracht. Er hat sie aus der engen Gasse gezerrt. Er ist ihr Entführer.“

„Vollkommen richtig, Forza, Alboin hat Lydia. Aber lesen Sie weiter, es kommt noch dicker.“

Forza kniff die Augen zusammen und las.

„Das verstehe ich nicht ganz, Commissario. Was heißt das, er wird aufgrund der besonderen Umstände auf die Bestrafung Lydias verzichten?"
„Ich weiß es nicht, Forza. Aber es verleiht Anlass zur Hoffnung."
„Und was machen wir jetzt?"
„Die Suche nach Lydia intensivieren. Wir müssen sie finden, bevor dieser Alboin seine Meinung wieder ändert."
„Aber wo beginnen? Sie müssten ja noch hier in Cividale sein."
„Zumindest im Umkreis. Viel Zeit ist seit der Entführung nicht vergangen."
Camilieri erhob sich von seinem Schreibtischsessel.
„Eleonora!", rief er hinaus.
Ein leises „Si" und ein noch leiseres Schluchzen waren zu hören.
„Haben die Ermittlungen in den Trafiken ein Ergebnis gebracht?"
„Weiß nicht, Commissario!"
„Wären Sie so freundlich, das für mich in Erfahrung zu bringen?"
„Si."
Dann wandte sich Camilieri wieder Forza zu.
„Schnappen Sie sich Ihre Dienstwaffe, Forza! Und ziehen Sie endlich das alberne Scharfrichterkostüm aus. Der Palio wird heute ohne Ihre Mitwirkung weitergehen müssen."
„In Ordnung, Commissario, ich bin in einer Sekunde so weit."
Eleonora fragte er: „Ist der Hundeführer endlich da?"
„Si."
„Dann schicken Sie ihn rein!"

„Si."
Als der Hundeführer mit Gero von Bellheim in Camilieris Büro kam, stieß der Hund ein kurzes, aber freundliches „Wuff!" aus. Es bedeutete „Ciao!".
„Gero!", begrüßte der Commissario den Hund, „du musst uns helfen."
„Wuff – Si."
Eleonora näherte sich von draußen der Tür zu Camilieris Büro und schaute vorsichtig herein.
„Ah, Eleonora", sagte der Commissario jovial und bemüht freundlich, „fürchten Sie sich vor Hunden?"
„Ich?", fragte Eleonora erstaunt, „no, ich mag Hunde."
„Ich dachte nur, weil Sie so verhalten an der Tür stehengeblieben sind."
Eleonora wagte nicht zu sagen, dass es weniger der Hund war, der ihr Angst machte. Eher der Commissario und seine Wutausbrüche.
Stattdessen berichtete sie: „Ich wollte nur sagen, dass in den letzten Tagen etliche Hundert Schachteln NT filtro in den Trafiken verkauft wurden. Und dass kein besonders auffälliger Käufer darunter war, der den Trafikanten in Erinnerung geblieben wäre. Das hat mir die Streife soeben gemeldet."
„Ich hab's befürchtet", antwortete Camilieri, „grazie, Eleonora!"
Und zum Hund meinte er: „Unsere Hoffnungen ruhen auf deinen Schultern, Gero!"
„Der Große Bellheim hat mehr drauf, als ihm Ihr Kollege zutraut", sagte der Hundeführer an Hundes statt.

„Erinnern Sie mich nicht daran", seufzte Camilieri, „hätte ich nicht auf Forza gehört, hätten wir Lydia befreit und vermutlich auch unseren Dreifachmörder erwischt. Che idiota!"

+++++

Der hagere bleiche Mann zog an seiner Zigarette. Er hatte den Fehler ausgebessert, ausgerechnet jene Frau zu entführen, in die sich offenkundig ein Bulle verknallt hatte: Er hatte Lydia im neuen Versteck einfach sich selbst überlassen. Mit ein wenig Glück war sie bald frei. Vorausgesetzt, der Sizilianer würde sie finden. Aber darum konnte er sich nicht auch noch kümmern. Damit war hoffentlich der gefährliche Eros, der Lebenstrieb, die Liebe, beim Sizilianer ruhiggestellt. Der Todestrieb Thanatos, also die Aufklärung der Morde, stellte eine viel schwächere Triebfeder dar. Er würde den Commissario weniger stark antreiben. Den musste er nicht fürchten, der führte nur zu Dienst nach Vorschrift. Die Sache würde einschlafen, die Toten zu den Akten wandern und er unbehelligt bleiben. Er entnahm eine neue Packung NT filtro der Stange, die er über eine einschlägige Homepage auf Postadresse bestellt hatte…

+++++

Das E-Mail war von einem PC in Udine verschickt worden. So viel hatten die Computerexperten der Kripo schnell herausgefunden. Auch der Standort des Computers war rasch entdeckt. Damit war die Erfolgsbilanz allerdings zu Ende geschrieben. Der PC stand als eines von neun Geräten in einem düsteren

Internet-Café. Wer im Lokal ein und aus ging, wer an den Computern wann Platz nahm, entzog sich der Kenntnis des Betreibers.

„Hey Mann", erklärte er Forza auf dessen Nachfrage, „wir versuchen die Anonymität des Wewewe auch im Caffè zu spielen. Firmenphilosophie, verstehst du, Mann?"

Forza verstand. Er verstand auch, dass er den bekifften Kaschemmeninhaber vielleicht wegen eines Drogendelikts festnehmen hätte können; einen Beitrag zur Auffindung Lydias oder gar zur Festnahme Alboins konnte die schräge Type jedoch unter Garantie nicht leisten.

Frustriert fuhr Forza nach Cividale zurück, wo Camilieri mit Hund und Hundeführer inzwischen die Suche wiederaufgenommen hatte.

+++++

Der Hundeführer wollte es nicht glauben.

„Was hat der Entführer in seinem E-Mail geschrieben?", fragte er.

„Er hat geschrieben, dass er von einer Bestrafung Lydias absehen wird. Ausnahmsweise, wie er erklärt", antwortete Camilieri, „deshalb hat er sie in seinem Versteck einfach sich selbst überlassen. Dieses zynische Schwein!"

„Und wo sich das Versteck befindet, hat er nicht verraten?"

„Nein."

„Also haben wir zwar Zeit gewonnen, aber nicht viel."

„Genau. Erstens wissen wir nicht, wie lange Lydia in ihrem Gefängnis durchhalten kann.

Zweitens haben wir keinerlei Garantie, dass es sich der Irre nicht anders überlegt."

„Und Sie glauben, Commissario, der Entführer ist auch der Mörder?"

„Da bin ich mit sicher", antwortete Camilieri, „wie käme er sonst auf einen Betreff namens ‚Alboin'?"

„Alboin war ein alter Langobardenkönig. Hier in Cividale klingt der Name nicht so seltsam wie vielleicht anderswo."

„Das hat Forza auch gemeint. Trotzdem: Lydias Entführer und der Mörder sind ein und dieselbe Person. Haben wir erst Lydia gefunden, finden wir wahrscheinlich auch eine Spur zum Mörder."

„Gebe Gott, dass es so ist!"

„Wuff – Fast hätten wir sie schon gehabt."

„Spürt der Hund etwas?", fragte Camilieri auf Geros Bellen hin.

„Jetzt ist es natürlich schwieriger als vorhin. Viel Zeit ist vergangen, viele Gerüche haben sich im wahrsten Sinne des Wortes in Luft aufgelöst, neue sind dazugekommen", erklärte der Hundeführer.

„Wir müssen sie finden", überging Camilieri den Einwand, „Forza soll uns, sobald er aus Udine zurückgekehrt ist, eine Liste in Frage kommender Örtlichkeiten erstellen, an denen Lydia gefangen sein könnte."

„Sie vertrauen ihm nach seiner missglückten Expertise zum mittelalterlichen Turm noch immer? Er war es, der mich und Gero vom Turm weggelockt hat."

„Was bleibt mir anderes übrig? Er kennt sich hier aus."

„Dann wollen wir mal!", ermunterte der Hundeführer mehr sich selbst als den Hund zur Fortsetzung der Suche.

„Gibt's eigentlich nur diesen einen Hund?", wunderte sich der Commissario, während der kleine Trupp in den von vorhin bekannten Trott verfiel: Vorne Gero von Bellheim, der deutsche Schäferhund aus Freiburg, die feuchte Schnauze knapp über dem Boden wie eine Staubsaugerdüse; im Schlepptau der Hundeführer, der die Geschwindigkeit des Tieres mit der Leine drosselte; knapp dahinter Camilieri, Letzterer ständig telefonierend, um sich von Eleonora über den aktuellen Stand der Ermittlungen an allen Fronten informieren zu lassen.
„Commissario, es ist Wochenende", antwortete der Hundeführer mit dem Versuch einer Erklärung auf die Frage nach nur einem Hund, „außerdem hat uns Rom das Budget so zusammengekürzt, dass eigentlich auch ich nicht im Dienst sein dürfte. Sie wissen ja, die Staatsverschuldung."
„Was ist das für eine Welt, in der ein paar Euro Budgetdefizit wichtiger sind als ein Menschenleben?", fragte Camilieri.
„Noch dazu, wo die Euro ohnehin schon ausgegeben sind. Die sind eh schon weg."
„Schuldenabbau", bemerkte Camilieri lakonisch.
„Und die anderen Staaten haben keine Schulden? Russland, die USA, alle reich, oder wie? Die machen mit uns, was sie wollen, Commissario. Und keiner traut sich den Mund aufzumachen."
„Politik", meinte Camilieri immer noch lakonisch und ein wenig nachdenklich, „das ist Politik. Die Zeiten sind leider vorbei, in denen Rom der Nabel der Welt war. Heute hat Italien praktisch keine Bedeutung im Konzert der Staaten mehr."
„Machen Sie sich keine Sorgen, Commissario", wechselte der Hundeführer das Thema und versuchte, Camilieri ein wenig aufzuheitern, „Gero von Bellheim ist der beste Spürhund, den

wir haben. Nicht umsonst nennt man ihn den Großen Bellheim – il grande. Wenn es etwas zu erschnüffeln gibt, seine Nase riecht es."

„Wuff, wuff, wuff", bellte der Hund.

+++++

Beim Palio di San Donato bemerkte kaum jemand das Treiben des Suchtrupps. Die wenigen, denen die kleine Mannschaft mit dem Hund auffiel, dachten an eine Übung für einen später am Abend oder am Sonntag stattfindenden Bewerb. Die drei Morde waren längst verdrängt, Gedanken daran im Meer der festlichen Stimmung versunken. Und im Falle der Entführung der österreichischen Touristin fühlten sich die Handvoll Leute, die überhaupt davon wussten, wohl eher erleichtert, dass es nicht sie getroffen hatte, sondern eine andere. Der Mensch, muss man wissen, ist ja doch ein grauenhafter Egoist, auch in Italien.

Mit sich und seiner Rede zufrieden, blickte der Bürgermeister über den Festplatz. Der Andrang entsprach in etwa dem vergangener Jahre. Von düsterer Stimmung, wie man angesichts der Katastrophe erwarten hätte können, die über das friulanische Städtchen hereingebrochen war, keine Spur. Wahrlich, es hatte sich ausgezahlt, dass er sich für die Durchführung der Veranstaltung starkgemacht hatte. Die Wirtschaftstreibenden der Stadt, allen voran die Wirte, würden es ihm danken – am Montag nach dem Palio in Worten, ein paar Tage später mit Leserbriefen in den lokalen Zeitungen und im nächsten Jahr

mit ihrer Stimme bei den Kommunalwahlen. Der Bürgermeister konnte zufrieden sein.
In dieser heiteren, aufgeräumten, jovialen Stimmung grüßte er viele Bekannte, schüttelte jede Menge Hände, darunter die Elisabetta Forzas.
„Signora Forza“, begrüßte er sie, „wir haben Ihrem Sohn eine große Ehre zuteil werden lassen. Er gibt heuer am Palio den Scharfrichter.“
„Leider habe ich zu spät davon erfahren“, klagte die betagte Mamma darüber, die vermeintliche Sternstunde ihres figlio versäumt zu haben, „wie gerne hätte ich meinen Giuseppe im Kostüm gesehen.“
„Dafür gibt es noch genug Möglichkeiten“, beruhigte sie der Bürgermeister, „der Palio di San Donato dauert noch den ganzen morgigen Tag. Wir haben gerade erst Halbzeit, wenn Sie mir den Ausflug in die Welt des Fußballs gestatten.“
„Aber ich kann Giuseppe nirgendwo entdecken.“
„Wie?“, fragte der Bürgermeister irritiert.
Er schaute in die Runde der Festbesucher, er sondierte die historisch kostümierten Teilnehmer des Umzugs. Dann winkte er einen der diensttuenden Streifenpolizisten herbei.
„Sagen Sie, wo ist Forza?“
„Forza? Der wurde vor einer Weile ins Kommissariat zurückbeordert. Er sollte nach Udine.“
„Was macht unser Scharfrichter in Udine?“
„Ermitteln.“
„Kann denn dieser sizilianische Schnüffler gar nichts alleine machen!“, ärgerte sich der Bürgermeister.
Er wandte sich Signora Forza zu.

„Elisabetta", sagte er und breitete die Arme aus wie ein Priester zum Gebet, „Sie müssen uns helfen! Ihr Sohn! Er ist so pflichtbewusst, dass ihm der Dienst über alles geht. Jetzt ermittelt er in Udine, statt hier beim Palio seinen Scharfrichter zu stellen. Dabei bräuchten wir ihn dringend. Ohne ihn geht das hier nicht, vielleicht könnten Sie auf ihn einwirken… Die Rolle des Scharfrichters zählt wirklich zu den größten Auszeichnungen, die unsere Kommune zu vergeben hat."

„Ich werde es versuchen", erklärte Elisabetta Forza, „aber Giuseppe kann sehr eigensinnig sein. Das hat er von – Gott hab ihn selig – seinem babbo. Und der hatte es von seinem babbo, also von Giuseppes – Gott hab auch ihn selig – nonno. Am leichtesten verführt man ihn mit einer würzigen Bohnensuppe oder einem feinen Brathähnchen. Vielleicht kann ja Onkel Giorgio auf Giuseppe einwirken…"

„Eine ausgezeichnete Idee, Signora Forza, Onkel Giorgio war es ja auch, der Ihren Sohn zum Beruf des Ermittlers, nun, sagen wir: ermuntert hat. Er möge auf ihn einreden, er möge ihn von der Bedeutung des Palio di San Donato für unser schönes Cividale überzeugen."

Derweil versammelten sich auf der Piazza del Duomo die Bogenschützen, Trommelschläger und Schwertkämpfer zu Schaukämpfen, bevor später am Abend die Staffeln der einzelnen Borgi zum Wettstreit im Laufen antreten sollten.

✢✢✢✢✢

Just als Giuseppe Forza die Ortstafel von Cividale erreichte, klingelte sein Handy. Obwohl er ohne Freisprecheinrichtung gar nicht abheben hätte dürfen, nahm er das Gespräch entgegen.

„Giuseppe", tönte es in sein Ohr, „Onkel Giorgio hier. Was muss ich hören? Du erweist dich einer der höchsten Auszeichnungen unserer Stadt als unwürdig?"

„Onkel Giorgio", erwiderte Forza, „wer hat dir denn das gesagt?"

„Deine Mutter", antwortete Onkel Giorgio und fügte, leiser werdend, hinzu: „Im Auftrag von ganz oben. Signore Sindaco, unser Herr Bürgermeister, hat sich bei ihr beschwert, dass du als Scharfrichter den Palio schwänzt."

„So weit oben ist der auch wieder nicht", meinte Forza.

„Giuseppe!", regte sich Onkel Giorgio auf, „du weißt, wie schwer es war, dich im Kommissariat unterzubringen!"

„Schon gut, Onkel Giorgio, schon gut. Ich bin dir ja sehr dankbar für deine Unterstützung."

„Weißt du, Giuseppe, was man hört?"

„Was hört man denn, Onkel Giorgio?"

„Man hört, dass unser Sindaco, unser Bürgermeister, unzufrieden mit deinem Chef ist."

„Du meinst Camilieri?"

„Genau den. Und jetzt denk einmal nach: Sollte Camilieri in die Wüste geschickt werden, sprich zurück nach Sizilien, wer, glaubst du, würde wohl an seine Stelle treten?"

„Keine Ahnung. Dann kommt eben der nächste Süditaliener nach Cividale. Außerdem ist es nicht Sache des Bürgermeisters, einen Commissario irgendwohin zu schicken. Dafür ist er eine Nummer zu unbedeutend, das fällt gar nicht in seine Kompetenz."

„Sag das nicht, Giuseppe, nicht direkt vielleicht, aber die Wege des Herrn sind unergründlich", erklärte Onkel Giorgio mitleidsvoll, „du lernst es nie. Wenn Camilieri geht, wirst du sein Nachfolger. Ein bisschen was werden wir Friulaner in Norditalien wohl noch zu reden haben!"

„Und du meinst, das funktioniert?"

„Das funktioniert garantiert! Schau dir Camilieris Bilanz doch einmal an: lauter Ermittlungspannen, keine Ergebnisse. Das steht der nicht lange durch."

„Eigentlich bin ich zufrieden mit meinem derzeitigen Job. Und Camilieri ist an und für sich ein ganz angenehmer Chef."

„Giuseppe!", seufzte Onkel Giorgio, „deine Mamma würde sich sehr freuen. Denk doch an sie. Erweise dich der Ehre würdig, die die Rolle des Scharfrichters für einen gebürtigen Bürger Cividales darstellt. Prego!"

Onkel Giorgio legte auf. Forza bog beim Kommissariat ein und beschloss, ungeachtet von Onkel Giorgios Gardinenpredigt den Scharfrichter Scharfrichter sein zu lassen. Wie es Camilieri gefordert hatte. Schließlich war er sein Chef, der Bürgermeister war nur der Bürgermeister. Und Onkel Giorgio? Schlimmstenfalls würde es im Herbst keinen Wein und keine Nüsse geben…

III. BEATA VERGINE DI CASTELMONTE

Groß war die Auswahl an Örtlichkeiten, die als Lydias Gefängnis dienen konnten. Darüber herrschte bald Klarheit, nachdem man die Suche mit dem Hund erneut unterbrochen hatte. Ziellos mit Gero durch das an den wichtigsten Stätten infolge des Palio hoffnungslos überfüllte Cividale zu stöbern ergab keinen Sinn. Auch wenn es sich Camilieri schwer eingestehen wollte – sollte es nicht gelingen, vorab einige markante Plätze herauszudestillieren und das Suchgebiet straff einzuschränken, würden sie Lydia in hundert Jahren nicht finden. Da half die beste Spürnase der Welt nichts. Und auf Kommissar Zufall hoffen wollten die erfahrenen Ermittler auch nicht, dafür fehlte die Zeit.

„Denken wir noch einmal genau nach! Versetzen wir uns in die Rolle des Entführers“, schlug der Commissario in der kleinen Runde vor, zu der inzwischen wieder Forza gestoßen war. „Was würden wir tun, wenn wir drei Menschen ermordet hätten und eine entführte Frau verstecken müssten?“

„Also, ich würde die Frau Frau sein lassen und mich schleunigst aus dem Staub machen. Mindestens in die Südsee. Oder besser noch an den Nordpol, da ist es nicht so heiß“, erklärte Forza spontan. Die Anstrengung der Fahrt nach Udine in der nachmittäglichen Hitze stand ihm ins schweißüberströmte Gesicht geschrieben.

„Stimmt“, bestätigte Camilieri, „das wäre das Klügste. Aber unser Entführer tickt ganz anders. Er muss den Schauplatz seiner Morde spüren. Wahrscheinlich plant er sogar weitere Untaten. Warum hätte er sonst Lydia von der Straße weggeschleppt? Ihm geht es also nicht um die Flucht allein. Ich vermute, er ist noch hier, vielleicht beobachtet er uns sogar.“

„Ein beunruhigender Gedanke", warf der Hundeführer ein, und Gero bellte.

„Wo würden wir unser Opfer verstecken?", bohrte der Commissario weiter, „wohin würden wir die Frau bringen, der wir ursprünglich nach dem Leben trachteten, bevor uns irgendein – uns unbekanntes – Ereignis gezwungen hat, von unserem Treiben Abstand zu nehmen und unsere Pläne zu ändern?"

„Sie meinen, von einer Bestrafung Lydias Abstand zu nehmen, wie er sich ausdrückte?"

„Exakt."

„Was Sie da gesagt haben, Commissario, bedeutet", analysierte der Hundeführer, „dass wir einen Ort suchen, der möglichst im Verborgenen liegt. Schließlich sollte es ja der Ort sein, an dem eigentlich die Bestrafung Lydias stattfinden hätte sollen. Diesbezügliche Pläne wurden erst später geändert."

„So ist es. Der Ort sollte möglichst schwer zu entdecken sein. Ich bin überzeugt davon, dass der Entführer Lydia nach Änderung seiner Absicht nicht mehr in ein anderes Versteck verfrachtet hat, sondern möglichst schnell verschwunden ist. Dann hat er uns das E-Mail geschickt, dass wir Lydia suchen sollen. Ob wir sie finden oder nicht, war ihm egal."

„Also hat er sie dort, wo sie gerade waren, einfach sich selbst überlassen."

„Dieses Schwein!" – Camilieri unterdrückte seine Gefühle nicht.

Schweigen machte sich breit.

Nach einigen Sekunden, in denen jeder seinen eigenen Gedanken nachhing, ordnete Camilieri an: „Forza, jetzt sind Sie am Zug. Sie kennen Cividale wie Ihre Westentasche. Sie haben als

Kind hier gespielt und die entlegensten Winkel aufgestöbert, wie Sie mir bei unserem Abstieg ins Hypogäum erzählten. Nehmen Sie Ihre gesamte Ortskenntnis zusammen und suchen Sie nach Plätzen, an denen Lydia versteckt sein könnte. Und beziehen Sie das Umland ein!"

Den Hundeführer bat der Commissario: „Borgen Sie mir bitte Gero, ich muss hier raus, sonst fällt mir die Decke auf den Kopf. Ich besuche noch einmal den Palio. Vielleicht gibt es irgendeine Merkwürdigkeit, irgendetwas, das wir bis jetzt übersehen haben. Der Hund soll mich begleiten und mir beim Denken helfen."

Camilieri versuchte ein Lächeln, das ihm nicht gelingen wollte.

„Gehen Sie besser dem Bürgermeister aus dem Weg!", riet Forza seinem Chef vor dem Weggehen.

„Warum?", fragte dieser.

„Man hört, dass an Ihrem Sessel gesägt wird", antwortete Forza vage, ohne zu berichten, dass er das von Onkel Giorgio erfahren hatte.

„So, so, hört man das", meinte Camilieri. Plötzlich wusste er, dass er konträr zu dem handeln würde, was Forza geraten hatte. Er würde dem Bürgermeister keineswegs aus dem Weg gehen. Im Gegenteil, er würde ihn zur Rede stellen. Wie in Sizilien. So konnte er seine Wut auf Alboin, auf den Bürgermeister, auf sich selbst, auf alle am besten kanalisieren.

✢✢✢✢✢

Schreibtischarbeit, muss man wissen, gefällt keinem richtigen Polizisten. Genau diese wartete für die nächsten Stunden auf

Forza. Aber Forza war kein „echter Bulle". Er war kein Schnüffler, der sich so in eine Ermittlung verbeißen konnte, dass er darüber Zeit und Ort, Essen und Trinken vergaß, Hauptsache, er war draußen auf der Straße, dort, wo es sich abspielte. Forza liebte es gemütlicher, der Ausflug nach Udine am Nachmittag hatte ihm völlig gereicht. Und so machte es ihm nichts aus, mit Stadtplan, Regionalkarte der Umgebung Cividales, Notizblock und Bleistift an seinem Arbeitsplatz im muffigen Kommissariat zu sitzen. Über den Bildschirm seines PCs flimmerte Google Maps, „Cividale del Friuli, Provincia di Udine, Italia" als Eintrag in der Suchzeile.

Die Schreibtischlampe war bereits eingeschaltet, weil die rasch wachsenden Schatten der Häuser die tief stehende Sonne beharrlich bedrängten und aus der Stadt hinauszuwerfen begannen. Draußen am Empfang tat Eleonora immer noch Dienst.

„Wieso gehen Sie nicht nach Hause", rief Forza zu ihr hinaus, „oder zum Palio di San Donato?"

„Si", wisperte Eleonora.

„Was heißt ‚si'?", fragte Forza laut, „gehen Sie jetzt heim oder auf den Palio?"

„Schimpfen Sie nicht auch noch mit mir", schluchzte Eleonora, „der Commissario hat heute schon genug geschrien."

„Er durchlebt schwere Stunden."

„Was kann ich dafür?"

„Nichts, Eleonora", versuchte Forza sie zu trösten, „Sie können nichts dafür. Und jetzt gehen Sie endlich zum Palio di San Donato! Kaufen Sie sich einen Grillspieß, dazu einen Wein, und vergessen Sie den heutigen Tag einfach!"

„Grazie", hauchte Eleonora, die inzwischen in der Tür zu Forzas Kabuff stand. Ihr seidenschwarzes Haar glänzte im Licht der untergehenden Sonne, die schwach durchs Fenster schien. Oder glänzte es bereits im Schein von Forzas Schreibtischlampe?
„Möchten Sie mich nicht begleiten?", fragte Eleonora unvermittelt.
Forza schaute erstaunt auf.
„Tut mir leid", erwiderte er, „ich muss noch arbeiten und für den Commissario eine Liste möglicher Verstecke unserer entführten Österreicherin erstellen. Und danach wartet sicher Mamma mit dem Essen auf mich."
„Schade", meinte Eleonora enttäuscht.
„Vielleicht ein andermal", sagte Forza, „Buona sera!"
Eleonora entschwand. Forza schaute ihr hinterher und fragte sich, ob er nicht einen Fehler begangen hatte. Einen großen Fehler sogar, denn der nächste Palio di San Donato würde erst in einem Jahr stattfinden... So schnell, wie er gekommen war, verdrängte er den Gedanken und widmete sich seiner Arbeit. Schließlich galt es ein Entführungsopfer zu befreien. Das hatte Vorrang gegenüber privaten Gefühlen.
Keine leichte Aufgabe! Cividale verfügte über alte und uralte Gebäude en masse. Damit hätte man locker eine Großstadt füllen können. Jedes dieser Häuser war unterkellert, die Verliese hatte oft seit Menschengedenken niemand mehr betreten. Dazu die große Burganlage, die aufgelassenen Klöster, die Wege und Steige hinunter zum Fluss, die Kavernen und Höhlen entlang der Ufer. Wenn man etwas oder jemanden verstecken wollte, war man in Cividale an der besten Adresse. Die drei Morde hatten auf grausame Art bewiesen, wie geeignet das Städtchen für

finstere Umtriebe war... Forza schämte sich für den Gedanken. Beinahe wäre dieses Schicksal auch Lydia widerfahren, hätte der Entführer nicht in letzter Minute seine Meinung geändert und aus unbekannten Gründen darauf verzichtet, statt dreifacher ein vierfacher Mörder zu sein...
Schnell wurde Forza klar, dass er ein paar Parameter definieren musste, um die Anzahl der möglichen Verstecke einzugrenzen. Nur Plätze, die allen Anforderungen entsprachen, würden sie absuchen. Und dabei hoffen, dass der Entführermörder trotz seiner offenkundig schrägen Gedankenwelt bei der Auswahl des Verstecks ähnliche Prioritäten gesetzt hatte wie Forza bei der Rekonstruktion seiner Vorgangsweise. Mamma Forza würde in so einem Fall vermutlich beten. Das hatte sich Giuseppe Forza im gleichen Maße abgewöhnt, wie seine Leibesfülle in den letzten Jahren durch Bohnensuppe – Zuppa di fagioli, Huhn – Pollo und Polenta angewachsen war.
Forza machte sich ans Werk und ging die infrage kommenden Örtlichkeiten gewissenhaft durch.

✢✢✢✢✢

Die Stimmung am Palio di San Donato war mittlerweile wirklich gut. Spannung lag in der Luft, nicht wegen der Morde, sondern der Wettbewerbe wegen. Sie übertrug sich von den beim Staffellauf sich messenden Borgi auf die Besucher. Wenngleich der Großteil der Gäste gar nicht wusste, worum es bei den Wettkämpfen eigentlich ging – um ein Kräftemessen der einzelnen Stadtviertel nämlich –, erfreute man sich doch an den dargebotenen Vorführungen. Wo sonst konnte man Schwertkämpfern bei der Arbeit zusehen oder – außer bei einem Rockkonzert – Menschen einmal so richtig auf die Felle ihrer Trommeln eindreschen hören? In einer Lautstärke, dass man um die Fassaden des mittelalterlichen Städtchens fürchtete! Wo sah man Jugendliche pfeilschnell durch die Gassen flitzen, ohne den Verdacht auf Doping zu hegen? Gedopt wurde bei diesem Bewerb höchstens mit Lob und Ehre, mit einem freundschaftlichen Schulterklopfen für den Sieger oder einem genauso freundlichen Wort für die Unterlegenen. Wo genoss man mittelalterliche Speisen von einem Grill, so groß, dass ein ganzer Ochse locker darauf Platz gehabt hätte? Wo schlürfte man Wein und Bier aus Gefäßen, die, obwohl aus Plastik, aussahen, als hätte schon König Alboin persönlich aus ihnen gesoffen?

Alboin, der Name ließ Camilieri nicht einen Augenblick los. Als er mit Gero von Bellheim durch die menschengefüllten Gassen Cividales streifte, wollte er den Kopf freibekommen. Seine Absicht war gewesen, für ein paar Minuten alles auszublenden, kurz alle beruflichen Probleme, die wie ein Eisberg vor ihm standen, zu vergessen, einfach ein Viertelstündchen abzuschalten, um dann das Aggregat von Neuem anzuwerfen und so durchzustarten, dass die Räder qualmten. Erfolglos, seine Gedanken drehten sich im Kreis, von Alboin über den Bürgermeister bis zu den blauesten Augen, die er je gesehen hatte. Er hatte seine Tatkraft wiedererlangt, das wohl, auch der Instinkt war zurück, aber er hatte noch immer keinen wirklichen Plan, wie er Lydia finden konnte. Dabei drängte die Zeit. Wie lange würde sie ausharren können? Wie lange ertrug sie den Durst? Hatte sie Hunger? Und überhaupt – hoffentlich reichte die Luft! Inständig hoffte er auf Forza. Sollte der gute Mann Lydias Versteck von seinem Schreibtisch aus aufspüren, würde er ihn auf die größte Pizza einladen, die Cividale zu bieten hatte. Und seine Mamma gleich dazu.

Seltsamerweise verschwendete er an den dreifachen Mord keinen Gedanken. Als Polizist hätte ihm die Tatsache, dass eine derartige Bestie – vielleicht sogar hier auf dem Festgelände – frei herumirrte, Kälte über den Rücken laufen lassen müssen. Als Polizist hätte er der Mördersuche Vorrang geben müssen. Aber in diesem Fall handelte er wohl mehr als Mann denn als Polizeibeamter und suchte nach der entführten Frau.

„Tot ist tot", rechtfertigte Camilieri sein Tun. Niemand wurde lebendig, wenn sein Mörder gefasst war. Außerdem, wenn seine Theorie stimmte, dann führte die Suche nach Lydia geradewegs zum Mörder. Ihn schauderte ob des Gedankens.

Und dann erblickte er in der Menge den Bürgermeister…

+++++

Mit Ausnahme des weithin einsehbaren Ponte del Diavolo, der Teufelsbrücke, würden sich die Tatorte beziehungsweise die Fundorte der Leichen ausgezeichnet als Versteck für ein Entführungsopfer eignen. Ob Keltisches Hypogäum oder der Keller des Klosters Santa Maria in Valle, bessere Örtlichkeiten, um jemanden gut und dauerhaft wegzusperren, fand man in ganz Cividale kaum. Trotzdem eliminierte Forza diese Plätze unverzüglich von seiner Liste, weil seit Festbeginn beide im Trubel des Palio di San Donato unmöglich unbemerkt zu erreichen gewesen wären. Die Bereiche rund um das zweite

Kloster der Stadt, das aufgelassene San Francesco, bis hinunter zum Natisone hatten sie im Zuge ihrer ersten Suche mit Hund bereits durchkämmt – erfolglos. Den mittelalterlichen Turmstumpf in relativ zentraler Lage der Stadt hätte Forza am liebsten vergessen. Welcher Teufel hatte ihn da geritten, den Suchtrupp ausgerechnet von dem Platz wegzuführen, an dem man später eindeutige Spuren des Entführers entdeckte? Lange wollte er es sich nicht eingestehen. Aber Lydia und ihr Entführer hatten sich mit sehr großer Wahrscheinlichkeit genau zu dem Zeitpunkt im Turm befunden, als er geraten hatte, vom Turm weg in der anderen Richtung zu suchen. Ohne das Vertrauensverhältnis zwischen ihm und Camilieri hätte man sein Verhalten gar als Beihilfe zu einer Straftat interpretieren und er in Teufels Küche kommen können. Dabei war er sich so sicher gewesen! Jedes Mal, wenn sich ein paar Jugendliche auch nur eine Zigarette in dem alten Gemäuer anzündeten, läutete schon das Telefon auf der Polizeiwache und die Anrainer beschwerten sich. Bevor noch die halbe Zigarette weggeraucht war, marschierten die Beamten bereits in den Turm. Wie oft er aufgrund von Anrainerbeschwerden zum Turm ausgerückt war, konnte er mit den Fingern beider Hände längst nicht mehr zählen…

Das unmittelbare Zentrum der Stadt, so fand Forza beim geistigen Durchgehen möglicher Gefängnisse der Österreicherin schnell heraus, kam aufgrund des Gedränges infolge des Palio di San Donato schwer infrage. Er musste einen zweiten Kreis um das Zentrum ziehen. Er drückte auf die entsprechende Taste der Computer-Maus und zoomte den Bereich ein.

+++++

Den Hund fest an der Leine, ging Camilieri direkt auf den Bürgermeister zu. Wobei direkt jetzt indirekt zu verstehen ist. Die Menschenansammlung zwang das Gespann zu zahllosen Ausweichmanövern und kleinen Umwegen. Geros Anwesenheit erleichterte das Durchkommen erheblich, als deutscher Schäfer genoss er auch in Italien einen gewissen Respekt.

Dann stand Camilieri vor dem Bürgermeister. Er dachte an Forzas Warnung, sich vor dem Mann zu hüten. Ein Lächeln huschte über sein Gesicht. Was sollte ihm dieser aufgeblasene Möchtegernpolitiker einer norditalienischen Kleinstadt schon anhaben? Das hatte er sich freilich damals in Sizilien auch gedacht – als langfristige Konsequenz davon stand er nun hier in Norditalien vor Cividales Stadtoberhaupt.

Der Bürgermeister versuchte, Camilieri zu ignorieren, und gab sich in ein Gespräch vertieft. Das misslang. Gero schnüffelte an den Schuhen des Bürgermeisters herum und schickte sich an, dessen Hose ins Maul zu nehmen.

Durch Geros Bellen abgelenkt, gab der Bürgermeister seine Strategie, Camilieri links liegen zu lassen, auf. Er wandte sich dem Commissario zu.

„Na, Camilieri, haben wir schon Erfolge?"

„Ob Sie Erfolge haben, kann ich nicht beurteilen. Ihre Rede, hört man, soll ja eher lang als inhaltsschwer gewesen sein."

„Camilieri, von Politik haben Sie keine Ahnung! Das wäre nicht weiter schlimm, Sie sind ja kein Politiker. Dass Sie aber vom Ermitteln ebenfalls nur wenig Schimmer haben, stört wesentlich mehr."

„Wollen Sie Krieg?“, fragte Camilieri plötzlich mit drohendem Ton in der Stimme.
„Den haben wir doch längst“, antwortete der Bürgermeister, „aber darum geht es nicht. Schwerer wiegt, dass Sie bei der Aufklärung der Morde nicht weiterkommen. Nicht einmal die entführte Touristin haben Sie gefunden! Wissen Sie, was das für unsere Stadt bedeutet? Die Gäste werden ausbleiben, kein Mensch wird mehr zu uns kommen.“
„Ist Ihnen eigentlich bewusst, dass seit der Auffindung der Leichen gerade einmal 48 Stunden vergangen sind? Und seit der Entführung Lydias erst knapp ein halber Tag?“, fragte Camilieri scharf.
„Lydia?“, spöttelte der Bürgermeister. „Nennen bei euch in Sizilien alle Schnüffler ihre Fälle beim Vornamen? Oder nur die, mit denen sie am Vorabend gebechert haben?“
Hoppla, dachte Camilieri, da musste es eine undichte Stelle im Kommissariat geben. Oder hatte sie der Bürgermeister zufällig auf dem Festgelände gesehen?
Verärgert sagte er: „Alle. Prinzipiell. In Sizilien gibt es überhaupt nur Vornamen.“
„Commissario“, erwiderte der Bürgermeister, „wie ich schon am Nachmittag meinte: Sie reden wirres Zeug. Ich glaube nicht, dass Sie noch lange für unsere Kommune tragbar sind.“
„Typisch Politiker“, schimpfte Camilieri, „versteht nicht einmal die kleinste Ironie, aber sich aufregen!“
Dann drehte er sich abrupt um, ließ den Bürgermeister stehen und stapfte mit Gero von der Piazza. Der Hund bellte heftig, so heftig, dass man ihm eigentlich einen Maulkorb umhängen hätte müssen. Wer aber sollte einem Commissario und einem

deutschen Schäfer dessen Verwendung ernsthaft vorschreiben? Zumal der Zorn des Commissario und die Aufregung des Hundes deutlich sichtbar waren.

Der Bürgermeister lachte den beiden laut nach. Diese Runde war an ihn gegangen, man musste keine Ironie verstehen, um das feststellen zu können.

+++++

Warum er ausgerechnet Eleonoras Wohnadresse eingezoomt hatte, hätte er beim besten Willen nicht sagen können. Wohl instinktiv. Schnell schob Forza den Cursor weiter und scrollte einen anderen Stadtteil Cividales auf den Bildschirm, als er sich dessen bewusst wurde. Er schämte sich und fühlte sich ertappt wie ein kleiner Schuljunge. Er musste sich besser konzentrieren, schließlich zählte jede Minute.

Der innerstädtische Bereich kam nach genauer Analyse der Sachlage als Versteck nicht in Betracht; also schieden die Viertel aus, die im Süden und Osten vom Natisone, der schmuck restaurierten Burganlage und dem Rio Emiliano begrenzt wurden, in westlicher Richtung von einem tief in den Felsen eingeschnittenen Bächlein und in weiterer Folge von der Porta Arsenale Veneto samt angeschlossenen Bauwerken, im Norden teilweise noch von den alten Stadtmauern. Hier herrschte wegen des Palio di San Donato einfach zu viel Betrieb. Es war verwunderlich genug, dass es der Entführer geschafft hatte, den ebenfalls zentral gelegenen mittelalterlichen Turmstumpf mit seinem Opfer zu verlassen. Sich von dort in ein genauso zentral gelegenes neues Versteck zu begeben hätte keinen Sinn

ergeben, denn was am Vormittag bei geringem Wirbel auf den Straßen gelungen war, wäre am Nachmittag unmöglich gewesen. Außerdem konnte man von einem einigermaßen intelligenten Menschen – und das war der Entführer zweifelsohne – annehmen, dass er den Fehler, sich mit seinem Opfer in ein Versteck inmitten des Menschentrubels und damit in eine Mausefalle zurückzuziehen, nicht wiederholen würde.
Forza zoomte wieder Bereiche außerhalb des mittelalterlichen Kerns von Cividale ein, dieses Mal ohne Abstecher zu Eleonoras Wohnadresse. Er hatte sich noch nicht lange durch die virtuelle Welt Cividales geklickt, da ging draußen die Tür.
„Eleonora?", rief er hinaus, in der Meinung, die schwarzhaarige Lady vom Empfang habe etwas vergessen und sei zurückgekommen. Vielleicht wollte sie ihm auch noch ein wenig Gesellschaft leisten? Oder brachte sie ihm einen Imbiss von den zahlreichen Grillständen des Palio ins Büro? Eventuell gar mit einem guten Glas Wein?
„Wuff!" – Das Bellen zerstörte Forzas Illusionen.
„Da muss ich Sie enttäuschen, ich bin männlich und ihr Chef", vermeldete Camilieri seine Rückkehr, „aber ich kann gerne wieder gehen, wenn ich störe."
Diesmal wäre es an Forza gewesen, „Che idiota" zu seufzen. Freilich verbat ihm das die Hierarchie, und so beschränkte er sich auf ein erklärendes Gestammel: „Ich dachte..."
„Noch einer, der denkt", schnitt ihm Camilieri das Wort ab, „aber wir wollen nicht streiten, Forza. Ich bin zurückgekommen, weil ich Ihnen helfen möchte. Untätig im Caffè herumzusitzen ist genauso frustrierend, wie durch die überfüllten Gassen Cividales zu streifen und den Leuten beim Feiern zu-

zuschauen, wenn einem überhaupt nicht nach Feiern zumute ist. Und mit dem Bürgermeister zu streiten befriedigt auf Dauer auch nicht."

„Sie haben ihn getroffen?", fragte Forza.

„Allerdings", antwortete Camilieri, „und ich muss sagen, der Typ nervt mich. Allein wenn ich ihn sehe, fühle ich mich provoziert."

„Wie ich Ihnen sagte, Commissario, Sie sollten sich vor ihm in Acht nehmen."

„Forza, was soll mir der Bürgermeister einer norditalienischen Kleinstadt schon anhaben? Der hat weder die Dienstbefugnis noch die Macht, mich in irgendeiner Form zu belangen."

„Stimmt", bestätigte Forza, um gleich darauf einzuwenden: „Auf direktem Wege kann er Ihnen nichts tun. Aber gerade Sie als Süditaliener müssten wissen, dass nicht immer alles auf direktem Wege läuft. Ich möchte jetzt gar nicht von der Mafia reden."

Nun war es an Camilieri, „Che idiota!" zu schimpfen.

Dann lenkte er ein: „Wahrscheinlich haben Sie recht, Forza, von Sizilien hat man mich hierher versetzt, obwohl sich meine Vorgesetzten positiv über mein Wirken geäußert hatten. Aber meine Gegner saßen an den Schalthebeln der Macht."

„Das hat ja auch sein Gutes", warf Forza ein, „sonst hätten wir uns nicht kennengelernt. Auf mich können Sie zählen, was auch immer geschieht und was auch immer man mir einflüstern will."

Camilieri hätte zu gern gefragt, wer Forza etwas einflüstern wollte. Ein so direktes Bekenntnis seiner Neugier abzulegen widersprach allerdings seinem Hang zur Distanz, seiner bewussten Zurückhaltung in allen Belangen ihn selbst betreffend. Und mit der Bekundung von Sympathie konnte er ebenfalls nicht umgehen. Also wechselte er das Thema.

„Haben Sie schon etwas herausgefunden?“, fragte er abrupt und ohne Überleitung.

„Leider nichts Konkretes. Je länger ich darüber nachdenke, für umso wahrscheinlicher halte ich ein Versteck ein wenig abseits des Trubels, der da draußen auf den Straßen herrscht.“

„Eine gute Überlegung, Forza, inzwischen kommt man kaum noch durch die Gassen der Stadt. Überall tummeln sich Palio-Besucher.“

„Wenn wir davon ausgehen, dass der Entführer ungefähr zu der Zeit mit seinem Opfer den Turm verlassen hat, als wir dort suchten – ich möchte mich übrigens aufrichtig dafür entschuldigen, dass mir dieser peinliche Fehler passiert ist. Ich weiß auch nicht, was in mich gefahren ist. Wären wir, wie der Hund gewittert hat, direkt zum Turm gegangen, hätten wir vermutlich Lydia und den Mörder. Was für ein Idiot ich doch war!“

„Wie ich immer sage, Forza“, versuchte Camilieri einen Scherz. Rasch merkte er, dass das nicht der richtige Zeitpunkt war, und setzte fort: „Schon gut, Forza, jeder macht einmal einen Fehler. Also, was haben Sie sich gedacht?“

„Nun, ich glaube, dass der Entführer Lydia aus dem Turm an einen abgeschiedenen, ruhigen Ort gebracht hat. Vielleicht war der Turm nur als erste Station gedacht, schließlich musste er mit seinem Opfer zuerst einmal möglichst schnell weg von der Straße. Als wir mit dem Hund aufkreuzten, war der Entführer alarmiert. Er merkte, dass man sich auf seine Spur geheftet hatte. Also suchte er sich einen Ort abseits des Rummels, wo er

Lydia in aller Ruhe ‚bestrafen' hätte können, wie er es nannte."
„Ein Vorhaben, das er letztlich – fortunatamente! – aufgegeben hat."
„Genau. Warum, wissen wir nicht. Aber er hat es sich anders überlegt und Lydia an dem Platz zurückgelassen, den er für ihre Bestrafung ausgewählt hatte. Und so ein Platz muss weit weg vom Schuss sein, weil der Entführer für die Bestrafung vor allem eins gebraucht hätte: ungestörte Ruhe."
„Exzellent", lobte Camilieri und scherzte: „Forza, sollte sich der Bürgermeister durchsetzen, dann wären Sie ein würdiger Nachfolger für mich."
„Das hat Onkel Giorgio auch gemeint", entschlüpfte es Forza.
„Wie?"
„Entschuldigen Sie, Commissario, denken Sie jetzt nichts Falsches. Ich habe mit diesem ganzen Intrigantenstadel nichts zu tun. Ständig trägt man irgendwelche Beschwerden über Sie an mich heran. Erst vor Kurzem wollte mich Onkel Giorgio aufstacheln. Ihre Tage seien gezählt, meinte er. Ich habe ihm klipp und klar gesagt, dass ich mit Ihnen zufrieden bin und dass mich der Job als leitender Commissario nicht interessiert."
„Ah, Onkel Giorgio, das ist doch der mit dem Wein und den Nüssen?"
„Si, Commissario", antwortete Forza, „ich schäme mich seiner."
„Kein Grund, Forza, und danke für Ihre Unterstützung. Grazie."
Jetzt wechselte Forza das Thema, weil auch ihn die ehrliche Offenheit des Gesprächs zu überfordern begann: „Commissario, wie geht's weiter? Während wir hier Höflichkeiten austauschen, kämpft Lydia eventuell um ihr Leben."

„Sie haben recht, Forza, wir müssen uns jetzt voll und ganz auf die Suche nach Lydia konzentrieren und dürfen uns nicht ablenken lassen. Gibt es Orte, die ihren vorhin geäußerten Überlegungen entsprechen: abgeschieden, ruhig, weg vom Trubel des Palio di San Donato, aber nicht zu weit, sonst hätte uns nicht so rasch das E-Mail aus dem Internet-Café in Udine erreichen können, wonach der Entführer Lydia sich selbst überlassen hat und wir sie nur mehr zu finden brauchen?"

Zögernd antwortete Forza: „Ich habe schon an Castelmonte gedacht."

„Sie meinen das Kloster oben am Berg?", fragte Camilieri.

„Ja", bestätigte Forza, „es sind nur zehn Kilometer bis zum Kloster. Rund um den Bau gibt es jede Menge versteckte Plätze, seien es verlassene Hütten oder Höhlen im Wald, wahrscheinlich hat auch das Kloster selbst seine Kellergewölbe, in die höchstens alle paar Jahre ein Mönch seine Füße setzt."

„Eine gute Überlegung, Forza. Wir sind uns ja einig, dass der Entführer und der Mörder aller Wahrscheinlichkeit nach ein und dieselbe Person sind. Schon bei den Morden ließ er eine gewisse Neigung für das Klosterleben erkennen. Eines seiner Opfer verhungerte in einer Kellerzelle des Klosters Santa Maria in Valle. Wenn wir davon ausgehen, dass Lydias geplante Bestrafung der vierte Mord dieses perversen Irren geworden wäre, dann würde ein weiteres Kloster gut ins Tatortschema passen."

„Genau, Commissario. Castelmonte wäre die logische Fortsetzung von Teufelsbrücke, Keltischem Hypogäum und unserem Kloster hier in Cividale. Alle geschichtsträchtige Plätze. Zusätzlich liegen alle vier Orte mehr oder weniger auf einer Linie. Schauen Sie sich das auf dem Bildschirm an!"

Camilieri trat an den Schirm heran, der eine Karte Cividales und seiner Umgebung zeigte. Wirklich, Forza hatte nicht übertrieben, die Orte lagen wie aufgefädelt auf einer Kette da. „Forza, wir müssen dem Kloster und seiner Umgebung einen Besuch abstatten."
„Es wird schon finster draußen, Commissario. Spätestens in den Wäldern rund ums Kloster würden wir nichts mehr sehen."
„Sie haben schon wieder recht, Forza. Wir können unsere Suche erst morgen in der Früh fortsetzen. Inzwischen werden wir uns in die Geschichte Castelmontes vertiefen. Vielleicht finden wir dort weitere Hinweise, eventuell sogar auf die Langobarden und Alboin. Vorher aber, Forza, haben wir uns eine Stärkung verdient. Wir gehen zum Palio, essen etwas und kehren dann zu einer Geschichtsstunde ins Kommissariat zurück!"
„Ich glaube nicht, Commissario, dass ich unter diesen Umständen großen Appetit habe. Und Mamma wartet sicher auch mit dem Essen auf mich."
„Dann rufen Sie sie an und sagen ihr, dass wir am Ermitteln sind. Sagen Sie ihr meinetwegen auch, dass ich Ihnen nicht erlaubt habe, zum Essen heimzugehen. Glauben Sie mir, Forza, auch ich habe keinen Appetit. Aber wir müssen essen, denn morgen wartet ein harter Tag auf uns."

+++++

„Darf's ein Fischspieß sein wie gestern?", fragte Forza und wunderte sich, dass erst ein Tag vergangen war, seit er mit Camilieri die blonde Österreicherin auf dem Fest zu Ehren des Stadtheiligen San Donato getroffen hatte. So viel hatte sich seit

dem Vorabend ereignet. Das Zelt war noch voller als gestern, das nach wie vor traumhafte Wetter ohne Wölkchen am Himmel lockte die Menschen in Scharen zum Palio. Wer Speis und Trank begehrte, musste sich in langen Schlangen anstellen.
„Gerne, wenn Sie so nett sind und mir etwas mitbringen", antwortete Camilieri, „ich suche uns inzwischen ein Plätzchen an den Tischen."
Bald darauf saßen die beiden bei gegrilltem Fischspieß, gebratenen Hühnerteilen und Rotwein friedlich beisammen. Man hätte nicht glauben wollen, dass es Ermittler bei der Pause waren. Camilieri und Forza wären ohne Weiteres als Touristen durchgegangen. Ihre Gespräche freilich verrieten, dass es sich nicht um Festgäste handelte, die der Unterhaltung und Entspannung wegen gekommen waren.
„Je mehr ich darüber nachdenke, Forza, umso mehr überzeugt mich Ihre Analyse. Das Kloster Castelmonte wäre wirklich ein äußerst passender Ort für die Umtriebe des Entführers. Ich kann kaum erwarten, bis es Tag wird. Am liebsten würde ich jetzt noch hinauf fahren."
„Kann ich verstehen, Commissario", erwiderte Forza, „auch mich hält es kaum hier. Fast habe ich ein schlechtes Gewissen, bei Wein und Huhn zu sitzen, während Lydia in ihrem Gefängnis schmachtet. Aber jetzt mit der Suche zu beginnen, hätte keinen Sinn."
„Sie sagen es, Forza, der Entführer wird sein Opfer ja nicht in die Klosterpforte gesetzt haben."
Camilieri und Forza schwiegen kurz. Sie dachten daran, dass trotz der neuen Spur, trotz der Hoffnung, endlich bei der Suche einen entscheidenden Schritt nach vorne zu tun, noch

ein gewaltiges Stück Arbeit auf sie warten würde. Sie dachten an die dichten Wälder rund um das Kloster, sie dachten an die große Ausdehnung des Sakralbaus selbst, an tiefe Keller und bewaldete Gräben, an verborgene Höhlen und verfallene Hütten. Es würde nicht leicht werden, Lydia in dem gewaltigen Labyrinth zu finden, aber es bestand erstmals seit der missglückten Aktion im mittelalterlichen Turmstumpf zumindest die Möglichkeit dazu. Daher schreckte sie die Aussicht, eventuell etliche Hektar Wald durchkämmen zu müssen, nicht ab, sondern verlieh ihnen die Hoffnung auf Erfolg mentale Flügel.
„Giuseppe!“, ertönte es in der Menge.
Forza sah sich um, wer ihn rief, konnte im Gedränge den Rufer aber nicht erkennen.
„Giuseppe!“, ertönte es ein zweites Mal.
In die Menschenmenge kam Bewegung, eine Person drängte sich in Richtung der beiden Kriminalpolizisten durch. Das Ganze sah aus, wie wenn ein Schwarm Fische knapp unter der Oberfläche das Wasser aufwühlte, weil man einen Stein ins Getümmel warf – immer dort, wo die Person gerade Durchlass begehrte, kam hektische Betriebsamkeit in die Menge. Die einen taten einen Schritt nach vor, die anderen einen zurück, um den Mann durchzulassen. Bald stand er vor Forza.
„Onkel Giorgio“, begrüßte ihn dieser, „was machst du denn hier?“
„Ich komme von deiner Mamma!“, erwiderte das rundliche, aber flinke Männlein, „sie macht sich Sorgen. Du kommst nicht heim zum Essen.“
„Aber Onkel Giorgio“, erwiderte Forza, „ich habe sie doch angerufen und gesagt, dass ich nicht komme.“

„Ich weiß", sagte Onkel Giorgio vorwurfsvoll, „du hast ihr gesagt, du wärest am Ermitteln. Stattdessen sehe ich dich hier auf dem Fest. Ohne Scharfrichterkostüm und unters Volk gemischt statt an der Ehrentafel."
„Alles meine Schuld", mischte sich Camilieri ein, „ich habe Ihrem Neffen befohlen, weiter an dem Fall zu arbeiten. Und dann habe ich vorgeschlagen, eine Pause zu machen. Schließlich müssen auch Ermittler essen."
Forza, dem die Begegnung sichtlich unangenehm war, versuchte eine Vorstellung: „Onkel Giorgio, das ist Commissario Camilieri, mein Chef. Commissario, mein Onkel Giorgio."
„Sie machen guten Wein, Signore Giorgio", lobte Camilieri.
Onkel Giorgio stutzte. Was wusste der Commissario von seinem Wein? Wusste der etwa auch von seinem Grappa? Da gab es einige, vor allem steuerliche Details, die man besser nicht wusste, schon gar nicht, wenn man Commissario war.
„Grazie", antwortete Onkel Giorgio nervös und fragte seinen Neffen: „Giuseppe, hast du dem Commissario erzählt von meinem Wein?"
„Nicht nur erzählt", antwortete Forza, „ich habe ihm auch reichlich davon eingeschenkt, als er bei uns zum Essen war."
„Ein wirklich guter Tropfen", bekräftigte Camilieri sein Lob.
„Äh, Commissario", druckste Onkel Giorgio herum, „Sie kennen sich aus bei Wein?"
„Ein wenig. Gut genug zumindest, um einen guten Wein von einem weniger guten Wein zu unterscheiden."
„Er stammt aus Sizilien", erklärte Forza.
Onkel Giorgios Gesicht hellte sich bei der Erwähnung Siziliens auf, was aufgrund der diffusen Lichtverhältnisse nach Sonnen-

untergang aber kaum zu bemerken war. Fackeln und riesige Kerzen tauchten das Festgelände in stimmungsvolles Licht, machten das Erkennen von Feinheiten freilich unmöglich. Dafür brachten sie mittelalterliches Flair in die mittelalterliche Stadt.

Onkel Giorgio sagte: „Weiß ich doch, Junge. Wer würde unseren Commissario nicht kennen? Man erzählt sich so viel von ihm."

„So, so", kommentierte Camilieri lakonisch, „hoffentlich nur Gutes."

„Im Vertrauen gesagt, Commissario", jetzt drückte sich Onkel Giorgio an Camilieri heran und zwängte sich zwischen ihn und Forza auf die enge Bank, bevor er flüsternd fortfuhr, „nicht alle sprechen gut von Ihnen. Die Neider, Sie wissen ja. Aber wenn Sie Probleme haben sollten, ich will jetzt keine Namen nennen, wenden Sie sich vertrauensvoll an mich!"

„Sie meinen den Bürgermeister?", fragte Camilieri unverblümt und absichtlich besonders laut.

„Santa Maria!" – Onkel Giorgio bekreuzigte sich.

„Der scheint es auf mich abgesehen zu haben", polterte Camilieri weiter, „aber wie Ihr Neffe bereits ausführte, ich komme aus Sizilien. Fragen Sie dort einmal nach, was mit denen passiert ist, die mir Steine in den Weg legen wollten."

„Commissario", versuchte es Onkel Giorgio auf die leise Tour, „Signore Sindaco, unser Herr Bürgermeister, ist halt ein vielbeschäftigter Mann."

„Offenbar nicht genug beschäftigt, um nicht die ein oder andere Intrige zu schmieden", ließ Camilieri nicht locker.

„Wenn Sie möchten, Commissario“, sprach Onkel Giorgio immer noch leise, „rede ich einmal mit ihm. Auf mich hört er.“
„Signore Giorgio“, antwortete Camilieri höflich, aber bestimmt, „ich danke Ihnen für Ihr Angebot. Doch ich denke, das wird nicht nötig sein. Ich mache meine Arbeit, und der Bürgermeister hoffentlich seine. Da gibt es keine Überschneidungen.“
„Wie Sie wünschen, Commissario“, sagte Onkel Giorgio, „sollten Sie mich benötigen, Giuseppe weiß, wo ich zu finden bin. Arrivederci.“
Zu seinem Neffen sagte er noch: „Du solltest zuhause essen, Giuseppe! Oder an der Ehrentafel.“
Dann verschwand der Onkel in der Menschenmenge.
„Ist der immer so?“, fragte Camilieri Forza.
„Sie sollten ihn erst einmal erleben, wenn er Schnaps brennt“, antwortete Forza, „dann ist er so nervös, dass man ihm aus Sicherheitsgründen eigentlich einen Herzchirurgen dauerhaft zur Seite stellen müsste.“
„Aber sein Grappa, den Sie und Ihre Mamma mir bei meinem Besuch servierten, ist genauso vorzüglich wie sein Wein.“
„Ich frage mich jedes Jahr“, erwiderte Forza nachdenklich, „ob das die Kollegen von der Finanz auch so sehen.“
Dann prusteten die beiden los und lachten erstmals an diesem ereignisreichen Tag ausgelassen und von ganzem Herzen.
„Signore Forza!“, ertönte es in der Menge.
Dieses Mal flötete eine weibliche Stimme durch die Menschenmassen im Festzelt.
Forza drehte sich um, konnte aber nicht entdecken, wer ihn da rief.

„Sie sind aber ein gefragter Mann, Forza“, stellte Camilieri fest.
„Signore Forza!“, ertönte es ein zweites Mal flötengleich.
Forza schaute sich noch einmal um, dann ging sein Gesicht auf wie der Hefeteig für eine ordentliche Gubana und es zauberte sich das charmanteste Lächeln darauf, das er zu bieten imstande war.
„Eleonora!“, rief er.
Eleonora löste sich aus der gesichtslosen Menge und trat an den Tisch heran.
„Schön, dass Sie es sich überlegt haben und doch noch zum Palio gekommen sind“, sagte sie.
Forza rückte unverzüglich zur Seite, so rasch und heftig, dass die neben ihm sitzenden Festbesucher beinahe von der Bierbank gepurzelt wären, was Forza mit einem hingemurmelten „Scusi“ abtat.
„Setzen Sie sich doch her, Signorina Eleonora!“, lud er die hübsche schwarzhaarige Assistentin ein.
Eleonora zierte sich: „Ich weiß nicht, der Commissario ist auch da… ich möchte nicht stören.“
„Sie stören nicht, Eleonora“, antwortete Camilieri an Forzas statt, „setzen Sie sich doch!“
Und dann fragte der Commissario, ganz süditalienischer Gentleman: „Soll ich Ihnen einen Wein holen?“
„Lassen Sie, Commissario“, sagte Forza bestimmt, „jetzt bin ich dran. Mit dem Weinholen, meine ich.“
Während sich Forza um Wein für Eleonora anstellte, entspann sich ein anfangs verkrampftes, bald angenehm werdendes Gespräch zwischen Eleonora und ihrem Chef, bei dem dieser fast eine Entschuldigung für sein Verhalten am Nachmittag

über die Lippen gebracht hätte. Aber nur fast, denn ein echter Commissario, das muss man wissen, der entschuldigt sich nicht, nur weil er einmal ein wenig lauter geredet hat, als es der Sache angemessen gewesen wäre.
Als Forza mit Eleonoras Wein zurückkehrte, verabschiedete sich Camilieri schnell: „Entschuldigt mich! Ich bin müde, ich muss ins Bett. Schönes Fest noch! Und vergessen Sie nicht, Forza, wir haben morgen jede Menge zu tun. Dementsprechend früh müssen wir raus. Buona notte!"
„Buona notte, Commissario", erklangen Eleonora und Forza im Duett.

✣✣✣✣✣

Die geplanten historischen Recherchen zu Castelmonte gestern nach dem Palio-Besuch waren entfallen. Forza hatte sich einige Stunden ausgezeichnet mit Eleonora unterhalten und umso weniger an seine Mamma gedacht, je später der Abend wurde. Camilieri war nach seinem raschen Abschied auf ein letztes Glas Wein ins Caffè Longobardo und bald darauf nach Hause gegangen, wo er noch lange ferngesehen hatte. Zur Zerstreuung, hätte er auf Nachfrage gesagt, und weil er ohnehin nicht schlafen konnte. In Wahrheit war er ganz einfach aufgeregt! Die nun wieder ein wenig stärker berechtigte Hoffnung, Lydia gesund und unversehrt wiederzusehen, zehrte an seinem Geduldsfaden wie die Zeugnisverteilung am Nervenkostüm eines Grundschülers, muss man wissen.
Am Kommissariat hatte auf jeden Fall keiner der beiden mehr vorbeigeschaut. Man würde auch ohne historische Fakten-

kenntnis eine ordentliche Suche in und um Castelmonte bewerkstelligen können, lautete die Begründung am Morgen. Schließlich handelte es sich um erfahrene Ermittler mit einer Supernase in der Gestalt Geros von Bellheim – il grande!

Trotz des Versäumnisses glänzte Forza mit detailreichem Wissen über das Kloster, als sie dem Bau früh am Sonntagmorgen entgegenfuhren. Offenkundig hatte er in der Schule aufgepasst. Vorne im Dienstwagen – einem Alfa 159 Sportwagon – saßen Forza am Steuer und Camilieri am Beifahrersitz. Der Commissario ließ sich lieber chauffieren, als selbst zu fahren. Auf den Rücksitzen hatte der Hundeführer Platz genommen, ganz hinten im geräumigen Kofferraum des wohl schnittigsten Kombis der Welt thronte Gero.

Die schmale Straße führte in etlichen Serpentinen auf den kleinen Klosterberg. Bei jeder Kehre, die Forza in ziemlich hohem Tempo absolvierte, sodass die Reifen quietschten wie bei einer Bergrallye, bellte Gero, als würde er dem Reifengummi antworten.

„Wau, wau, wau – Deine Fahrkünste sind eindeutig besser als deine Nase."

„Obwohl ich schon etliche Monate in Cividale lebe, muss ich gestehen: Ich war noch nie in Castelmonte oben", bekannte Camilieri.

„Da haben Sie etwas versäumt, Commissario", antwortete Forza, „Castelmonte zählt zu den bedeutendsten Bauwerken Friauls. Wir sind früher einmal pro Jahr hinaufgepilgert. Betend von Kapelle zu Kapelle entlang des Weges; am Schluss, wenn wir schon erschöpft waren, wartete dann das imposante Kloster. Die Strecke kann sich zu Fuß ganz schön ziehen, weil es dazwischen immer wieder steil bergauf geht. Heute schafft das Mamma nicht mehr, ihre Beine sind nicht mehr die besten."

Der Hundeführer ergänzte: „Das Kloster ist einer der wichtigsten Wallfahrtsorte Oberitaliens. Man nennt ihn auch Beata vergine di Castelmonte – die glückliche Jungfrau von Castelmonte. Jetzt in der Früh ist natürlich noch nichts los. Aber warten Sie bis zum Vormittag, Sie werden sich wundern, welche Massen der Madonna einen Besuch abstatten. Wegen des Palio di San Donato werden es heute vermutlich noch mehr als sonst sein. Zuerst in die Kirche, dann zum Fest, das gefällt unseren Landsleuten."

„Bis dahin werden wir Lydia hoffentlich gefunden haben", brummelte der Commissario, „und uns auf den Rückweg machen können."

„Wuff", bellte Gero hinten kurz, als wollte er Camilieris Ausführungen bekräftigen.

„Forza", sagte der Commissario, „gestern sind wir nicht mehr dazugekommen, uns näher mit der Geschichte des Klosters zu beschäftigen. Sind Ihnen Zusammenhänge mit den Langobarden oder gar mit Alboin bekannt?"

„Also, ich weiß nur", antwortete Forza, „dass Castelmonte ein sehr altes Marienheiligtum ist. Bereits im 12. Jahrhundert wurde es urkundlich erwähnt. Freilich hat es damals schon jahrhundertelang keine Langobarden mehr gegeben."

„Wenn ich mich recht erinnere", mischte sich wieder der Hundeführer ein, „habe ich in einer Reportage über die ‚Madonna vom Berg', wie man die Muttergottes von Castelmonte in dem Artikel nannte, gelesen, dass man die heilige Maria bereits lange vor dieser Zeit hier verehrt haben soll. Zumindest vermuten dies die Archäologen. Castelmonte soll überhaupt eines der ältesten Marienheiligtümer sein, die es gibt."

„Stimmt", bestätigte Forza, „jetzt, wo Sie es sagen, fällt es mir wieder ein. In dem Artikel stand geschrieben, dass hier ein römischer Ziegelfußboden gefunden wurde. Er soll aus dem sechsten Jahrhundert stammen."

„Womit wir mitten in der Langobardenzeit wären", ergänzte der Hundeführer.

„Alboin und seine Mannen kamen 568 nach Christus nach Cividale", erklärte Camilieri, „Sie sehen, Forza, Ihre historischen Ausführungen waren nicht umsonst, ich habe mir die Jahreszahl gemerkt."

„Gut, Commissario", lachte Forza und schnitt mit dem Alfa die gefühlte zweitausendste Kehre scharf, sodass sich wieder einmal die Reifen meldeten, „aus Ihnen wird noch ein echter Bürger der Stadt. Beinahe waren Sie ja auch schon Scharfrichter."

„Vorausgesetzt, dieser Kelch geht in Zukunft an mir vorüber, werde ich über das Angebot, Bürger Cividales zu werden, zumindest nachdenken", scherzte jetzt auch Camilieri.

„Cividale ist schon in Ordnung", erklärte der Hundeführer, „zwar eine kleine Stadt, aber mit großer Geschichte."

„Und guten Lokalen", ergänzte Forza.

„Ganz abgesehen von der ausgezeichnete Küche Ihrer Mamma", fügte Camilieri hinzu, „aber, meine Herren, wir weichen vom Thema ab!"

„Wie gesagt, auch wenn die heutige Kirche späteren Datums ist, Castelmonte dürfte seine Wurzeln als Wallfahrtsort im Frühmittelalter haben. Damals war der Ort wahrscheinlich noch befestigt. Vielleicht ist er auch aus einer noch älteren

Wehranlage hervorgegangen, schließlich befinden wir uns hier in uraltem Grenzgebiet. Bis Slowenien sind es ja nur ein paar Schritte. Und genau in dieser Epoche strömten die Langobarden im heutigen Italien ein und errichteten ihre Herzogtümer", fasste Forza zusammen.
„Ein Grund mehr, warum sich unser Entführer – oder sollten wir sagen: unser Mörder – Castelmonte als weiteren Schauplatz für seine Umtriebe ausgesucht haben könnte."
„Ja", bestätigte Camilieri, „da passt alles zusammen. Langsam wird die Sache schlüssig. Beten wir zur Madonna, dass wir uns nicht irren!"
„Das können Sie in wenigen Sekunden tun, Commissario", sagte Forza, als er den Wagen um die letzte Kehre wuchtete, „wir sind gleich da."

✝✝✝✝✝

Der große Parkplatz lag still da, als der Suchtrupp aus dem Auto kletterte. Im Falle Geros von Bellheim sollte man es besser ein munteres Heraushüpfen nennen; Hunde, muss man wissen, springen richtiggehend aus den Fahrzeugen, während sich deren Besitzer oft schwer tun, ihre Blechkarossen zu verlassen. Eigentlich unverständlich, schließlich wurden die Fahrzeuge ursprünglich ja für die Zwei- und nicht für die Vierbeiner konzipiert. Aber so ist das Leben, auch wenn man sich eine Sache bestens ausdenkt, funktioniert sie im praktischen Betrieb oft nur mangelhaft.
Sechs Uhr morgens war keine Zeit zum Pilgern, so ernst konnte das Anliegen gar nicht sein, dass man es zu dieser Uhrzeit

der Madonna vortragen wollte. Und so erhob sich das Kloster wuchtig und verlassen vor der kleinen Mannschaft. Es bestand aus vielen kleineren und größeren Anbauten, die sich um die Kirche gruppierten. Die Gebäudeteile aus den unterschiedlichen Epochen – klassische Renaissance bis zur mittelalterlich anmutenden Festungsmauer – ähnelten in ihrer Gesamtheit eher einem kleinen Dörfchen als einem einheitlichen Klosterkomplex.

Gero von Bellheim markierte nach dem Aussteigen rasch ein paar Plätze. Dann machte er sich unaufgefordert an die Arbeit, senkte die Schnauze ab und streifte kreuz und quer über den Parkplatz. Fast wäre er dem Hundeführer entkommen.

„Wo fangen wir an?", fragte dieser den Commissario.

„Eine schwere Frage", antwortete Camilieri, „was denken Sie, Forza?"

„Wie schaut's mit dem Hund aus?", fragte der Angesprochene, statt eine Antwort zu geben, „kann er anhand der persönlichen Stücke, die wir aus Lydias Hotelzimmer mitgenommen haben, Witterung aufnehmen?"

„Wenn sie hier vorbeigekommen ist, müsste das möglich sein", antwortete der Hundeführer, „da wir allerdings nicht wissen, wie der Entführer sein Opfer auf den Klosterberg gebracht hat, ist das natürlich reine Spekulation."

„Er muss Lydia ja im Auto transportiert haben und kann sie unmöglich zu Fuß von Cividale hier heraufgeschleppt haben", gab Camilieri zu bedenken, „dann riecht der Hund natürlich nur an der Stelle etwas, an dem die beiden das Fahrzeug verlassen haben."

„Und das wird wahrscheinlich nicht hier auf dem Parkplatz gewesen sein, wo sich tagsüber Hunderte Pilger drängen."
„Stimmt", sagte der Hundeführer, „wenn wir Geros gute Nase nützen wollen, müssen wir ganz konkrete Plätze ausfindig machen, an dem wir ihn freilassen. Der Hund kann ja nicht den gesamten Hügel absuchen."
„Dazu kommen die Wälder ringsum."
„Meine Herren!", befahl Camilieri, „wir machen Folgendes. Jeder von uns geht eine Runde rund ums Kloster. Werfen Sie auch einen Blick in den angrenzenden Wald! In einer Stunde, also um sieben Uhr, treffen wir uns hier am Parkplatz, besprechen die Ergebnisse unserer Erkundungen und suchen dann mit dem Hund die vielversprechendsten Plätze ab. Im Anschluss gehen wir ins Kloster hinein, wobei ich persönlich eher skeptisch bin, was die Innenräume anbelangt. Vermutlich tummeln sich viel zu viele Menschen rund um die Kirche, als dass man unbemerkt ein Entführungsopfer in den Klosterkeller bringen könnte."
„Und wenn sie nachts hineingegangen sind?", fragte Forza.
„Das geht sich zeitlich nicht aus", korrigierte ihn Camilieri, „Lydia wurde gestern nach dem Frühstück entführt. Wir sind um die Mittagszeit in den Turmstumpf eingedrungen und haben ihn verlassen vorgefunden. Also müssen sie irgendwann am Vormittag hierher aufgebrochen sein. Und gestern am späteren Nachmittag muss die Aktion abgeschlossen gewesen sein, denn da erreichte uns das E-Mail dieses Verrückten, dass er Lydia ab sofort sich selbst überlassen hatte."
„Sie haben recht, Commissario", sagte Forza, „da waren kein Abend und keine Nacht dazwischen. Komisch, es kommt mir

so lange vor, dass Lydia von der Straße geschleppt wurde." „Mir auch", meinte Camilieri nachdenklich, „eigentlich unglaublich, aber es war erst gestern."
„Angesichts dieser Überlegungen sollten wir unsere Suche wohl auf die Randbereiche des Klostergeländes konzentrieren, mit Schwerpunkt auf die umliegenden Waldgebiete", schlug der Hundeführer vor.
„Ja", bestätigte der Commissario.
„Keine leichte Aufgabe", gab Forza zu bedenken, „die Wälder waren zur Gründungszeit des Klosters undurchdringlich. Und sie sind es heute noch."
„Ich weiß, Forza, aber es ist unsere einzige Chance, Lydia rechtzeitig zu finden. Viel Glück, meine Herren!"

+++++

Der hagere, bleiche Mann – wir können ihn ruhigen Gewissens Alboin nennen, mittlerweile sind sogar Camilieri und seine Mannen zur Überzeugung gelangt, dass der Entführer der Mörder ist und damit Alboin heißt oder sich zumindest so nennt – Alboin also, zog zufrieden an seiner Zigarette. Der sizilianische Frauenversteher und sein plumper Adlatus waren beschäftigt; mit ein wenig Glück würden sie die blonde Österreicherin finden, bevor sie ihr Leben aushauchte. Als er dies dachte, blies er einen Rauchkringel in die Luft.
Wenn nicht? Nun, er konnte sich nicht um alles kümmern, er hatte seinen Beitrag geleistet, ihm konnte man keinen Vorwurf machen. Die Polizeiarbeit, sprich die Suche, mussten die Bullen im Alleingang erledigen.

Ärger? Nein. Sicher, er hatte auf Lydias Bestrafung verzichten und sie vorzeitig freigeben müssen, doch die Sache lohnte den Verzicht. Seine Mission war noch lange nicht zu Ende. Ein brunftiger Commissario auf Rachefeldzug für sein ins Jenseits befördertes Weibchen wäre das Letzte, das er zu seinem Glück brauchte. Man musste immer das Ziel vor Augen haben, auch wenn dies bedeutete, auf halber Strecke einmal einen kleinen Umweg zu gehen.

Bis man Lydia in ihrem Versteck aufgespürt hätte, dauerte es mindestens den gesamten Sonntag. Zeit genug also, den Palio di San Donato zu besuchen und ein wenig in die Epoche einzutauchen, in der alles besser war. Kraft zu tanken für die nächsten notwendigen Bestrafungen…

✢✢✢✢✢

Die ersten beiden Tage hatten die Verantwortlichen des Palio di San Donato überstanden. Gut sogar. Der bisherige Erfolg der Veranstaltung bestätigte die Befürworter einer Durchführung unter den ungünstigen Vorzeichen von drei Morden eindrucksvoll. Den winzigen Schönheitsfehler einer entführten Palio-Besucherin aus dem Ausland sollten Camilieri und sein Team in den nächsten Stunden wohl auszumerzen in der Lage sein, hoffte man. Des Commissarios und Forzas Provokation, die Rolle des Scharfrichters nicht zu übernehmen, würde man nach dem Fest in den zuständigen Gremien erörtern und nötigenfalls ahnden. Für den Ablauf der Veranstaltung selbst spielte es keine Rolle, ob in dem bunten Zug ein Scharfrichter mitmarschierte oder nicht. Nur peniblen, aufmerksam beobachtenden Einheimischen fiel so etwas auf. Die Touristen hatten keine Ahnung von der Geschichte und der Tradition, sie kamen des Spektakels wegen.

Der Bürgermeister hätte also entspannt und gutgelaunt in den Sonntagmorgen starten können. Tat er aber nicht, weil es Stunk gab. Keine große Sache, nicht einmal ansatzweise mit den Morden zu vergleichen, in Wahrheit nicht einmal mit der Entführung. Für den weiteren Verlauf des Palio war das Problem bedeutungslos. Aber es war da und es musste gelöst werden. Bei dem Vorkommnis handelte es sich um eines dieser unangenehmen Details, die im Prinzip vollkommen egal waren und keinen Einfluss auf das große Ganze hatten. Aber genau solche Details, muss man wissen, haben das Zeug dazu, einem Mann wie dem Bürgermeister, bei dem auch die kleinste Kleinigkeit immer exakt stimmen muss, die Nerven aufzureiben oder – so hätte es Camilieri in Sizilien formuliert – „gehörig auf den Sack zu gehen".

Was war geschehen? Entgegen der langjährigen, fast möchte man sagen: olympischen Gewohnheit, derzufolge dabei sein alles war, gab es beim Palio plötzlich Zickenkrieg. Schon im Vorjahr hatte sich diese Unsitte eingeschlichen, immer irgendetwas anzuzweifeln. Angela Epifania, die Mutter eines jugendlichen Staffelläufers, der für einen seit Jahren erfolglosen Borgo an den Start ging und seine Staffel aufgrund einer pizza- und pastageschmälerten Laufleistung regelmäßig auf dem gut abgesicherten letzten Platz einzementierte, zweifelte plötzlich das Resultat an! Ihr Sohn sei klar benachteiligt worden, monierte sie, zweimal habe er Touristen ausweichen müssen, die in einer finsteren Gasse die Laufstrecke gekreuzt hätten, wo-

bei er einmal infolge des Manövers überhaupt zum Stillstand gekommen sei. Deshalb das schlechte Abschneiden des figlio! Dass der junge Mann in den vergangenen Jahren auch ohne vermeintliche Behinderung durch Gäste der Stadt chancenlos hinterhergelaufen war, verschwieg die erzürnte Mutter. Und von der Forderung nach einer Wiederholung des Laufs, wie in solchen Fällen durchaus international üblich, sah die gute Frau ab – sie dürfte sich dabei schon etwas gedacht haben!
Jetzt muss man kein Nobelpreisträger sein, um zu verstehen, dass seit der Wiederaufnahme des Palio di San Donato jedes Jahr eine Staffel Letzte wurde. Das ist in Wettkämpfen so üblich. Dass es auch heuer wieder besagte Staffel erwischte, in der Angelas Sohn lief, hätte in der Vergangenheit höchstens zu der ein oder anderen scherzhaften Bemerkung und einem darauffolgenden versöhnlichen Schulterklopfen in Cividales Trattorie geführt – nicht mehr, nicht weniger.
Wie gesagt, schon im Vorjahr hatte es mit ähnlichen Vorwürfen begonnen. Angela hatte einen anderen, beim Palio erfolgreichen Borgo, übrigens auch Hüter des inzwischen gestohlenen Schwerts, attackiert und ihm unfaire Methoden beim Staffellauf unterstellt. Ihr Mann Stefano hatte die widerspenstige Angela gerade noch zähmen können. Aber heuer? Angela drohte, mitsamt ihrem Borgo die Teilnahme an der sonntäglichen Hochmesse zu Ehren des Stadtheiligen abzublasen. Das wäre dann nach der wegen des Schwert-Diebstahls abgesagten Schwertmesse bereits die zweite unvollständige Würdigung der Heiligen in Cividale. Auf Dauer konnte das nur Unglück über die Stadt bringen, ärgerte sich der Bürgermeister. Und Unglück für die Stadt bedeutete, konsequent gedacht, Unglück für ihn.

+++++

Man hätte schön Urlaub machen können rund um Castelmonte. Eine ideale Kombination: zuerst ein wenig Kultur genießen, die beeindruckende Klosterkirche besichtigen und durch den wie Kafkas Schloss daliegenden Häuserhaufen rundherum streunen, dann eine Wanderung in den Wäldern und am Abend ein ausgiebiges Menü in Cividale. Richtig italienisch, mit Antipasti, Primo und Secondo. Und zum Schluss eines der herrlichen Dolci. Ja, so könnte man sich einen Urlaubstag vorstellen, vielleicht nach dem anstrengenden Marsch noch ein kurzes Bad im angenehm kühlen Natisone, um erfrischt zum Abendessen zu erscheinen. Der Fluss, der in Slowenien durch den Zusammenfluss zweier kleiner Quellflüsse entsteht, mündet südlich von Udine in den Torre. Er ist nicht besonders lang, gerade einmal 55 Kilometer, bietet entlang seines Flussbetts allerdings eine Fülle beschaulicher Panoramaplätze. In Cividale wird er vom Ponte del Diavolo überspannt, der Teufelsbrücke, ein Ensemble derart schmuck, dass es den Natisone berühmt gemacht hat, als wäre er Italiens Hauptfluss. Sogar eine kleine Aussichtsplattform hat man ihm errichtet, um sich am Bild erfreuen zu können. Was die meisten nicht wissen: Ein paar Hundert Meter oberhalb der Brücke zieht der Fluss eine kleine Schleife und schwemmt dabei eine Sandbank auf. Dort lässt sich's herrlich ausspannen, dazwischen die Füße ins kalte Wasser des Flusses tauchen oder – Wagemutige – ganz hineinspringen. Ob's erlaubt ist, weiß keiner; und es kümmert auch keinen.

Camilieri, Forza und der Hundeführer hatten dafür freilich keinen Sinn. Sie suchten. Intensiv, verbissen, verbittert und verzweifelt. Jeder Strauch, hinter den sie schauten und der nichts barg außer vielleicht einer von Touristen achtlos weggeworfenen Plastikflasche, jede Baumgruppe, in der höchstens der vergammelte Schlafsack eines Obdachlosen zu finden war, jede kaum sichtbare Mulde im Waldboden, die sich leer zeigte, als sie hineinstolperten, zerrten an den Nerven und trieben gleichzeitig zum Weitersuchen an. Minute für Minute wurden Hoffnungen geweckt, genauso schnell wurden sie wieder enttäuscht.

In dieser Situation zeigte Gero von Bellheim seine Größe – man kann es gar nicht genug würdigen. Der Schäferhund aus Freiburg zog anfangs an der Leine, dass es eine Freude war und den Hundeführer beinahe von den Füßen gerissen hätte. Und was bei den Zweibeinern vielleicht demotivierend wirkte, das ständige Gemisch aus erwartungsvollem Hinschauen und enttäuschtem sich Abwenden nämlich, das schien den großen Bellheim geradezu zu beflügeln.

Er hätte viel erzählen können, als er mit der Schnauze am Boden durch Wald und Wiesen streifte, er hätte von seiner Jugend beim Züchter berichten und „Viribus unitis“ als Ermunterung für die in ihrem Eifer schnell nachlassenden Zweibeiner in die Landschaft rufen können; er hätte aber auch seine Ausbildung zum Polizeihund erwähnen und den Menschen rüberreiben können, dass sie sich gefälligst nicht so anstellen und engagiert, ernsthaft und konzentriert weitersuchen sollten. So aber bellte er nur und fragte sich, ob die Polizeischule für Zweibeiner etwa leichter zu absolvieren sei als die für Vierbeiner.

Zumindest in moralisch-konditioneller Hinsicht erschien ihm das so.

Die Stunde war um. Die Glocken der Klosterkirche schlugen sieben Mal, und der Suchtrupp kam auf dem Parkplatz zusammen.

„Aussichtslos", kommentierte Camilieri als Erster das Ergebnis seiner Erkundungen, „nur ein Zufall kann uns helfen, Lydia in dieser weiten Wildnis zu finden."

„Kommissar Zufall gibt's nur im Film", wandte der Hundeführer ein, „was mich stutzig macht, ist, dass der Große Bellheim trotz intensivster Suche bis jetzt keine konkrete Spur entdecken konnte."

„Vielleicht", keuchte Forza, „vielleicht... ist sie... doch nicht... hier."

„Sie muss hier sein", konterte der Commissario energisch und bestimmt, als könnte er durch Tonfall und Wahl der Worte herbeizaubern, was sich alle wünschten.

„Dann müsste Gero normalerweise irgendetwas finden. Seine Nase ist exzellent", erklärte der Hundeführer.

Camilieri ging vor dem Hund in die Hocke, schaute ihm lange in die Augen und streichelte sein Fell.

Dann sagte er: „Gero, du bist unsere einzige Hoffnung. Bitte, nimm noch einmal all deine Sinne zusammen und finde Lydia!"

Gero bellte.

„Wuff, wuff, wuff – Fremder in der Fremde, ich fühle mit dir. Aber es tut mir leid, bis jetzt gab's keinen Hinweis auf dein Weibchen hier heroben."

Dann winselte der Hund laut und langanhaltend.

„Winsel – Aber ich verspreche dir, wenn sie wirklich hier ist, finde ich sie. Und wenn es das Letzte ist, was ich mache."
„Hat er jetzt etwa eine Spur?", fragte Forza, wieder einigermaßen bei Atem und voll guter Hoffnung, „er gibt Laut."
„Aber er zieht nicht", wandte der Hundeführer ein.

+++++

Der Klosterberg Castelmonte, muss man wissen, verfügt über eine genauso lange und verwirrende Geschichte wie die Stadt Cividale selbst. Am Anfang dürfte dort eine Festung gestanden sein, aber auch Spuren der Römer gibt es wie gesagt. Vieles verliert sich in Vermutungen und der rekonstruierten Vorstellung, wie es gewesen sein könnte.
Fest steht Folgendes: Als die Langobarden im Jahr 568 nach Christus unten im Tal des Natisone in Cividale eindrangen, fanden sie eine funktionierende Stadt vor, die bereits etliche Jahrhunderte auf dem Buckel hatte. Denn vorher schon hatten die Kelten diesen Flecken Erde besiedelt, wovon das Keltische Hypogäum ein klares Zeugnis ablegt. Auch die Römer nutzten die strategisch günstige Lage des Ortes und gründeten unter Gaius Julius Caesar Cividale neu, ebenfalls lange vor dem Langobardeneinfall. Die Siedlung hieß Forum Julii, ein Name, auf den, nebenbei bemerkt, die heutige Bezeichnung Friaul für die nördlichste Region Italiens zurückgeht.
Die bereits existierende Stadt kam den „Langbärten" nicht ungelegen. Sie mussten nicht erst eine Infrastruktur schaffen, sondern konnten die vorhandenen Gebäude nutzen. So sollen sie einfach die bestehenden Häuser bezogen haben. Für ein Volk,

das sich viel auf Wanderschaft befand, wohl eine willkommene Abwechslung. In den unruhigen Zeiten der Völkerwanderung strebte man ja weniger nach Immobilienbesitz als heute – im Prinzip wäre das ein gewaltiger Widerspruch gewesen, einerseits in der Gegend herumziehen, andererseits Häuser haben. Gefragt waren Dinge, die man leicht mitnehmen konnte, und fertige Gebäude, die schnell zu beziehen waren (und die schnell zu verlassen die Existenz des Volkes nicht infrage stellte).
Cividale war die erste Stadt auf italienischem Boden, in der die Langobarden ein Herzogtum errichteten. König des Volkes war damals Alboin, der allerdings nicht in Cividale blieb, sondern weiterzog. Als Cividales Herzog setzte er seinen Neffen Gisulfo ein. Das Glück währte nicht lange – wenig mehr als vierzig Jahre später fielen die Awaren in Cividale ein und zerstörten die Stadt. So ging das die meiste Zeit des frühen Mittelalters dahin: Einmal zog man hierhin, einmal dorthin. Wo man sich niedergelassen hatte, wurde man bald wieder vertrieben. Und man vertrieb dabei gelegentlich auch andere. Die Langobarden beispielsweise den Bischof von Aquileia – er floh mit seinem Kirchenschatz nach Grado. Erst unter Karl dem Großen kehrte ein wenig Ruhe ein. Der legendäre König besetzte Cividale im Jahr 766 nach Christus, die Stadt wurde Teil des Frankenreichs und hieß fortan Civitas Austriae. Der Name hatte damals nichts mit Österreich zu tun (auch zu Österreich gehörte Cividale einmal, allerdings erst mehr als tausend Jahre später!), sondern verwies lediglich auf die Lage der Stadt im Osten. Aus dieser Zeit stammte auch der Tempietto Longobardo, also das als Langobardentempel bekannte Kirchlein mit reichlich langobardischer Kunst im Innenraum.

Erst viel später wurden Bauten errichtet, die nach unserem Sprachgebrauch als mittelalterlich bezeichnet werden – in Wahrheit müsste man sie wohl hochmittelalterlich nennen. Darunter das Kloster San Francesco, das in einer Zeit errichtet wurde, als Cividale unter dem Einfluss der Patriarchen stand und seine Blütezeit erlebte. Dass ausgerechnet die kurze Zeit der Langobardenherrschaft der Stadt zu ihrer Berühmtheit in historisch interessierten Kreisen verholfen hat, mag eine Ironie der Geschichte sein. Andererseits hat genau das zur weltweit einzigartigen Stellung Cividales beigetragen, denn Zeugnisse hochmittelalterlicher (Bau-) Kunst gibt es zuhauf. Langobardische Spuren hingegen sonst wo kaum.
Warum muss man das wissen? Weil man nur so verstehen kann, welche Gedankensprünge Camilieri und Forza bei ihrem Versuch, dem Täter auf die Spur zu kommen, unternehmen mussten. Vielleicht wäre ein Historiker besser geeignet gewesen, den Fall zu lösen – genau das dachten die beiden insgeheim, als sie um die alten Mauern von Castelmonte eilten und die Gegend absuchten. Nur die Furcht, Lydia könnte in ihrem Verlies demnächst die Luft ausgehen oder sie könnte dehydrieren, trieb sie noch an. Ihnen schwirrte das Hirn vor Kelten, Römern, Langobarden, Franken, Patriarchen, Heiligen, Klöstern und Gottesmüttern. Lieber hätten sie die Stationen der Metro in Rom nach NT-Stummeln durchforstet, als dieses geschichtsträchtige Puzzle zusammensetzen zu müssen. Beide, obwohl Camilieri sich mit Cividale mittlerweile auszusöhnen begann und Forza sonst seine Heimatstadt um nichts auf der Welt verlassen hätte wollen.
Aber man kann sich seinen Mörder eben nicht aussuchen!

+++++

Mittlerweile war es fast acht. Von Lydia keine Spur. Gero bellte, was das Zeug hielt. Der Hund wollte ausdrücken, wie aufgeregt er war, angespannt wie ein Bogen, bevor er den Pfeil fliegen ließ, bereit, wirklich das Letzte zu geben. Er wollte auch sein Bedauern bekunden, dass Lydia nicht hier war – als Hund mit ausgezeichneter Nase wusste er das natürlich längst, konnte es seinen Gefährten nur nicht verständlich kommunizieren. Er bellte auch deshalb, weil er zum Aufbruch mahnen wollte, damit sie nicht noch mehr Zeit mit der Suche an einem Ort verlieren würden, wo die Gesuchte nicht zu finden war.

„Wau, wau, wau – Wenn ihr Zweibeiner doch nicht immer so schwer von Begriff wäret, dann wäre vieles leichter in meinem Hundeleben!"

Forza interpretierte Geros Bellen wie immer als Hinweis darauf, dass der Hund etwas gewittert hätte. Das Gekläff regte nicht nur Forzas Fantasie an, sondern erweckte längst die Aufmerksamkeit der ersten Besucher des Klosterbergs. Sie schauten verängstigt auf die Mannschaft und das Tier. Man mochte es kaum glauben, aber trotz der immer noch frühen Stunde tummelten sich bereits einige Pilger rund um die Wallfahrtskirche von Castelmonte. Der Hundeführer hatte recht behalten: Es würde bald ziemlich eng werden, heute hier am Berg.

Für diese Einschätzung musste man kein Seher sein. Als der Hundeführer Punkt acht – der letzte Glockenschlag war soeben verklungen – Folgendes sagte, da schaute er freilich fast schon wie ein Seher drein, als hätte er plötzlich eine Eingebung gehabt.

„Pieve Santi Gervasio e Protasio“, rief er mit verklärtem Blick.
„Wie?“, fragte Forza, dann hellte sich seine Miene auf und er rief, ähnlich verzückt wie gerade der Hundeführer: „Si, ma certo! Nimis! Dass wir da nicht früher draufgekommen sind!“
„Kann mich auch jemand aufklären?“, bat Camilieri, seinen Ärger über das vermeintliche Geschwafel seiner Mitstreiter unterdrückend.
„Commissario“, erklärte der Hundeführer aufgeregt, „in Nimis steht ein Kirchlein, steinalt, vermutlich geht der ursprüngliche Bau bis in die Langobardenzeit zurück.“
„Ganz sicher sogar“, bestätigte Forza, „in der Kirche, die den beiden Heiligen Gervasio und Protasio geweiht ist, befindet sich eine Steinplatte, von der man den Grundriss der alten Langobardenkirche ablesen kann. Man hat sie in späteren Jahrhunderten überbaut und erweitert. Gelegentlich haben wir mit Mamma einen Ausflug dorthin unternommen. Von Cividale ist's ja nicht weit.“
„Mit anderen Worten“, brachte Camilieri die Sache auf den Punkt, „in der Nähe von Cividale gibt es eine Kirche aus der Langobardenzeit und wir suchen hier an der falschen Stelle?“
„Si“, antworteten Forza und der Hundeführer unisono, „eines der ältesten Gotteshäuser Friauls.“
„Und warum sagt mir das keiner früher?“, schob der Commissario eine eher rhetorisch gemeinte Frage nach.
Es hätte seines Aufbruchsbefehls erst gar nicht bedurft, damit die drei Kriminalpolizisten unter den erstaunten Blicken der frühmorgendlichen Pilger ins Auto sprangen. Dieses Mal ähnlich gelenkig wie Gero, der nicht wartete, bis der Hundeführer die Heckklappe des Alfa Sportwagon öffnete, sondern auf den

Fahrersitz hüpfte und von dort über die Rücksitzbank nach hinten in den Gepäckraum hechtete.

Forza ließ den Motor an und kurvte mit jaulenden Reifen vom Parkplatz. Ungeachtet der Tatsache, dass inzwischen immer mehr Pilger die schmale Straße zur Muttergottes hinauffuhren, sowie ohne Rücksicht auf den Gegenverkehr bretterte Forza talwärts und driftete in Rallyemanier in die Kurven.

Gero bellte. Und wie er bellte.

„Wau, wau, wau, wau, wau – Er fährt wie Michael Schumacher in seinen besten Ferrarizeiten."

„Forza", versuchte Camilieri den Kollegen ein wenig zu mäßigen, „wenn wir im Straßengraben landen, hilft das Lydia auch nichts."

„Unsinn, Commissario, ich kenne die Gegend wie meine Westentasche. Jede Kehre habe ich schon Hunderte Male heraufgebetet."

„Dann werde ich jetzt wohl hinunterbeten müssen", seufzte Camilieri, als wieder einmal die Reifen quietschten und der Trupp Richtung Nimis raste.

Die Fahrt brachte sie zuerst zurück nach Cividale, dessen Altstadt Forza wegen der paliobedingten Straßensperren und des vermuteten Ansturms auf die Festtagsmesse in Höllentempo umfuhr. Gut, dass die Carabinieri mit den Besuchern des Palio di San Donato alle Hände voll zu tun hatten und kein Auge auf die kraftfahrerischen Eskapaden ihrer Kollegen werfen konnten. Rasch erreichte der Suchtrupp die Abzweigung, von der aus eine Nebenstraße zuerst nach Faedis führte. Dann ging es über den Passo di Monte Croce nach Nimis. Das klingt jetzt abenteuerlich, aber besagter Pass erhebt sich gerade ein-

mal rund 260 Meter über dem Meeresspiegel und äußert sich hauptsächlich in ein paar engen Kurven. Diese freilich zeigten, was in Forza und dem Sportwagon steckte. Wahrlich ein gutes Gespann, zwar nicht gerade reifenschonend, dafür aber rasant unterwegs. Die Strecke auf der Nebenstraße, die in weiterer Folge von Nimis nach Tarcento führte, wo sie in die Strada Statale 13 Pontebbana einmündete, also in die Staatsstraße durch das Kanaltal, war nicht lang. Von Cividale bis Nimis fuhren unsere Ermittler gerade einmal gute zwanzig Kilometer. Übrigens, das muss man wissen, völlig ohne Gegenverkehr und ohne Menschenaufläufe in den kleinen Ortschaften, die man durchquerte, also auch ohne Zeugen für einen potenziellen Entführer, was wiederum nicht uninteressant festzustellen war. Konnte doch Lydias Häscher am Vortag ähnliche für seine Zwecke nicht unpraktische Rahmenbedingungen genossen haben.
Dann stieg Forza heftig in die Pedale und stellte den Alfa am Ortsanfang von Nimis direkt vor dem Treppenaufgang zur Kirche ab. Wie sagt man in solchen Situationen so schön? Am liebsten wäre er bis zum Altar vorgefahren. Und das in Rekordzeit, wenn jemand mitgestoppt hätte.

✢✢✢✢✢

Wie befürchtet! Es wäre ja auch zu schön gewesen, wenn einmal alles geklappt hätte. Aber nein, da schaffte man es, trotz dreier Morde im Vorfeld einen erfolgreichen Palio di San Donato durchzuziehen, da gelang es, die Entführung einer österreichischen Touristin weitestgehend auszublenden, sodass der Vorfall das Fest nicht störte – und dann sorgte diese Zicke von Angela

Epifania für einen Wirbel, der sich gewaschen hatte. Der Bürgermeister ärgerte sich wirklich. Angesichts der halb leeren Kirchenbänke im Dom von Cividale durchaus verständlich. Normalerweise strömten die Einheimischen bei Festen wie dem Palio in Scharen in das zentral gelegene Gotteshaus, sogar die Stehplätze wurden rar, das muss man sich einmal vorstellen bei den riesigen Dimensionen, die die Kirchen in Italien erreichen. Der Dom von Cividale bildete da keine Ausnahme. Wenn man ein wenig zusammenrückte, hätte man vermutlich die gesamte Stadtbevölkerung unterbringen können…

Eine Schande! Aber er hatte es kommen sehen. Bereits gestern Abend, als der Wirbel um das schlechte Abschneiden von Angelas Sohn losging. Dabei war die Kröte schlicht und einfach zu fett! Da brauchte es gar keine Behinderung durch die Gäste der Stadt. Lächerlich! Der kleine Fettwanst wäre so oder so Letzter geworden. Und sein ganzer Borgo gleich mit! Alles Versager!

Wie ein Dompropst stand der Bürgermeister an der Schwelle zur Kirche. Das große Tor war weit geöffnet, für die tröpfchenweise eintrudelnden Gottesdienstbesucher hätte freilich der Seiteneingang genügt. Dass so viele Bürger der Stadt Angelas Boykottaufruf befolgten, rang dem Bürgermeister trotz des vorherrschenden Ärgers einen winzigen Rest Bewunderung ab. Gut, dass die Signora nicht in der Politik tätig war, dachte er, aber er hatte ja immer schon gefordert, dass le donne per le pizze e paste, die Frauen also für die Küche und die Pflege des häuslichen Heims, zuständig sein sollten, gli uomi, die Männer, für den Rest, sprich Geld, Finanzen und – la politica! Das war schon bei den zwölf Aposteln so, das war unter Caesar so, also bei den Christen und bei den Heiden gleich.

Und das waren schließlich nicht irgendwelche Dahergelaufenen.
„Buon giorno, Signore Sindaco!“, grüßte Onkel Giorgio schon von Weitem.
Wenigstens einer, dachte der Bürgermeister, der weiß, was sich gehört.
„Buon giorno, Giorgio! Comme stai?“, antwortete der Bürgermeister.
„Bene, grazie! Aber Giuseppe macht mir Sorgen. Er war gestern noch auf dem Palio. Nur mit diesem Commissario und auch ohne das Scharfrichterkostüm überzuziehen. Hat er sich wenigstens bei der Ehrentafel blicken lassen?“
Der Bürgermeister überlegte kurz: „Nicht dass ich wüsste.“
„Es ist ein Krampf mit ihm. Wie habe ich auf ihn eingeredet! Aber er scheint völlig unter der Fuchtel dieses Camilieri zu stehen.“
„Naja“, sagte der Bürgermeister mit einem Hauch Verständnis, weil er Gehorsam fast mehr schätzte, als er den Commissario hasste, „immerhin ist er sein Chef. Aber ein wenig mehr Rücksichtnahme auf die Traditionen und Gepflogenheiten in unserem schönen Cividale würde Giuseppe wahrlich gut anstehen, wenn er es in seinem Beruf weiterbringen will. Den Scharfrichter hat bisher noch niemand ausgeschlagen. Und heuer gleich zwei! Gut, von dem sizilianischen Schnüffler will ich nicht reden, der hat keine Ahnung, der ist sogar mit dem Ermitteln überfordert. Aber Giuseppe, der Bursche hat mich sehr enttäuscht.“
„Signore Sindaco“, flüsterte Onkel Giorgio jetzt beinahe, „ich habe gestern versucht, ihn zu überreden. Wenn ich sicher wüss-

te, dass Giuseppe Chancen auf den Posten des Commissario hat, könnte ich es noch einmal probieren. Ich kenne ihn seit klein auf. Er benötigt immer ein bisschen Zeit, um seinen Vorteil zu erkennen. Deshalb musste ich ihm auch bisher schon auf die Sprünge helfen. Meine Schwester Elisabetta würde sich ebenfalls sehr, sehr freuen. Ein Commissario in der Familie, noch dazu der eigene Sohn!"

„Giorgio, im Vertrauen gesagt, aus meiner Sicht spricht nichts gegen Giuseppe Forza als Commissario, den peinlichen Auftritt auf dem Palio, besser gesagt seinen Nicht-Auftritt, wollen wir ihm gnädig nachsehen, schließlich stand er unter dem schlechten Einfluss seines Chefs", antwortete der Bürgermeister genauso leise, „ich weiß nur noch nicht, wie ich Camilieri zurück nach Sizilien schicken soll. Beziehungsweise wie ich die Obrigkeit von der Notwendigkeit dieses Schritts überzeugen könnte."

„Bei seinen Ermittlungsergebnissen dürfte das wohl nicht so schwer sein. Soll ich einmal in Rom anrufen? Ich kenne dort immer noch genug Leute, schließlich war ich Präfekt."

„Gute Idee", meinte der Bürgermeister, „sonst löst er am Ende noch vorher den Fall."

„Die Fälle, Signore Sindaco", lächelte Onkel Giorgio, „bei Camilieris Misserfolgsbilanz ist der Plural angebracht. Er hat weder bei der Ermittlung in den drei Morden etwas weitergebracht noch hat er die entführte Touristin gefunden."

„Ich sehe, wir verstehen uns", sagte der Bürgermeister, „und jetzt lasst uns reingehen, damit wenigstens die politische und moralische Spitze der Stadt an der Festtagsmesse teilnimmt, wie es sich gehört."

✢✢✢✢✢

Der hagere bleiche Mann, der Alboin hieß oder sich zumindest so nannte, schlenderte durch die Gassen der Stadt. Viel war noch nicht los, die Stände wurden gerade erst aufgesperrt, Schauvorführungen gab es während des Gottesdiensts sowieso nicht. Wer jetzt unterwegs war, eilte zur Messe oder versuchte die Stadt abseits des Rummels zu genießen. So wie er.
Er staunte über das Unwissen der Menschen auf der Straße. Hier ging er, der drei Männer ins Totenreich Hel geschickt hatte, in die Kälte tief unter der Erde, wo die gleichnamige Göttin unerbittlich herrschte. Daran hatten die Langobarden geglaubt, bevor sie wie so viele dem Christentum auf den Leim gegangen waren. Aber zu Urzeiten, als der Mann noch Mann und die Frau noch Frau war, beide mit klar zugewiesenen Rollen im Volk, da verehrten die Langobarden die germanische Götterwelt. Sogar der langobardische Geschichtsschreiber Paulus Diaconus musste, obwohl Mönch im katholischen Benediktinerkloster Monte Cassino, den heidnischen Ursprung seines Volkes in der „Historia Langobardorum" niederschreiben. Widerwillig zwar und ein wenig negativ; „ridiculam fabulam" nannte er die Geschichte, ein „lächerliches Märchen". Aber er kam nicht umhin, eine Episode aus der Frühzeit des Stammes zu erzählen: Vor der Entscheidungsschlacht gegen die Männer des damals noch nicht auf den Namen Langobarden hörenden Volkes riefen die Vandalen, ein anderer Germanenstamm, Wodan um Hilfe für den Sieg an. Der Gott versprach denjenigen den Sieg, die er am nächsten Morgen nach Sonnenaufgang als Erste sehen würde. Die Frauen der später Langobarden ge-

nannten Männer fragten hingegen Wodans Gemahlin Freyja, die ihnen riet, sich frühmorgens, mit ihren langen Haaren wie Bärte ums Gesicht gebunden, im Osten aufzustellen. Dorthin pflegte Wodan nämlich in der Früh nach dem Aufwachen zu schauen. So geschah es denn auch. Nach dem Erwachen erblickte Wodan wirklich die vermeintlichen Männer und fragte, wer denn diese Langbärte seien. Freyja antwortete ihm: „Jetzt hast du ihnen einen Namen gegeben, gib ihnen also auch den Sieg." Alboin fand diese Geschichte keineswegs lächerlich, archaisch zwar, aber nicht lächerlich.

Davon hatten die Menschen, die ihm in den Straßen und Gassen Cividales begegneten, keine Ahnung. Die Interessierteren unter ihnen besuchten mit ein wenig Glück vielleicht das christliche Museum neben dem Dom und begafften dort langobardische Kunst: den Ratchis-Altar, das wichtigste Zeugnis langobardischer Steinmetzkunst, und das Baptisterium des Patriarchen Callisto. Oder sie besuchten zwischen zwei Espressi den Tempietto Longobardo mit einzigartiger Stuckatur und Fresken. Nur mehr wenige spazierten im archäologischen Museum an den Gräberfunden aus der Langobardenzeit vorbei: Schmuck, Gürtelschnallen, Gewandfibeln, meisterhaft aus Gold und Edelsteinen gearbeitet. Alles Wertgegenstände, die dem Volk geraubt worden waren, teilweise intime Gegenstände, die ohne Rücksicht auf die Betroffenen, die seit Jahrhunderten unter der Erde lagen und die nie jemand nach ihrem Einverständnis gefragt hatte, vor die Augen der Gaffer gezerrt wurden. Die Kunstschätze dienten nur dazu, ärgerte sich Alboin, die Wirtschaft des Städtchens in Gang zu halten, Millionen an Wertschöpfung zu erzielen, ohne denen Wertschätzung zukommen zu lassen, die die Kostbarkeiten geschaffen hatten. Dabei war Cividale nur die Spitze eines Eisbergs, dachte Alboin bei seinem Rundgang durch die Stadt. Ein Ende dieser Ausbeutung des erloschenen Langobardenvolks war nicht in Sicht, im Gegenteil, hätte er nicht erste Schritte gesetzt, würde man der bisherigen Frechheit schon bald eins draufsetzen. Freilich war die Gefahr noch lange nicht gebannt. Deshalb durfte seine Auszeit hier am Palio di San Donato nur ein paar Stunden dauern. Dann war Schluss mit Ruhe und Erholung, dann mussten weitere klare, harte Konsequenzen folgen. Er war der Garant dafür, dass sie folgen würden, kein Commissario der Welt würde ihn davon abhalten.

Vor den nächsten Bestrafungen würde er einen Grillspieß essen, dabei die einzelnen Fleischstückchen akribisch vom Spieß schälen, sorgfältig und mit großer Achtsamkeit zerschneiden. Dazu würde er ein Getränk nehmen. Nichts Alkoholisches, Alkohol dämpfte die Sinne, er aber benötigte scharfe Sinne. Und dann würde er weiterziehen, es gab noch viel zu tun. Er zog an seiner Zigarette. NT filtro. Währenddessen hielt er das Medaillon aus Gold um seinen Hals fest umklammert, als könnte er daraus Kräfte ziehen.

✢✢✢✢✢

In Nimis lag der winzige Platz vor der gedrungenen Kirche mit ihrem mächtigen Campanile menschenleer da.

„An und für sich sollte Lydia allein in ihrem Gefängnis schmachten“, erklärte Camilieri. Dessen ungeachtet befahl er:

„Sichern Sie trotzdem, Forza, bei Verrückten weiß man nie, was ihnen alles einfällt.“

Forza zückte die Dienstwaffe, der Hundeführer brachte Gero in Stellung. Zugegeben, wie sich Camilieri mit der Waffe im Anschlag dem Kirchentor näherte, wie er dann mit dem Ellbogen die Türschnalle niederdrückte, wie er gleichzeitig mit dem Fuß die Tür aufstieß, um mit einem riesigen Satz hineinzustürmen und links und rechts mit schnellen Blicken nach möglichen Angreifern zu spähen, dabei die Pistole mit gestreckten Armen vor sich hinhaltend – das hatte etwas von einem Fernsehkrimi und passte gar nicht zu einem heiligen Gemäuer. Schon gar nicht am Sonntag. In der Kirche herrschte Dunkelheit. Eine Messe, so bemerkten die Nasen am langsam sich verziehenden Geruch von Kerzenrauch, musste vor Kurzem hier gelesen worden sein. Der Rauch lag noch so intensiv in der Luft, dass ihn nicht nur Geros Zinken, sondern auch die Nasen der Menschen wahrnahmen. Das irritierte Camilieri.

„Hier wurde heute offenbar eine Messe gefeiert“, analysierte der Commissario, „ich wundere mich, dass dabei keinem etwas aufgefallen ist.“

„Vielleicht gibt es irgendwo eine Krypta, in der sie sich befindet“, versuchte Forza eine Erklärung.

„Wenn schon Rauch, dann müsste man statt Kerzenrauch eigentlich Zigarettenrauch riechen, vorausgesetzt, Alboin ist wirklich hier gewesen“, zweifelte Camilieri weiter, „denken Sie an den NT-Stummel, den wir im Turm gefunden haben.“

„Der Zigarettenrauch hat sich seit gestern sicher verzogen“, gab der Hundeführer zu bedenken, „aber fragen wir doch einmal den Großen Bellheim.“

Er streckte dem Tier die mittlerweile vertraute weiße Bluse hin, die die Ermittler aus Lydias Zimmer im Hotel mitgenommen hatten. Wie immer schnüffelte Gero mit Interesse, unternahm aber keine weiteren Anstalten einer Suche. Eher gelangweilt stand der Hund im Kirchenschiff. Hätte er sprechen können, hätte er seine zweibeinigen Gefährten seines Beileids versichert, dass es nichts zu finden gab. So aber bellte er dreimal kurz, was auch nicht wirklich zu einem Sonntag in heiligen Mauern passte.

Plötzlich regte sich vorne auf den Bänken etwas im Halbdunkel. Der Commissario und seine Mannen vermochten nicht genau zu erkennen, worum es sich handelte. Forza und Camilieri rissen unverzüglich ihre Dienstwaffen in Anschlag. Der Hundeführer nahm Gero extrem kurz, bereit, ihn bei Bedarf wie einen Pfeil von der Leine schnellen zu lassen.

„Scandaloso", hörte man eine Frauenstimme zuerst leise murmeln, als betete sie.

Dann wiederholte sie lauter: „Scandaloso!"

Camilieri, Forza und der Hundeführer schauten sich verwundert an.

Derweil schimpfte die alte Frau, der die Stimme gehörte, immer heftiger: „Scandaloso, scandaloso, scandaloso! Nicht einmal beten kann man mehr in Ruhe. Unverschämte Rüppel!"

Betretenes Schweigen machte sich beim Suchtrupp breit. Sogar Gero hatte das Bellen eingestellt. Camilieri wollte etwas vorbringen wie: „Scusi, aber wir tun nur unsere Pflicht." Doch ihm versagte die Stimme.

Der Schatten der Kirchgängerin, die nach der Messe ins Gebet versunken noch ein Weilchen im Gotteshaus verblieben und jetzt so abrupt aus ihrer frommen Andacht gerissen worden war, löste sich langsam von den Sitzbänken knapp vor dem Altar und kam näher. Wie eine Litanei „Scandaloso“ aufsagend, schlurfte die Alte an den Kriminalpolizisten vorbei in Richtung Ausgang. Um im Abgang nochmals ihr Missfallen zu bekunden, knallte die Frau die Tür so heftig zu, wie das in der mehr als tausendjährigen Geschichte der Kirche wohl noch nie vorgekommen war.

„Meine Herren“, stammelte Camilieri, „damit hätte ich am allerwenigsten gerechnet.“

„Ich auch nicht“, bestätigte Forza.

Und der Hundeführer sprach aus, was alle dachten: „Da erwartet man sich einen schwerbewaffneten Angreifer, rechnet mit der Attacke eines zu allem bereiten Dreifachmörders, und dann das: eine alte Betschwester!“

Auch Gero winselte betroffen.

„Nun denn“, sagte Camilieri, der sich als Erster gesammelt hatte – zumindest tat er so: „Es hat zwar nicht den Anschein, dass Lydia hier versteckt wurde. Trotzdem durchsuchen wir die Kirche genau. Vergessen Sie nicht auf den Campanile, sowie nachzuschauen, ob es eine geheime Krypta gibt! Avanti!“

Er versuchte, Tatkraft zu beweisen. Tief drinnen in ihm war es aber pechschwarz, viel schwärzer noch als das vom Rauch verfärbte alte Gemäuer der Kirche. Er fühlte sich hundeelend, beinahe brach ihm die Stimme.

Und dann klingelte sein Handy – ebenfalls unpassend in einer Kirche am Sonntag.

+++++

Antipasti, Primo, Secondo, Dolci – das war die Reihenfolge eines ordentlichen italienischen Menüs. Auch wenn es die Deutschen und die Österreicher nie begreifen würden und immer nur einen Teller Nudeln bestellten, nach dem sie hungrig und über die kleinen Portionen schimpfend vom Tisch gingen. Spaghetti stellten nun einmal nicht mehr dar als den ersten Gang. Da diesem ein zweiter Gang folgte, eine Vorspeise vorangegangen war und Platz für ein süßes Dessert bleiben sollte, durften die Portionen gar nicht besonders groß ausfallen. Jedem leuchtete das ein, nur nicht den Gästen aus dem Norden. Sie verstanden dieses kulinarische System einfach nicht und glaubten, mitten in Italien würden ihnen solche Nudelberge serviert wie daheim in Graz, Salzburg, München, Hamburg oder Berlin.

Für Elisabetta Forza war die Menüfolge unumstößlich. Jede Abweichung davon hätte Unglück über die Familie gebracht. Schon gar an einem Festtag wie dem Namenstag des San Donato. Weil die Zubereitung eines viergängigen Menüs ihre Zeit benötigte, stand die gute Frau früh in der Küche. Sie hatte die Morgenmesse besucht statt der feierlichen Festmesse, die sie zu lange vom Herd ferngehalten hätte, um ein würdiges Festtagsessen zu kochen. Onkel Giorgio, so war vereinbart, würde die Familie beim Hochamt im Dom vertreten.

Und Giuseppe? Zu gern hätte sie gewusst, was den figlio schon vor sechs Uhr am Morgen aus dem Haus getrieben hatte. Zumal er am Abend, was heißt am Abend, in der Nacht davor erst spät nach Hause gekommen war. Der kleine Wecker auf ihrem Nachtkästchen hatte fast halb zwei gezeigt, als sie die Tür sperren und Giuseppe in sein Zimmer schleichen hörte.

Da mochte der Bub noch so vorsichtig auftreten, als Mamma spürte sie, wann er heimkam. Außerdem hörte sie die trotz seines vorsichtigen Auftretens knarzenden Dielen.
Sie hoffte, dass er heute pünktlich zum Essen erscheinen würde. Schließlich gab es Giuseppes Leibspeise: Arrosto alla perugina. Dieser Schweinsbraten bezog sein besonderes Aroma vom Fenchel und den Knoblauchzehen, mit denen das Fleisch gespickt wurde. Und natürlich vom Weißwein, mit dem man den Braten ablöschte. Dazu grüne Bohnen und ein paar Schnitten frisches Weißbrot – Giuseppe hatte Geschmack, den hatte er von ihr, seiner Mamma, geerbt.
Vor diesem, eines Heiligen wie San Donato würdigen Secondo, also zweiten Gang, wollte Elisabetta Forza Risotto alla milanese, ein Safranrisotto, als ersten Gang, Primo, servieren. Safranfäden verliehen diesem Reisgericht nicht nur einen unvergleichlichen Geschmack, sondern auch die schöne, gelbe Farbe. Hier musste ebenfalls mit Weißwein aufgegossen werden, wobei die hohe Kunst des Risottokochens darin bestand, exakt den richtigen Zeitpunkt zu erwischen, wann der Reis auf den Tisch gebracht wurde. Das musste punktgenau geschehen, weder eine Minute zu früh, dann war der Reis innen noch hart, noch eine Minute zu spät, dann war er patzig. Risottokochen zählte zu den Meisterleistungen einer italienischen Köchin, Mamma Forza hatte jahrzehntelange Erfahrung darin und ließ sich von keinem Touristen weismachen, dass es keinen Unterschied machte, ob der Reis ein paar Minuten länger kochte. Das war wie bei den Nudeln. Waren die nicht al dente gekocht, konnte man sie – im wahrsten Sinne des Wortes – vergessen. Ein wenig Parmesan, den man knapp vor dem Servieren unter

das Risotto mischte, verstärkte nicht nur die cremige Konsistenz, sondern machte sich später auch genussvoll am Gaumen bemerkbar.
Für Primo und Secondo des Festtagsessens griff Elisabetta Forza auf bewährte nationalitalienische Klassiker zurück. Sonst kochte sie gerne die typischen regionalen Speisen Friauls, Bohnensuppe, Pollo, Polenta, Frico und alles rund um den Schinken. Für die Vorspeise am heutigen Feiertag besann sie sich ebenfalls der Produkte aus der Region und plante, einen Antipastiteller auf die Tafel zu stellen, der den unvergleichlichen Prosciutto aus San Daniele als Hauptdarsteller hatte. Oliven und Montasio Käse übernahmen die kongenialen Nebenrollen, die, wie man weiß, für das Gelingen des Gesamtkunstwerks genauso wichtig waren wie die Besetzung der Hauptrolle und die Regie. Ihr Giuseppe schätzte einen kräftigen Antipastiteller, wenn er von der Arbeit nach Hause kam. Der Bub war dann ja immer so hungrig, auf dem Kommissariat hatten die Armen einfach keine Zeit, dazwischen eine Kleinigkeit zu essen. Wenn ihn denn nicht sein neuer Chef, dieser Commissario aus Sizilien, wieder über Gebühr in Beschlag nahm und zum Auswärtsessen verdonnerte. Wie gestern, als der bedauernswerte Bub erst weit nach Mitternacht nach Hause gekommen war.
Dolci, das war in Elisabetta Forzas Vorstellung normalerweise eine Gubana. Den Nuss-Rosinen-Hefekuchen schätzten Cividale-Besucher aus aller Welt. Zumindest nahmen sie ihn als Souvenir mit nach Hause. Heute aber sollte es eine Panna cotta geben, gekochtes Schlagobers, das einen Hauch Vanille verströmte, nicht zu süß sein durfte und wie die Antipastiplatte

sowie der Arrosto zu Giuseppes absoluten Lieblingsgerichten zählte.
Wenn er denn zu Mittag daheim sein würde…
Was ihr Sohn gerne aß, kochte sie am liebsten. Lediglich beim Safranrisotto dachte sie ein wenig an sich. Das schätzte sie deshalb so besonders, da die Safranfäden früher – als man sich kaum etwas kaufen konnte – zu den absoluten Luxusgütern zählten. Vielleicht waren es die Seltenheit und der hohe Preis des Safrans, die dem Gericht seinen Status verliehen hatten, und gar nicht so sehr der Geschmack. Wie bei den Trüffeln. Außerdem schätzte es Onkel Giorgio, wenn man bei Tisch seinen Reichtum nicht schamhaft versteckte, sondern zeigte, was man sich zu leisten in der Lage war. Safranrisotto trug dazu bei und es schmeckte einfach himmlisch. Zumindest wenn Elisabetta Forza es zubereitete.

✢✢✢✢✢

„Pronto, wer stört?“, begrüßte Camilieri in der Pieve Santi Gervasio e Protasio grob den Anrufer. Es war Eleonora, die ob der Begrüßung gleich einmal schluckte, um den sie überfallenden Wunsch, in Tränen auszubrechen, zu unterdrücken.
„Commissario, kommen Sie schnell!“, sprudelte es dann aus ihr hervor.
„Warum? Wir befinden uns mitten in der Suche.“
„Es wurde etwas gefunden.“
„Gefunden?“ – Camilieri wurde neugierig.
„Si“, bejahte Eleonora die Frage des Commissario.

„Na, was wurde denn gefunden?“, versuchte Camilieri freundlich und vor allem ruhig zu fragen.
„Weiß man noch nicht genau. Sie sind gerade dabei, die Tür aufzubrechen.“
„Welche Tür? Himmelherrgott!“
Letztere Bemerkung Camilieris passte genauso wenig in eine Kirche, schon gar nicht am Sonntag, wie der Auftritt des Suchtrupps vorhin. Angesichts dessen, was der Commissario und sein Gefolge im Gotteshaus bereits geliefert hatten, spielte das freilich auch keine Rolle mehr.
„Lassen Sie sich doch nicht jedes Wort einzeln aus der Nase ziehen, Eleonora!“
Eleonora bemühte sich, die Sache in einen Zusammenhang zu bringen: „Also, zuerst war diese Anzeige. Dass man ein Wimmern gehört hat. Aus einem Wohnwagen.“
„Und wo steht dieser Wohnwagen?“, unterbrach Camilieri sie barsch.
In seinem Gehirn begannen sich die Fakten zu ordnen. Alboin hatte Lydia vielleicht wegschaffen wollen, bevor er sich entschlossen hatte, sie freizulassen beziehungsweise, richtiger gesagt, sich selbst zu überlassen.
„Auf dem dafür vorgesehenen Parkplatz in der Via delle Mura.“
Cividale, muss man wissen, hat außerhalb der alten Stadtmauern Parkflächen für die Besucher der Stadt eingerichtet. Einige der Parkplätze sind für Wohnmobile reserviert, es existiert sogar die nötige Infrastruktur, um in den mehr oder weniger geräumigen Vehikeln klar Schiff machen zu können; ein Minicampingplatz am Parkplatz sozusagen für die, die's mögen. Bei den Campern erfreut sich der Platz allerdings nicht allzu großer

Beliebtheit, weil sie sich nach dem Verlassen der Wohnmobile direkt auf dem Asphalt der Straße befinden und gemütlich auf Campingsesseln am Campingtisch draußen zu sitzen kaum möglich ist.

Camilieri bedeutete seinen Kameraden, ihm zum Auto zu folgen, während er weitertelefonierte.

„Wir sind unterwegs", schrie er ins Handy, „sagen Sie den Kollegen, sie sollen besonders vorsichtig beim Öffnen des Wagens sein!"

„Eine neue Spur?", fragte Forza im Hinauslaufen aus der Kirche.

„Sieht so aus", antwortete Camilieri, „auf dem Parkplatz für die Camper steht ein Wagen, aus dem man Geräusche hörte."

„Auf dem kleinen Campingplatz vor der Stadtmauer?", fragte der Hundeführer ungläubig.

„Genau dort", bestätigte Camilieri.

Forza keuchte, als sie den Alfa Sportwagon erreichten: „Das... gibt's doch... nicht. Wir suchen uns... in den Langobardendenkmälern die Nasen... wund, und er verfrachtet Lydia... in einen Campingbus?"

„Wenn es denn Lydia ist", gab Camilieri zu bedenken, „die Kollegen stürmen den Wagen erst."

Camilieri, Forza, der Hundeführer und Gero enterten den Alfa. Forza warf den Motor an, und wenn wir vorhin gemeint haben, er habe die Strecke von Cividale nach Nimis im Rekordtempo bewältigt, dann wussten wir noch nichts von der Rückfahrt. Denn die war wirklich schnell. Teuflisch...

Dieses Mal unterließ es Camilieri, zu einer vorsichtigeren Fahrweise zu mahnen. Es hätte ohnehin nichts geholfen. Also schloss er einfach die Augen. Und Gero machte die Raserei sogar Spaß. Die paar Serpentinen des Minipasses Monte Croce fuhr Forza so, dass er die ganze Straße benötigte – entweder weil er die Kurven eng schnitt oder weil der Wagen infolge des Tempos kräftig übersteuerte. Weingärten und Äcker flogen draußen vorbei. Die kleinen Dörfchen lagen in der Mittagshitze verlassen da. Das war auch gut so. Wer es gewagt hätte, dem Gespann zu begegnen, hätte schlechte Karten gehabt. Ein Team der italienischen Kripo in einem Fall, bei dem es um Leben oder Tod ging, aufzuhalten, einem Commissario, der in seinen gegenständlichen Ermittlungen auch ein gehöriges Maß an persönlichem Interesse verfolgte, gar in den Wagen zu krachen – das konnte für den Betreffenden nicht gut ausgehen. Da musste man die Schuldfrage gar nicht erst klären, um zu wissen, wer schuld war. Gott sei Dank waren alle Besucher des Palio di San Donato, die die Nebenstraße über Nimis nahmen, bereits früher zum Fest gefahren und keiner von ihnen auf die Idee gekommen, vorzeitig zurückzufahren.

Es dauerte nicht lange, bis Forza den Alfa in der Via delle Mura einbremste. Beinahe wären sie mit dem Sportwagon in den Campingbus geschlittert, an dem gerade die Spezialisten der Polizei am Arbeiten waren, um das Schloss mit aller gebotenen Vorsicht zu öffnen – es hätte ja ein Sprengsatz mit der Tür verbunden, das Ganze eine perfide Falle des verrückten Entführers und Dreifachmörders sein können, der mit seinem E-Mail die Ermittler in einen Hinterhalt locken und Lydia gar nicht freigeben wollte.

Doch dem war nicht so, es geschah nichts, hätte auch gar nichts geschehen können, wie die Experten schnell feststellten. Die

Tür des Campingbusses war schlicht und einfach zugesperrt, wie das jeder mit dem Wohnmobil angereiste Tourist vor Beginn seiner Stadtbesichtigung auch getan hätte.
Dann kam der Moment, auf den Forza, der Hundeführer, Gero und vor allem Camilieri sehnsüchtig gewartet hatten. Mehr noch hatte ihn freilich Lydia herbeigesehnt.
Der Commissario stieg als Erster in das enge Wohnmobil, unmittelbar gefolgt vom bereits herbeigeeilten Polizeiarzt. Drinnen war die Hitze gewaltig. Camilieris Gefühle schwankten zwischen großer Erleichterung – das verschnürte Bündel Mensch, das da vor ihm auf dem Boden des Campers lag, war eindeutig Lydia, die blonde Lockenpracht verriet das sofort, auch schien sie trotz verklebten Mundes gut zu atmen – und berechtigter Sorge: Wie hatte sie die Qualen überstanden? Hatte es ihrer Gesundheit zugesetzt, vermutlich seit gestern Nachmittag gefesselt und mit einem Klebeband über dem Mund auf dem Boden in der drückenden Hitze gelegen zu sein?
Der Polizeiarzt entfernte vorsichtig das Klebeband vom Mund des Opfers und Camilieri löste mit flinken Griffen die Fesseln. Lydia war bei Bewusstsein. Obwohl sie zuerst einmal wie eine Lungenkranke nach Luft schnappte und zwischen den tiefen Atemzügen heftig hustete, blitzten ihre Augen blau und erleichtert auf. Mit verklebtem Mund Geräusche von sich zu geben, laut genug, um draußen Vorbeigehende auf ihre Situation aufmerksam zu machen, war anstrengend gewesen. Der Arzt reichte ihr eine Wasserflasche und forderte sie auf, langsam und mit kleinen Schlucken zu trinken.
Erleichterung stand auch Camilieri ins Gesicht geschrieben, als der Polizeiarzt nach ein paar einfachen Fragen und einer

kurzen Erstuntersuchung entwarnen konnte: „Die Frau scheint sich angesichts der Dauer ihrer Gefangenschaft in einer außerordentlich guten Verfassung zu befinden. Trotzdem würde ich dringend empfehlen, sie ins Hospital zu bringen, damit man sie gewissenhaft durchchecken kann."

„Muss das sein?", wollte Lydia aufbegehren. Sie war den Ausführungen des Arztes mit wachen Augen gefolgt.

„Wir können Sie natürlich nicht dazu zwingen", erklärte der Arzt.

„Aber ich kann Sie bitten", mischte sich Camilieri ein, „tun Sie es mir zuliebe, Lydia. Lassen Sie sich untersuchen. Danach feiern wir Ihren zweiten Geburtstag. Und Sie erzählen uns alles, was Sie durchgemacht haben. Das muss leider sein, ich muss Ihnen später ein paar Fragen stellen. Aber das hat Zeit. Wichtig ist jetzt nur, dass Sie sich erholen."

„Ohne Untersuchung wäre es mir lieber, aber gut, wenn Sie meinen", ließ sich Lydia breitschlagen.

Camilieri erkundigte sich umsichtig: „Ich hoffe, Ihr Zeitplan kommt durch die Unannehmlichkeiten nicht vollständig durcheinander. Heute ist Sonntag. Wann wollten Sie heimfahren?"

„Vorerst wollte ich gar nicht nach Hause fahren", antwortete Lydia, „ich wollte eigentlich morgen nach Grado weiterreisen."

„Morgen schon", brummelte Camilieri, „das wird knapp."

Lydia glaubte, der Commissario meine damit ihre Einvernahme zur Entführung. Natürlich hatte Camilieri auch daran gedacht, als er über die Zeitknappheit klagte. Aber, um ehrlich zu sein, war ihm die Einvernahme ziemlich egal. In Wahrheit bedauerte er, dass ihm dadurch kaum Möglichkeiten blieben, mit Lydia einige Stunden abseits der kriminalpolizeilichen Ermittlungsarbeit verbringen zu können.

„Ich könnte natürlich…", zögerte Lydia, „auch erst übermorgen nach Grado fahren. Schließlich habe ich ja einen ganzen Tag in Cividale verloren. Ich darf gar nicht daran denken…"

Warte erst, bis du die ganze Wahrheit über deinen Entführer kennst, dachte Camilieri und fürchtete sich ein wenig vor dem Augenblick, an dem er Lydia im Zuge der Einvernahme offenbaren würde müssen, dass ein Dreifachmörder für ihre Entführung verantwortlich zeichnete und dass sie seinen Fängen nur durch einen Zufall entkommen war, dessen Ursache er erst mit ihrer Hilfe aufzuklären hoffte.

„Lydia, ich mache Ihnen einen Vorschlag! Sie begeben sich jetzt in die Obhut unseres Hospitals, wo man Sie gründlich durchchecken wird. Kollege Forza verlängert Ihr Zimmer in Ihrem Hotel in Cividale bis Dienstag. Eleonora ruft Ihr Hotel in Grado an und kündigt Ihre Verspätung um einen Tag an, damit die Zimmerreservierung nicht verfällt. Rund um Ferragosto ein Zimmer in Grado zu bekommen ist sicher nicht so leicht."

„Und was machen Sie?", entschlüpfte es Forza.

„Ich begleite Signora Lydia ins Hospital", antwortete Camilieri, „wenn die Spitäler hier im Norden Italiens in einem ähnlich chaotischen Zustand sind wie bei uns in Sizilien, dann schadet die Anwesenheit eines Commissario auf keinen Fall."

Bevor sich das Grüppchen zerstreuen und jeder der ihm zugewiesenen Aufgabe nachkommen konnte, bog plötzlich der Bürgermeister mit einem kleinen Gefolge in die Via delle Mura ein. „Signora!", rief er schon von Weitem, „lassen Sie mich mein Bedauern ausdrücken über das, was Ihnen widerfahren ist. Aber unser Commissario hat weder Zeit noch Mühen gescheut, um Sie aus den Händen dieses Verbrechers zu befreien."

Der Blick, mit dem der Bürgermeister Camilieri aus den Augenwinkeln bedachte, verriet, dass er tief im Innersten genau das Gegenteil glaubte. Das kümmerte den Commissario allerdings in keinster Weise, er wollte Lydia nur schnell den Fängen dieses Schwätzers entziehen. Ein Tag und eine Nacht in Gewalt eines Dreifachmörders genügten vollkommen, befand Camilieri und stieß den Bürgermeister unwirsch zur Seite.

Grimmig sagte er: „Die Frau muss zur Untersuchung ins Hospital. Und dann muss ich sie vernehmen. Arrivederci!"

Er nahm Lydia am Arm, verfrachtete sie in den Alfa, setzte sich persönlich hinter das Steuer und fuhr mit quietschenden Reifen am Bürgermeister und seinem Gefolge vorbei.

Camilieri wusste, dass ihm der Bürgermeister soeben wieder alles Schlechte dieser Welt an den Hals wünschte. Er wusste auch, dass der Bürgermeister alles daransetzen würde, ihn von seinem Posten zu entfernen. Er wusste aber auch, dass die Gefahren, die ihm von der hohen Politik drohten, nichts waren im Vergleich zu dem, was bei der Aufklärung der drei Morde, bei der Suche nach Alboin noch auf ihn zukommen würde.

IV. ISOLA DEL SOLE

Der dunkelblaue Alfa 159 Sportwagon, der sich an der Auffahrt südlich von Udine auf die stark befahrene Autobahn einfädelte, wäre auf den ersten Blick locker als Urlauberkutsche durchgegangen: eine Frau, drei Männer, ein Hund. Auf den zweiten Blick hätte man freilich einige Merkwürdigkeiten feststellen können, die den Schluss nahelegten, dass die Reisenden vielleicht doch nicht so alltäglich waren. So klebte am Armaturenbrett ein Blaulicht, das bei Bedarf aufs Dach geheftet werden konnte. Auch das Fehlen eines Absperrgitters zwischen dem Fahrgastraum und dem Kofferraum, in dem der große deutsche Schäferhund residierte, hätten die Carabinieri bei einem herkömmlichen Urlauberauto wahrscheinlich beanstandet. Noch mehr freilich hätten sie die Geschwindigkeit verurteilt, mit der Forza nach dem Einfädeln in den dichten Verkehr auf die zweite Spur wechselte und jedem vor ihm Fahrenden mittels Lichthupe sehr deutlich zu verstehen gab, er möge ihm aus dem Weg fahren. Und zwar möglichst rasch.
„Wieso verwenden Sie nicht das Blaulicht?“, fragte der Hundeführer.
„Wir wollen ja nicht über Gebühr auffallen“, antwortete Forza, „stimmt's Commissario?“
„Ich bezweifle, ob das Blaulicht mehr auffallen würde als Ihre Fahrweise, Forza“, antwortete Camilieri.
Draußen huschte in rasantem Tempo eine Werbetafel vorbei, die auf ein Hotel in Grado verwies, der Sonneninsel – Isola del Sole –, wie man die Laguneninsel touristisch gerne nannte. Die Insel stellte das Ziel des Alfa und seiner Insassen dar.
Lydia lächelte. Es war Dienstag. Camilieri hatte angeboten, sie nach Grado mitzunehmen, weil er ohnehin der Ermittlungen

in den drei Morden wegen auf die Insel reisen musste. Sie hatte sich mittlerweile an das regelmäßige Geplänkel zwischen dem Commissario und Forza gewöhnt und fand es nach den Strapazen der Entführung erheiternd. Nachdem sie die Nacht von Sonntag auf Montag – unter Protest – im Hospital verbracht hatte, wo man beim Gesundheitscheck Gott sei Dank keinerlei Auswirkungen ihrer Gefangenschaft diagnostizierte, wurde sie nach der Entlassung aus der ärztlichen Betreuung Montagvormittag von den beiden auf ein ausgiebiges Frühstück ins Caffè Longobardo eingeladen. Man war lange bei Tramezzini, Kaffee und Kuchen gesessen und hatte zuerst einmal Unverfängliches gesprochen. Langsam näherte sich das Gespräch dann der Entführung und Camilieri schlug vor, das Dienstliche auf dem Kommissariat zu erörtern. Am Abend, so vereinbarten sie, sollte dann der zweite Geburtstag Lydias in einer gemütlichen Trattoria gefeiert werden. Forzas ursprüngliche Bedenken, schon wieder nicht daheim bei Mamma zu essen, zerstreuten sich in Sekundenschnelle; er hoffte, Eleonora zu einer Teilnahme an dem Essen bewegen zu können. Das würde nicht leicht werden, vor den Wutausbrüchen Camilieris hatte die schwarzhaarige Kollegin einen gehörigen Respekt. Aber eine Begleiterin für ihn könnte nicht schaden, denn wenn Lydia und der Commissario beisammensaßen, dann gab es für einen dritten Gesprächsteilnehmer nur wenig zu sagen. Das hatte er bereits am Freitag feststellen müssen, als sie Lydia zum ersten Mal beim Palio di San Donato getroffen hatten. Erst am Freitag, wunderte sich Forza… Wahnsinn, was inzwischen alles geschehen war.

+++++

Bei der offiziell als Vernehmung geführten Unterhaltung auf dem Kommissariat am Montag vor der Fahrt nach Grado, in Wahrheit handelte es sich um ein Gespräch in freundschaftlichem und verständnisvollem Ton, kam Erstaunliches zutage. Sowohl für Lydia als auch für die ermittelnden Beamten. Die Österreicherin erfuhr, dass es sich bei ihrem Entführer um einen Dreifachmörder handelte und sie nur mit Glück und aus derzeit noch nicht offenliegenden Gründen überhaupt noch am Leben war. Camilieri und Forza hingegen lernten, dass Lydia mehr wusste, als sie dachten, ja, dass sie ihren Entführer sogar kannte, wenn auch nur indirekt, und dass die Angelegenheit wie befürchtet noch lange nicht vorbei sein würde. Ganz im Gegenteil, neue Morde drohten.

Aber der Reihe nach! Eine gewissenhafte Ermittlung, muss man wissen, braucht ihre Zeit. Nur wenn man jedes Detail berücksichtigt und einmal auch so lange nachfragt, bis der Befragte glaubt, man sei dem Schwachsinn anheimgefallen und könne sich nichts mehr merken, nicht einmal die kleinste Kleinigkeit, geht man der Sache wirklich auf den Grund. Dort, so wurde Camilieri und ein wenig auch Forza klar, lauerte wahrhaft Teuflisches und wartete nur darauf, wieder zuzuschlagen. Nein, es wartete nicht, es hatte sich bereits erhoben und war eifrig unterwegs.

Lydia, ansonsten nicht mundfaul, schwieg betreten, als Camilieri vorsichtig und mit sehr gewählten Worten schilderte, was man von ihrem Entführer so alles wusste. Er schonte sie nicht, nannte aber auch keine grausamen Details der drei Morde und

flocht zur Entschärfung immer wieder die Wörter „wahrscheinlich“, „vermutlich“ und „allem Anschein nach“ ein. Sein Tonfall freilich verriet, dass es für ihn keinen Zweifel gab, dass der Entführer und der Mörder ein und dieselbe Person waren. Als Camilieri dann den Namen „Alboin“ fallen ließ, durchbrach ein markerschütternder Schrei Lydias Schweigen.
„Alboin!“, brüllte sie und weckte damit Forza aus seinem Schreibtischschläfchen, in das er in der frühen Nachmittagshitze, die von draußen ins Kommissariat strömte, gefallen war. „Den Namen kenne ich!“
Jetzt war es Camilieri, der schwieg, aber nicht betreten oder gar verängstigt wie zuvor Lydia, sondern weil ihm einfach der Mund offen stand. Lydia kannte ihren Entführer? Wie sollte er das verstehen?
„Nicht persönlich, das heißt, eigentlich kenne ich ihn jetzt, nachdem er mich entführt hat, ja auch persönlich. Diese ganze Geschichte ist ein absoluter Wahnsinn“, Lydia schüttelte verständnislos den Kopf, immer und immer wieder.
„Das müssen Sie uns genauer erzählen“, forderte Camilieri, als er sich wieder gefasst hatte, „vielleicht finden wir darin den Schlüssel für die Morde. Oder zumindest einen deutlichen Hinweis, schließlich, ich habe es Ihnen ja bereits gesagt, besteht der begründete Verdacht, dass mehr geplant war, als Sie zu entführen.“
„Erinnern Sie mich nicht daran, Commissario“, sagte Lydia leise und erschüttert, „ich kann es mir nach wie vor schwer vorstellen, dass ein Mensch zu so etwas fähig ist.“
Es folgte eine kurze Pause, in der sich Lydia sammelte, Forza den Schlaf aus den Augen rieb und Camilieri Kaffee nach-

schenkte – seine erste Tasse hatte er erschrocken umgeworfen, als Lydia vorhin bei der Erwähnung Alboins so erschüttert aufgeschrien hatte.

Und dann legte Lydia los: „Ich bin Historikerin. Schon seit Jahren bin ich Mitglied in einem Internetforum, das sich mit dem Frühmittelalter beschäftigt, im Speziellen mit den Langobarden. Das ist auch für eine Wissenschaftlerin sehr wichtig. Man glaubt gar nicht, wie viele gute Anregungen die sogenannten Hobbyhistoriker einbringen. Da gibt es regelrechte Fanatiker darunter, mit einem enormen Faktenwissen. Die haben Bücher gelesen oder Urkunden studiert, von denen berufsmäßige Historiker oft nicht einmal wissen, dass es sie gibt."

„Lassen Sie mich raten", unterbrach der Commissario, „Alboin ist ebenfalls in diesem Forum."

„Genau", bestätigte Lydia, „einige sind namentlich registriert beziehungsweise geben sich namentlich zu erkennen wie die meisten Wissenschaftler. Schließlich dient das Forum ja auch dem Austausch von Studienergebnissen. Andere wiederum, vor allem die Hobbyhistoriker, sind lediglich mit ihrem Nickname angemeldet. Alboin zum Beispiel. Den kennen wir im Forum seit etlichen Jahren, aber ich habe keine Ahnung, wie er wirklich heißt."

„Alboin wohl kaum", warf Camilieri ein, „Langobardennamen liegen seit Längerem nicht mehr im Trend."

„So ist es", führte Lydia weiter aus, „und ich weiß auch nichts Persönliches über ihn. Er war einfach immer da, wie selbstverständlich. Er war ein Teil der ‚Familie'. Wenn ich jetzt darüber nachdenke, war es vielleicht auch seine unauffällige und eher zurückhaltende Art in den Chats, die mich nie auf den Ge-

danken kommen ließ, einmal näher nachzuforschen, wer er eigentlich ist. Und noch etwas: Alboin kannte sich verdammt gut aus und hatte neben seinem großen Faktenwissen auch die Gabe, Zusammenhänge herzustellen. Das macht ja einen guten Forscher aus: Das Wissen, das er sich angeeignet hat, neu zusammenzusetzen und daraus neue Erkenntnisse zu gewinnen."
Camilieri fragte: „Glauben Sie, dass Alboin ein Wissenschaftler ist?"
Lydia zögerte: „Schwer zu sagen: Vom Wissen her könnte er natürlich über universitäre Erfahrung verfügen. Andererseits, großes Wissen setzt nicht unbedingt voraus, an der Uni zu arbeiten. Und Logik ist, wie man weiß, ebenfalls keine Domäne studierter Geisteswissenschaftler."
Camilieri bohrte weiter: „Ich nenne Ihnen jetzt drei Namen. Sagen Sie mir bitte, ob Sie damit etwas anfangen können, ob Sie die Namen – oder zumindest einen davon – schon einmal gehört haben."
„In Ordnung", bekundete Lydia ihr Einverständnis.
Dann nannte der Commissario die vermutlichen Namen der drei Ermordeten, die man in der Zwischenzeit durch einen Abgleich der Vermisstenanzeigen mit den Hotelmeldungen sowie durch Befragungen des Hotelpersonals in Cividale und Umgebung eruiert hatte.
Lydia erbleichte.
Nach einer Schrecksekunde sagte sie: „Commissario, ich kenne alle drei."
„Lassen Sie mich noch einmal raten", erwiderte Camilieri, „die drei sind ebenfalls Mitglied in dem Internetforum."

„Exakt“, bestätigte Lydia, „alle drei sind renommierte Wissenschaftler. Sie sind namentlich im Forum registriert.“
„Waren“, korrigierte Camilieri.
„Wie?“, fragte Lydia.
„Alle drei waren renommierte Wissenschaftler“, antwortete der Commissario, „sie sind tot. Von Alboin ermordet.“
Erschüttert schwieg Lydia.
„Gibt es außer der Mitgliedschaft im Forum irgendeine Gemeinsamkeit zwischen den drei Wissenschaftlern und…“, Camilieri zögerte, „… Ihnen?“
„Mir?“, fragte Lydia erstaunt.
„Ja“, erwiderte Camilieri, „auch Sie hätten eigentlich von Alboin getötet werden sollen. Gott sei Dank hat er dann, warum auch immer, von seinen perversen Plänen Abstand genommen.“
Lydia dachte nach: „Ich weiß nicht… man arbeitet ja immer an Projekten, die eine gewisse Schnittstelle zu den Arbeiten der Kollegen aufweisen. Aber eine konkrete Gemeinsamkeit?“
Camilieri wechselte abrupt das Thema: „Was machen Sie eigentlich in Grado? Urlaub?“
„Nein“, antwortete Lydia, „in Grado findet ab Mittwoch ein wissenschaftlicher Kongress statt, den ich besuche. Halt!“, unterbrach sie sich aufgeregt: „Das ist es. Der Kongress!“
„Erklären Sie mir das bitte näher! Ich versteh’s nicht“, bat Camilieri.
„Auf dem Kongress werden Fragen zur Geschichte der Langobarden erörtert. Da treffen sich Wissenschaftler aus aller Welt. Das ist die Gemeinsamkeit.“

„Die drei Ermordeten hätten also ebenfalls an dem Kongress teilnehmen sollen, stimmt's?", fragte Camilieri, obwohl er sich sicher war, dass es so war.
„Genau", bestätigte Lydia, „und zig andere Forscher auch, etliche davon sind übrigens ebenfalls Mitglieder im Forum."
„Wir werden Sie morgen nach Grado begleiten und uns auf dem Kongress sehr genau umschauen. Da droht große Gefahr", erklärte Camilieri bestimmt.
Er war froh, dass ihm die Überwachung des Kongresses die Möglichkeit bieten würde, Lydia weiterhin persönlich unter seine Fittiche zu nehmen.
„Und jetzt gehen wir Ihren zweiten Geburtstag feiern. Forza, rufen Sie Ihre Mamma an und sagen Sie ihr, dass ich Ihnen befohlen hätte, länger zu arbeiten."
Dann erhob er die Stimme und rief laut zur Rezeption hinaus: „Eleonora, wenn Sie heute Abend noch nichts vorhaben, würde ich mich freuen, wenn Sie uns Gesellschaft leisten könnten, um auf den guten Ausgang der Entführung anzustoßen. Schließlich waren Sie ja nicht unwesentlich am Happy End beteiligt. Kollege Forza würde sich sicher auch freuen."
Das war Camilieris Art, sich für sein schroffes Verhalten Eleonora gegenüber zu entschuldigen. Ein echtes „Scusi", das wissen wir schon, käme einem gestandenen Commissario nicht über die Lippen.
Es genügte auch so. Zuerst hörte man nichts von draußen. Dann, nach einer Sekunde des Nachdenkens, ertönte es laut und freudig durch die Tür: „Grazie!" Eleonora hatte verstanden.

Es war ein gemütlicher Abend geworden. Lydia vergaß zumindest einige Stunden lang das schockierende Erlebnis der Entführung. Begeistert sprach sie mit Camilieri über die Faszination des Südens und ließ sich von ihm ausführlich über seine Heimat Sizilien erzählen. Und Forza spielte dieses Mal nicht das fünfte Rad am Wagen. Eleonora und er unterhielten sich blendend, fast hätte man glauben können, sie wären ein Paar. Auswärts essen, so stellte Forza bald fest, hatte durchaus seine Reize. Man sollte das öfter tun, auch auf die Gefahr hin, dass Mamma beleidigt war. Von Onkel Giorgio ganz zu schweigen…

✢✢✢✢✢

War er über den Verlust des Wohnmobils traurig? Nein. Mit falschem Führerschein und ebenso falschen Papieren unter falschem Namen angemietet, zog es keinen finanziellen Verlust nach sich, dass er den Wagen in Cividale zurücklassen hatte müssen. Er hätte ihn nur zur Bestrafung der blonden österreichischen Langobardenforscherin benötigt, um sie an den Ort zu fahren, wo er diese vollziehen wollte. Die kilometerlange Grotte in den Berg hinein, an deren Eingang die Felsenkapelle San Giovanni in Antro stand, erreichte man besser mit dem Auto. Nachdem man im Hinterland Cividales von Tiglio aus auf den Berg gefahren war und das Auto oberhalb von Antro abgestellt hatte, folgte ein anstrengender Fußmarsch über mehr als hundert Stufen. Die Mühe, sein Opfer hinaufzuschleppen, hätte sich gelohnt: Da nur ein kurzer, erster Teil der Höhle für Touristen begehbar war, stellte die Grotte ein ausgezeichnetes Versteck dar. Dass die Höhle schon in keltischer, römischer und natürlich langobardischer Zeit als Zufluchtsstätte gedient haben soll, hätte deren symbolischen Wert für die geplante Strafaktion erhöht.

Seit der Änderung seines Vorhabens zugunsten des großen Ganzen hatte das Wohnmobil keinen praktischen Nutzen mehr für ihn. Die Österreicherin war vermutlich schon frei – oder im Campingbus erstickt und tot, doch dafür konnte er nichts, von seiner Seite war ihre Bestrafung abgesagt. Nach Grado gelangte man auch ohne Auto leicht. Und im engen Gassengewirr der Altstadt auf der Sonneninsel war ein Auto ohnehin unnützer Ballast, mit dem man höchstens unnötig auffiel.

Alboin war zufrieden. Der sizilianische Bulle hatte sein Weibchen wieder und er hoffentlich bald seine Ruhe zur Fortführung seiner Mission. Eros war befriedigt, Thanatos fürchtete er nicht. Er zog an seiner Zigarette.

✢✢✢✢✢

Die Schilder mit Werbungen der Hotels von Grado wurden häufiger. Ein untrügliches Zeichen, dass man sich der Stadt näherte. Camilieri saß in Gedanken versunken auf dem Beifahrersitz. Er wusste: Man durfte Alboin nicht unterschätzen, denn, um ehrlich zu sein, hatten sie Lydia nur mithilfe von commissario caso – Kommissar Zufall – gefunden. All ihre theoretischen Überlegungen mögen zwar berechtigt gewesen sein, ans Ziel hatten sie nicht geführt. Er war froh, ein Auge auf Lydia werfen zu können. Am liebsten hätte er sie in ein Hochsicherheitsgefängnis gesperrt, bis er das Monster aus dem Weg geräumt hatte. Aber das ging ja nun aus mehreren

Gründen nicht. Einer davon war sicherlich Lydias starker Charakter – er hatte sie nur schwer überreden können, eine Nacht zur Kontrolle im Hospital zu verbringen. Möglichst weit weg von Alboin zu fahren, während er den Mörder jagte, hätte sie nie und nimmer akzeptiert.
In Grado, das lag auf der Hand, musste er gut auf sie aufpassen. Sehr gut sogar.

✢✢✢✢✢

Nicht Fisch und nicht Fleisch war Camilieris erster Eindruck, als sie in Grado aus dem Auto stiegen, Quartier bezogen – die Ermittler in einer einfachen Herberge im Ortsteil Pineta ein wenig außerhalb des Zentrums, weil ein Hotel in schönerer Lage zu dieser Jahreszeit in Grado nicht ohne Vorausbuchung zu kriegen war; Lydia ihr reserviertes Zimmer im eindeutig nobleren Hotel direkt am Strand – und wie Touristen durch die Altstadt der Insel streiften. Bevor sich Camilieri bei der örtlichen Polizeidienststelle vorstellen und seine Befürchtungen äußern wollte, musste zuerst dem Naturtrieb des Hungers Genüge getan werden. In der Altstadt, aber auch rund um den Hafen, so beschied man ihnen, gebe es gute Lokale zuhauf. Da quäle lediglich die Wahl.
Grado, muss man wissen, verfügt über ein uraltes Zentrum. Spuren weisen bis in die Zeit knapp nach Christi Geburt zurück. So befindet sich unter dem im Jahr 579 nach Christus eingeweihten Dom eine noch ältere Kirche, die aus dem vierten Jahrhundert nach Christus stammen dürfte. Durch zwei Löcher im Fußboden des Doms kann man heute auf das

darunterliegende Taufbecken und das Grabmal eines gewissen Petrus hinunterschauen. In der Altstadt rund um den Dom stehen die ältesten Häuser, etliche davon aus dem Mittelalter. Die Gässchen sind so schmal, dass mit dem Auto kein Durchkommen wäre, nicht einmal für Forza. Oft fühlt man sich beim Durchschreiten der engen Calli an Venedig im Miniaturformat erinnert, und wie in Venedig ist eine Orientierung nahezu unmöglich. Man geht fünfmal um die Ecke, zweimal links, dreimal rechts, schlüpft durch einen niedrigen Durchgang, zwängt sich zwischen zwei schief stehenden Häusern durch und steht – oh Wunder – wieder dort, wo man aufgebrochen ist. Um diesen ältesten Teil Grados hat sich ein touristischer Gürtel gelegt. In der ausgehenden k. u. k. Monarchie wurde Grado als feiner Urlaubsort für die gehobene Wiener Gesellschaft entdeckt und dementsprechend gefördert. Angefangen vom Hafen, der sich in der Gestalt eines Y tief in die Insel schneidet, über die Ville Bianchi am Strand bis hin zu Jugendstilfassaden an allen Ecken und Enden fühlt man sich in diesem Teil Grados wie in einer seltsamen Mischung aus Lignano und Alt-Wien. Im aufstrebenden Geschäft mit den Gästen scheute man sich nämlich nicht, wo Platz war, ein klobiges Hochhaus hineinzubauen. Mit dem Ergebnis, dass Grado dem Anreisenden vom Festland eine merkwürdige Silhouette bietet, in der der mittelalterliche Campanile zwischen Glas- und Betonfassaden hervorlugt.

Das war es, was Camilieri zu seiner Bemerkung bewogen hatte, Grado sei weder Fisch noch Fleisch. Lydia teilte diese Meinung nicht. Geradezu emotional erteilte sie Camilieri, Forza, dem Hundeführer und auch dem Hund eine historische Lehrstunde, in der sie einen großen Bogen von der Völkerwanderungszeit, in der Grado von Schutzsuchenden besiedelt und bald zu einem Machtzentrum ausgebaut wurde, bis herauf zum 20. Jahrhundert spannte, in dem man das für die vielen Gäste zu klein werdende Grado um weitere Ferienhäuser und Hotels in Pineta erweiterte. Die Ermittler staunten, Gero bellte dazwischen kurz, als wollte er seine Verbundenheit mit dem Wappenspruch Kaiser Franz Josephs – „Viribus unitis" – immer dann kundtun, wenn von den Habsburgern die Rede war. Als sie dann in die engen Gassen der Altstadt eintauchten, stand den Menschen ohnehin nur mehr der Mund offen; lediglich der Hund behielt dank seiner Nase einen Rest Orientierung.

„Ich glaube, ich muss meine Meinung ein wenig revidieren", bekannte Camilieri.

„Sehen Sie, Commissario", antwortete Lydia amüsiert, „so unterschiedlich kann der Mittelmeerraum sein. In den engen Gassen hier würden Sie nie im Traum daran denken, dass keine zweihundert Meter entfernt die Adria gegen die Küste klatscht. Übrigens so intensiv, dass man einen Damm errichten musste, um zu verhindern, dass das Meer die Insel im Laufe der Jahre ausspült und wegschwemmt. Von den kleinen Inseln in der Lagune draußen sind schon einige verschwunden oder zumindest so stark ausgeschwemmt, dass nur mehr ein schmaler Sandstreifen übrig geblieben ist. Der Damm ist heute eine beliebte Flaniermeile. Wir werden vielleicht noch Gelegenheit haben, dorthin zu spazieren."

Hoffentlich, dachte Camilieri, sagte aber: „Vielleicht könnte das Meer auch Alboin einfach wegschwemmen." Die Faszination der Altstadt, die die Ermittler und auch Lydia kurze Zeit abgelenkt und bei ihnen beinahe so etwas wie eine Urlaubsstimmung aufkommen hatte lassen, war infolge der Erwähnung von Alboins Namen verflogen. Schnell gingen die vier in ein Lokal, um ihrem ursprünglichen Bedürfnis der Nahrungsaufnahme nachzukommen, und bestellten Fisch. Gero musste draußen bleiben, aber mit Fisch, der in Grados Lokalen hauptsächlich serviert wird, hätte der Hund ohnehin keine Freude gehabt.

+++++

Boreto lautete der Name des bekanntesten Gradeser Fischgerichts. Ursprünglich eine Fischsuppe, in der die armen Fischer jene Teile ihres Fangs verkochten, die sie nicht zu verkaufen vermochten, entwickelte sich daraus eine echte Spezialität, die auch ihren Preis hatte. Praktisch jede Osteria, jedes Ristorante, manchmal auch Pizzerie hatten Boreto auf der Karte. Die Ingredienzien differierten: Einige bereiteten die Fischsuppe mit verschiedenen Fischarten zu, andere wieder schworen auf nur einen Fisch, Rombo – Steinbutt – beispielsweise. Es gab aber auch Boreti mit Muscheln, Krebsen oder Aal. Allen gemeinsam war die intensive Verwendung von Knoblauch, der dunkel gebraten und dann aus dem Gericht entfernt wurde. Und allen gemeinsam war die Tatsache, dass Boreto zumindest heutzutage keine Suppe darstellte, sondern aufgrund seiner Konsistenz eher als Eintopf zu bezeichnen war. Deshalb führten ihn die Wirte auch als Secondo, also zweite Hauptspeise, auf der Karte. Weil Boreto ohne Tomaten zubereitet wird, was für Italien sehr ungewöhnlich ist, soll er älter als die Entdeckung Amerikas sein, erzählte man sich. Boreto hat, wie man sieht, alles, was ein Gastroklassiker zur Legendenbildung benötigt. Dieser Boreto, den Camilieri zu Mittag gespeist hatte, wäre ihm jetzt beinahe hochgekommen. Nicht weil das Gericht schlecht gekocht gewesen wäre, im Gegenteil, der fischverwöhnte, aus Sizilien stammende Commissario schätzte es außerordentlich, neue Fischgerichte kennenzulernen. Darin war er Mamma Forzas Krimikommissar nicht unähnlich, wenngleich er sich Fischessen im Restaurant wie erwähnt nicht täglich leisten konnte. Nein, der Boreto im Ristorante direkt am Hafen war hervorragend gewesen: Mit drei verschiedenen Fischsorten als Einlage, sämig-dick die Sauce, was von mehrmaligem Aufwärmen zeugte, aber seien wir uns ehrlich, welcher Eintopf schmeckt schon, wenn er nicht aufgewärmt wurde, das wissen jede Köchin und jeder Koch, Mamma Forza hätte ein Buch darüber schreiben können, obwohl sie in Cividale gar nicht so recht wusste, was Boreto war, geschweige denn je einen gekocht hatte, dafür aber köstliche Eintöpfe mit Huhn oder auch mit Kalbfleisch. Und die Würze des Boreto, die hatte Camilieri insgeheim schwören lassen, an dem Tag in das gemütliche, nicht affektierte, urtümliche Lokal zurückzukehren, an dem er Alboin hinter Schloss und Riegel gebracht hatte. Ein Boreto, serviert mit der in Grado unvermeidlichen weißen Polenta, dazu ein paar Gläser Wein, danach einen oder zwei Grappe – so würde er das Scheusal von der Freiheit verabschieden, Lydia hoffentlich mit von der Partie, für Forza würde er Eleonora mit dem Linienbus anreisen lassen, die Fahrzeit von Udine hierher betrug kaum mehr als eine Stunde, und bis Udine konnte die rassige Schwarzhaarige locker mit ihrer Vespa brausen. Dem Hundeführer konnte er zwar nicht die Frau herbeizaubern, dafür fehlte ihm der Einblick in dessen Privatleben, aber es würde ein gemütlicher Abend werden in der Gewissheit, dass nichts mehr passieren konnte. Und Gero sollte sich draußen vor der Tür über die teuerste Dose Hundefutter freuen, die es zu kaufen gab. Wenn möglich mit feinsten Trüffeln italienischer Herkunft.

Das Fest musste warten; vorerst wäre Camilieri wie gesagt beinahe der vorzügliche Boreto die Speiseröhre wieder entlanggewandert, allerdings in die falsche Richtung.

„Come si chiama?", fragte ihn der leitende Beamte der örtlichen Polizeidienststelle, bei der Camilieri nach dem Essen vorgesprochen hatte, um vor der Gefahr zu warnen, die dem Kongress drohte, und die gemeinsame Vorgehensweise abzuchecken, mit der man Alboin endlich das Handwerk legen konnte.

Die Betonung des Beamten, der Camilieri nach dem Namen fragte, lag eindeutig auf dem Wörtchen „come", also „wie".

„Commissario Camilieri", antwortete der Angesprochene ein wenig unwirsch, „Claudio Camilieri. Ich komme aus Cividale, wo wir einen Dreifachmörder suchen. Ernst zu nehmende Indizien sprechen dafür, dass er hier in Grado ist und einen weiteren Mord plant. Oder mehrere."

„Camilieri?", fragte der Leiter der Gradeser Polizei nach, „hm, sind Sie sicher?"

Camilieri wollte sich schon lautstark in Rage reden, ob sein Gegenüber eventuell zu viel Wein zum Mittagessen getrunken habe, ob er vollkommen durchgeknallt sei, ob er vielleicht andeuten wolle, er, Camilieri, wisse seinen Namen nicht, weiters dass er als Commissario rangmäßig deutlich höher als der

Fragesteller angesiedelt sei, auch wenn er aus Cividale komme, dass er schon in Sizilien mit Individuen wie seinem Gesprächspartner gehörig Schlitten gefahren sei, obwohl es selten Schnee gebe auf Sizilien, und überhaupt.

Dazu kam es nicht.

Der leitende Beamte der Polizeidienststelle in Grado sagte schnell, aber ruhig: „Ich glaube nicht, Signore Camilieri, dass wir mit Ihnen in irgendeiner Form zusammenarbeiten wollen oder dürfen. Sie sind ja vom Dienst suspendiert."

Camilieri, normalerweise nicht gerade mundfaul, wenn es darum ging, sich aufzuregen, fehlten die Worte. Nach einigen Momenten des Schweigens, in denen er das soeben Gehörte zu verarbeiten versuchte, fragte er einfach:

„Was haben Sie gesagt?"

„Ich habe gesagt, dass Sie vom Dienst suspendiert sind. Und dass wir deshalb nicht mit Ihnen kooperieren dürfen, Signore Camilieri. Sehen Sie selbst, dieses Schreiben hat uns heute Vormittag per E-Mail erreicht."

Der Beamte reichte Camilieri den Ausdruck eines Mails, mit dem sämtliche Dienststellen Norditaliens informiert wurden, dass Commissario Claudio Camilieri bis auf Weiteres vom Dienst freigestellt sei. Amtsansuchen um Hilfe und Ähnliches durften dem Commissario nicht mehr gewährt werden. Sollte er sich bei einer der angeschriebenen Dienststellen melden, so wurden die Beamten aufgefordert, den Commissario von der Suspendierung zu informieren, da er trotz mehrmaliger Versuche nicht zu erreichen gewesen sei. Abgesendet worden war das E-Mail in der Zentrale in Rom, an seiner Authentizität gab es laut Camilieris Ersteinschätzung keinen Grund zu zweifeln.

Namen der Absender, Dienststellen, auch die E-Mail-Adresse, alles schien zu stimmen.
„Dieses Schwein“, fauchte Camilieri und stürmte aus dem Polizeibüro.

+++++

„Ich hätte nicht geglaubt, dass dieses Schwein so schnell Ernst machen würde“, erklärte Camilieri bei der eilends einberufenen „Krisensitzung“ in einem Caffè am malerischen alten Hafen Grados.
Der Espresso dampfte aus den Tassen, aber weder der Commissario selbst noch Lydia noch Forza noch der Hundeführer dachten angesichts der Nachricht daran, Zucker aus den auf dem kleinen Tischchen bereitgestellten Sackerln in die nachtschwarze Flüssigkeit zu leeren, umzurühren und die Seele des Getränks teuflisch heiß zu genießen. Da man im Freien Platz genommen hatte, durfte Gero unter dem Tisch liegen. Sein wedelnder Schwanz, der rhythmisch auf die Pflastersteine schlug, verriet, dass sich die Anspannung von den Menschen auf das sensible Tier übertragen hatte.
Lydia erfing sich als Erste und fragte: „Suspendiert, was bedeutet das genau?“
Camilieri antwortete: „Das bedeutet, dass ich keine Amtshandlung mehr durchführen darf, keine Ermittlungen leiten, ja, nicht einmal welche machen. Nichts. Ich darf zu Hause sitzen und darauf warten, wie das Disziplinarverfahren ausgeht.“
„Und das werden Sie tun?“, fragte Lydia. „Einen Scheißdreck werde ich tun“, entfuhr es Camilieri, der sich unverzüglich

korrigierte: „Entschuldigen Sie, ich habe mich so aufgeregt. Was ich sagen wollte: Ich werde natürlich weitermachen. Wie weiß ich noch nicht genau. Aber vor dem Bürgermeister und seinen Handlangern werde ich sicher nicht kapitulieren. Bis sich ein anderer in die Ermittlungen eingearbeitet hat, könnte es längst zu spät sein. Alboin rollt wie eine entsicherte Handgranate durch die Gegend, es ist nur eine Frage der Zeit, bis er wieder hochgeht." Forza schüttelte ungläubig den Kopf: „Das hätte ich Onkel Giorgio nicht zugetraut. Ich bin enttäuscht und erschüttert. Commissario, wenn Sie meine Hilfe benötigen, ich bin dabei." „Mein Resturlaub würde ausreichen, um nicht nur unseren Fall aufzuklären, sondern so ziemlich alle ungeklärten Straftaten Italiens", meinte der Hundeführer lakonisch, ebenfalls ohne viel nachzudenken, „Commissario, ich bin auch dabei. Ich werde sofort bei meiner Dienststelle anrufen, einen tragischen Vorfall in der Familie vortäuschen und Urlaub nehmen. Bevor die Geschichte mit Ihrer Suspendierung noch die große Runde gemacht hat und man eventuell gewisse Rückschlüsse auf die wahren Gründe meines Urlaubs ziehen könnte." „Und ich", meinte Lydia, „bin eine Wissenschaftlerin, die nach einem Kurzurlaub in Cividale einen Kongress besucht. Was ich in Grado mache und mit wem ich Umgang habe, geht nun wirklich niemanden etwas an."

„Wuff, winsel, wuff", ertönte es unter dem Tisch, „Du bist mein Freund, auch ich werde dich nicht im Stich lassen. Wenn mein Capitano Urlaub hat, habe ich ebenfalls Urlaub. Und hier in Grado fühle ich mich einfach hundewohl."

„Danke", sagte Camilieri gerührt, während Gero bellte, „aber ich weiß nicht, ob ich die Unterstützung annehmen kann. Das ist doch unverantwortlich! Alboin schreckt, wie wir alle wissen, besonders Sie Lydia haben es am eigenen Leib verspürt, er schreckt vor nichts zurück. Der Mann hat drei Morde begangen. Den können wir doch nicht als vollkommen inoffizielle Truppe jagen."

„Wir können, Commissario", erklärte Forza für seine Verhältnisse sehr bestimmt, „vergessen Sie nicht, ich bin nach wie vor in Amt und Würden. Warum sollte ich also nicht den Fall weiter untersuchen, mit dem ich in Cividale befasst war?"

„Weil Sie dazu keinen Auftrag haben und weil Sie der Bürgermeister sofort zurückpfeifen würde. Und wenn Sie auf den nicht hören, wird Ihr Onkel Giorgio alle Hebel in Bewegung setzen, damit Sie nach Cividale zurückkehren", gab Camilieri zu bedenken. „Dazu muss er mich erst einmal erreichen", lachte Forza hintergründig, „leider habe ich soeben mein Handy verloren." Sprach's, nahm sein Mobiltelefon aus der Brusttasche des Diensthemds und warf es in weitem Bogen in das Hafenbecken, wo es nach kurzem Gluckern versank. Erstaunt schauten die Touristen auf das Treiben, wagten aber nichts zu sagen. Vermutlich hätten die meisten in Ermangelung der dafür notwendigen Italienischkenntnisse ohnehin nichts sagen können. „So", sagte er, „jetzt kaufe ich mir ein neues Handy. Dann instruieren wir Eleonora, damit sie Bescheid weiß, und geben ihr meine neue Nummer."

„Glauben Sie", fragte Camilieri, „Eleonora wird dem Druck standhalten, den der Bürgermeister, Ihr Onkel und wer weiß sonst noch auf sie ausüben wird?"

„Ein Weilchen wird sie es schon schaffen", gab sich Forza überzeugt, „und danach… ich kenne ja die Telefonnummern des

Bürgermeisters und von Onkel Giorgio. Da hebe ich dann einfach nicht ab. Mit meinem neuen Privathandy kann ich das machen, und mein Diensthandy habe ich ja soeben verloren, wie Sie wissen."

„So ein Pech", lachte Lydia, „weil Sie aber auch nie auf Ihre Sachen aufpassen."

„Che idiota", lachte jetzt auch Camilieri, „ich hab's ja immer schon gesagt, er ist einfach ein Schussel!"

„Wuff, winsel, wuff!"

+++++

Vom Dienst suspendiert, grübelte Camilieri in einer ruhigen Minute in seinem billigen Hotelzimmer in Pineta, da hatte er den Bürgermeister wohl unterschätzt. Schon in Sizilien war ihm das passiert. Während er mit Verbrechern gut umzugehen wusste und den größten Gaunern das Handwerk legte, war sein Geschick im Umgang mit Vorgesetzten und anderen Obrigkeiten enden wollend. War es seine direkte Art, allen alles ins Gesicht zu sagen? War es seine ausgeprägte Abneigung gegen Freunderlwirtschaft? Er konnte diese aufgeblasenen Fatzken jedenfalls nicht leiden, und wenn sie ihm jovial kamen, dabei ihre eingebildete Überlegenheit ausspielen wollten und mit einem Augenzwinkern eine Sonderbehandlung einforderten, dann gab er ihnen diese Sonderbehandlung gerne. Aber anders, als sie dachten. Dann fasste er sie besonders hart an, dann überschüttete er sie mit Schmähungen, ja, dann konnte der an und für sich friedliebende Commissario Claudio Camilieri richtiggehend ungut werden, fast schon unfair.

Seine sizilianischen Gegenspieler hatten sich gerächt. Sie hatten veranlasst, dass man ihn ans andere Ende der italienischen Welt versetzte. Dorthin, wo statt der Orangen höchstens Äpfel zu ernten waren, wo man Forellen aus Gebirgsbächen statt Schwertfisch aus dem Tyrrhenischen Meer fischte, wo aus Sicht des Sizilianers gar kein richtiges Italien mehr war (was umgekehrt natürlich genauso galt). So gesehen hatten seine Gegenspieler gewonnen. Aber auch er hatte gewonnen, weil er nicht Teil des Spiels geworden und seinen Weg gegangen war. Außerdem hatte er es ihnen vor seiner Versetzung richtig hineingesagt – so hätte nicht einmal im alten Rom ein Bürger mit seinen Sklaven zu reden gewagt, wie er seine Widersacher herabgewürdigt hatte. Spott und Hohn troffen in einem Ausmaß aus seinen Worten, dass man eine Putzfrau zum Aufwischen benötigt hätte… aber seine Gegner lebten nach wie vor auf Sizilien, und er war weg. Das hatte freilich sein Gutes, schmunzelte der Commissario inmitten der Grübelei. Hätte man ihn nämlich nicht nach Cividale versetzt, hätte er niemals Lydia kennengelernt.

Camilieri schenkte Rotwein aus einer Flasche, die er auf dem Rückweg vom Lokal am Hafen im Supermarkt gekauft hatte, in einen Zahnputzbecher, trank einen Schluck und sinnierte weiter. Die uneingeschränkte Bereitschaft Lydias, Forzas und des Hundeführers, ihn im suspendierten Zustand weiterhin zu unterstützen, freute ihn. Durfte er aber von dem Angebot Gebrauch machen? Was, wenn etwas passierte? Was, wenn Alboin einen zweiten Anschlag auf Lydia plante oder seine Verfolger generell aus dem Weg zu räumen versuchte? Dann hätte er die Verantwortung für die Folgen zu tragen. Er müsste mit der Schuld leben, seine Kollegen, man könnte inzwischen sogar von Freunden sprechen, nicht ausreichend geschützt zu haben. Auf der anderen Seite: Da draußen irrte ein Dreifachmörder herum, der jederzeit wieder zuschlagen konnte. Allein die Übergabe der Ermittlungen an einen Nachfolger würde Tage dauern, im Bürokratenparadies Italien vielleicht sogar Wochen, und für eine nicht zu verantwortende, weil tödliche Verzögerung sorgen.

Es klopfte an der Tür.

+++++

„Und Sie haben sicher die richtige Nummer gewählt?"

Der Bürgermeister streckte sich über den Tresen, dass man glauben hätte können, er wollte Eleonora auffressen. Dabei wollte er nur auf das Display ihres mit Knöpfchen und Tasten ausgestatteten Telefonapparates schauen, der dem Hightech-Lenkrad eines Formel-1-Autos eher glich als der Fernsprechanlage eines oberitalienischen Kommissariats.

Da wird das Geld verpulvert, dachte Cividales Stadtoberhaupt beim Blick auf die stattliche Apparatur, während sie bei uns im Rathaus sparen und ich schon bald den Kaffee fürs Personal und die Gäste aus der eigenen Tasche bezahlen werde müssen.

„Si, Signore Sindaco", antwortete Eleonora, „es ist die Nummer von Giuseppe Forza. Vergleichen Sie selbst!"

Sie hielt dem Bürgermeister einen Zettel unter die Nase, auf der alle Nebenstellen und Handynummern des Kommissariats verzeichnet waren. Der Bürgermeister wandte kurz den Blick von Eleonoras Brüsten ab, denen er sich bei seinem Bauchfleck

über den Schaltertisch gefährlich genähert hatte, und schaute auf den Zettel, danach auf das Display.
„Die Nummer stimmt“, brummte er.
„Aber er geht nicht ran“, erklärte Eleonora, „es ertönt nur die Durchsage, dass der gewünschte Gesprächsteilnehmer momentan nicht erreichbar ist.“
„Und wieso ist er nicht erreichbar?“ – Die Stimme des Bürgermeisters wurde laut.
„Ich weiß es nicht“, schluchzte die schwarzhaarige rassige Italienerin wie ein kleines Schulmädchen, das Angst vor dem Lehrer hatte.
„Signore Sindaco“, ging Onkel Giorgio dazwischen, „schimpfen Sie doch nicht mit Signorina Eleonora, sie kann ja nichts dafür, dass Giuseppe nicht zu erreichen ist.“
„Sie verteidigen wohl jeden!“, ärgerte sich der Bürgermeister, „Ihr Neffe Giuseppe ist nicht schuld, Eleonora ist nicht schuld. Wer ist denn dann schuld? Ich vielleicht? Ich möchte wissen, wieso Forza nicht ans Telefon geht.“
„Wahrscheinlich macht er gerade Mittagspause“, gab Onkel Giorgio zu bedenken.
„Jetzt, um 15.00 Uhr?“, fragte der Bürgermeister süffisant, „dabei hat bisher alles so gut geklappt.“
„Und wem haben Sie das zu verdanken?“, fragte Onkel Giorgio.
„Schon gut, schon gut“, antwortete der Bürgermeister, „Sie müssen mich nicht jede Minute daran erinnern, dass es Ihr Anruf in Rom war, der zur Suspendierung dieses durchgeknallten sizilianischen Commissario geführt hat. Ich werde mich schon bei Zeiten erkenntlich zeigen.

Aber dass Ihr Neffe jetzt nicht ans Telefon geht, passt gar nicht in unseren Plan.“

„Nur Geduld“, sagte Onkel Giorgio beruhigend, „Giuseppe wird sich bestimmt bald melden. Dann können wir ihm die freudige Nachricht mitteilen, dass er zum interimistischen Leiter des Kommissariats von Cividale ernannt wurde.“

„Hoffentlich“, meinte der Bürgermeister beunruhigt und schälte sich wieder hinter dem Tresen hervor, über den hinweg er in Eleonoras Busen zu versinken drohte, „schließlich warten drei Morde auf eine Aufklärung. Da wäre es nicht schlecht, wenn wir klare Verhältnisse auf unserem Kommissariat hätten statt eines suspendierten Ex-Leiters und eines nicht auffindbaren Neo-Leiters. Stellen Sie sich vor, was passiert, wenn die Presse zufälligerweise eine Anfrage stellt, wie es denn mit den Fortschritten in der Ermittlung aussieht!“

„Machen Sie sich keine Sorgen“, versuchte Onkel Giorgio die Befürchtungen des Bürgermeisters zu zerstreuen, „für den Fall der Fälle kenne ich den Chefredakteur unserer örtlichen Gazette sehr gut. Er trinkt gerne meinen Wein.“

Er verließ mit dem Bürgermeister das Kommissariat, nicht ohne Eleonora eingeschärft zu haben, sie unverzüglich zu informieren, sobald Forza sich gemeldet hätte. Eleonora versprach es und war besorgt. Dass Giuseppe nichts mit den beiden zu schaffen haben wollte, konnte sie ja verstehen. Aber ihr, ihr hätte er doch etwas sagen können.

✢✢✢✢✢

Im Sommer quoll Grado über vor Touristen. Alboin hätte sich darüber gefreut, wenn er zur Freude fähig gewesen wäre. Viele Touristen bedeuteten gute Chancen, nicht aufzufallen. Man konnte unbemerkt herumgehen, Zugang zu den meisten Bereichen finden, ohne dass jemand Anstoß daran genommen hätte. In Orten, in denen viele Touristen unterwegs waren, vor allem Ausländer aus dem Norden, konnte man schwer auffallen. Verhaltensweisen, die suspekt erscheinen hätten können, gab es in Fremdenverkehrsmetropolen kaum. Zu extravagant verhielten sich die Gäste, die glaubten, mit ihrem Quartier die Stadt mitgekauft zu haben und mit der Pizza und dem Wein gleich auch den Ober und das ganze Lokal.

Er zog an seiner NT filtro und vermied es, den Stummel wegzuwerfen. Sauberkeit war das oberste Gebot, um keine Spuren zu hinterlassen…

Denn Spuren zu hinterlassen konnte er sich nicht leisten. Zuerst mussten die Bestrafungen zu Ende gebracht werden. Das Programm des internationalen Kongresses zur mittelalterlichen Geschichte mit Schwerpunkt auf den Langobarden, der am nächsten Vormittag im Kongresszentrum von Grado starten sollte, hatte er aus dem Internet ausgedruckt. Viel heiße Luft dürfte da produziert werden, dachte er abschätzig, wenngleich drei Produzenten solcher dank seiner Initiative nicht mehr dabei sein würden. Wahrlich kein Verlust. Er hatte sie ja vom Internetforum her gekannt. Schlechte Wissenschaftler allesamt! Und die vierte, die er in Cividale freigelassen hatte, würde wohl kaum nach Grado zu kommen wagen.

Apropos freigelassen: Noch hatte er keine Spuren des sizilianischen Schnüfflers und seiner Entourage auf der Insel entdeckt. War sein Plan aufgegangen? Hatte der Sizilianer nach der Freilassung seiner neugewonnenen Liebe das Interesse an den Ermittlungen in der Hitze und im Gedränge Grados verloren? Außerdem: Wusste der Südländer überhaupt, dass er, Alboin, in Grado zu finden war? Wohl kaum, woher auch. Hinweise darauf hatte er weder im Turm noch im Wohnmobil hinterlassen. Und geredet hatte er mit der blonden Österreicherin auch nicht darüber. In ihrer Gegenwart hatte er überhaupt nur wenig gesprochen, denn wer viel sagte, hatte viele Möglichkeiten, sich zu verraten.

+++++

Camilieri öffnete die Tür. Forza und der Hundeführer drängten sich in das kleine, schäbige Hotelzimmer. Ersterer atemlos, der Zweite ohne erkennbare Anzeichen einer Anstrengung.
„Commissario!", keuchte Forza, „wir haben eine Spur, wie es aussieht."
Angesichts der Atemnot Forzas setzte der Hundeführer fort: „Ja, es könnte eine Spur Alboins sein. Als Kollege Forza vorhin die Post besuchte, um sich ein Wertkartentelefon zu kaufen, bemerkte er einen Postboten, der einige größere Pakete durch die Eingangstür schleppte."
„Genau, Commissario", unterbrach Forza, nun wieder besser bei Atem, „das ist mir nur deshalb aufgefallen, weil ich dem armen Mann die Tür aufgehalten habe, damit er mit den Paketen leichter hinausgehen konnte. Wie man eben so schaut, wenn man in der Tür steht und wartet, bis sich der andere hinausgequetscht hat, warf ich dabei einen Blick auf die Adressen und

Absender der Päckchen. Völlig unabsichtlich, aus Langeweile könnte man sagen, um die Wartezeit zu überbrücken."
„Vielleicht war es auch Ihr Instinkt", gab der Hundeführer zu bedenken, „Sie sind seit vielen Jahren im Polizeidienst."
„Möglich", stimmte Forza zu, „ein paar Jährchen sind es wirklich schon, da lernt man den Blick fürs Wesentliche. Unterbewusst ..."
„Könnten Sie auch jetzt endlich zum Wesentlichen kommen", unterbrach ihn Camilieri gereizt, „und sich Ihre Vorträge über den polizeilichen Instinkt für später aufsparen!"
„Ach so, ja, also während der Postmann sich durch die Tür quetscht und mir seine Pakete in die Rippen stößt, sehe ich plötzlich auf einem Paket ein Schild, auf dem steht: ‚Inhalt: Zehn mal zehn Packungen NT filtro'. Also zehn Stangen mit dem Glimmstängel, den Alboin bevorzugt."
„Interessant", bestätigte Camilieri, „und dann?"
„Nun, zuerst habe ich mir nichts dabei gedacht. Als ich dann aber beim Schalter auf mein Handy wartete, schoss es mir plötzlich durch den Kopf. NT filtro, bestellt bei einem Internet-Zigarettenhändler, das wäre doch etwas für Alboin. In den Trafiken, so haben die Kollegen in Cividale festgestellt, dürfte er seine Zigaretten jedenfalls nicht kaufen."
„Gut kombiniert, Forza", lobte Camilieri, „und was haben Sie dann gemacht?"
„Ich bin hinausgerannt, habe den Postboten gerade noch ums Eck eilen sehen. Also bin ich ihm nach, er ist geradewegs in die Altstadt Grados hineingegangen. Bei der nächsten Ecke habe ich ihn noch einmal um eine Ecke verschwinden sehen. Aber dann war er plötzlich weg."

„Wie, weg?"
„Sie haben es vorhin doch selbst erlebt: In dem Gassengewirr von Grado kann sich kein Fremder auskennen. Als ich um die Ecke gebogen bin, an der ich den Postler zum letzten Mal gesehen habe, lagen da plötzlich drei weitere Gässchen vor mir. In keinem konnte man fünfzig Meter weit was erkennen, schon ging es abermals um eine Ecke. Um eine davon musste der Postler bereits geeilt sein. Keine Ahnung, welche. Also habe ich mir eine Gasse ausgesucht, leider war es die falsche. Vom Postler keine Spur mehr."
Camilieri seufzte: „So viel zum Thema Instinkt. Wir könnten uns die Zustelladressen natürlich bei der Post besorgen, zumindest Sie könnten das, Forza, ich bin ja suspendiert. Aber es wird uns nichts bringen. Ich gehe jede Wette ein, dass es sich lediglich um eine Postadresse handelt, an der wir keine Hinweise mehr finden werden."
„Wenn es denn überhaupt Alboin war, der die Zigaretten bestellt hat", gab der Hundeführer zu bedenken.
„Wäre schon möglich", antwortete Camilieri, „wir müssen ab sofort auf jeden Fall davon ausgehen, dass sich Alboin wirklich in Grado befindet."

+++++

Alboin war also hier, rekapitulierte Camilieri. Dieser Teil der gemeinsam mit Lydia aufgestellten Theorie stimmte. Man konnte davon ausgehen, dass der zweite Teil genauso seine Richtigkeit haben dürfte: In Kürze musste man mit einem Blutbad auf dem Kongress in Grado rechnen. Und ihm, Camilieri, hatte man durch die Suspendierung eine Fülle von Möglichkeiten geraubt, das zu verhindern. Er ärgerte sich über die Dummheit seiner Gegner. Bis er den örtlichen Behörden die Zusammenhänge erklärt, bis diese in der Präfektur, in Rom, im Ministerium, wahrscheinlich sogar beim Papst nachgefragt hätten, wie sie weiter vorgehen sollten, hätte Alboin sein grausames Werk längst vollendet.

Camilieri, muss man wissen, stand auch schon einige Jährchen im Dienst. Er kannte den Apparat, ihm war klar, dass ein suspendierter Commissario ungefähr so mächtig war wie ein pensionierter Schuldirektor. Ihn direkt anzupöbeln verbot die Höflichkeit; hinter seinem Rücken lachte man höchstens mitleidig über ihn. Und was er wünschte, tat man logischerweise noch viel weniger als während seiner aktiven Amtszeit.

All das und noch viel mehr erwägend, gebar Camilieri eine Idee. Er ersuchte Forza, ihn vom Quartier zum Hotel zu chauffieren, in dem Lydia residierte.

Dort klopfte er an Lydias Tür und trat mit den beim ersten Hinhören seltsam anmutenden Worten ein:

„Sie haben mich gerufen, Frau Professor? Was kann ich für Sie tun?"

Lydia starrte Camilieri an, als hätte er den Verstand verloren.

Camilieri wiederholte: „Sie haben mich rufen lassen, Frau Professor. Was wünschen Sie?"

Lydia schüttelte den Kopf, um ihr Unverständnis für seinen Auftritt kundzutun. Für Worte war sie viel zu baff ob Camilieris Verhalten.

Dieser erklärte, verschmitzt lächelnd: „Als suspendierter Commissario erhalte ich keinen Zugang zum Kongress. Ihren Assistenten nachträglich für die Veranstaltung zu akkreditieren sollte hingegen ein Leichtes sein."

+++++

Das Handy in Eleonoras Tasche bimmelte wie wildgeworden. Als sie die grüne Taste zur Annahme des Gesprächs mit unbekannter Nummer drückte und das Gerät ans Ohr hielt, hätte sie beinahe einen lauten Freudenschrei ausgestoßen. Doch Giuseppe Forza war schneller.
„Geh sofort ins Klo!", befahl er ihr, bevor sie sich noch mit „Pronto" melden konnte, „und sag vorher nichts. Kein Wort!"
Eleonora wunderte sich zwar ein wenig über die Anordnung, hielt sich aber daran und verschwand hinter dem Rezeptionstresen Richtung WC. Dort angelangt, begrüßte sie Forza. Er unterbrach sie freundlich, aber bestimmt und befahl ihr zu prüfen, ob sie garantiert niemand hören konnte. Erst nachdem Eleonora versichert hatte, allein in der Toilette zu sein, atmete Forza durch und begann mit seinen Erklärungen: Dass er sein Diensthandy offiziell verloren habe; dass Camilieri vom Dienst suspendiert sei; dass die Dringlichkeit der Lage unbedingt ein Weitermachen erfordere; dass er ab sofort unter dieser Nummer erreichbar sei, aber ausschließlich für Eleonora – und ebenso ausschließlich privat.

„Hast du mich verstanden, Eleonora? Niemand darf von dieser Telefonnummer wissen", schärfte er ihr ein. „Weder der Bürgermeister noch Onkel Giorgio. Und Mamma auch nicht. Ich bin auf meinem Diensthandy einfach nicht erreichbar.

Das wird noch ein paar Tage so bleiben, bis ich nach meiner Rückkehr den Verlust des Geräts gemeldet habe."
Eleonora erzählte ihm noch von seiner, Giuseppes, Bestellung zum interimistischen Leiter des Kommissariats und dass der Bürgermeister sie stündlich damit nerve, ob sie endlich etwas von Forza gehört habe.
„Du hast nichts gehört, absolut nichts", betonte Forza noch einmal, „du musst jetzt stark sein und den Terror des Bürgermeisters aushalten. Sobald ich zurück bin und alles geregelt ist, nehmen wir eine Woche Urlaub und fahren weg."
„Nur wir beide?", fragte Eleonora erfreut.
„Nur wir beide", bestätigte Forza in seiner ruhigen Art.
„Halte uns über die Vorgänge im Kommissariat in Cividale unbemerkt auf dem Laufenden", bat Forza noch. „Am besten abends, nach Dienstschluss."
Nachdenklich fügte er hinzu: „Und was die Bestellung zum interimistischen Leiter betrifft. Die möchte ich nicht. Ich möchte nicht wie ein Leichenfledderer dastehen, der nur deswegen den Job erhalten hat, weil man einen anderen abgesägt hat."

✢✢✢✢✢

Rauch! Bei Camilieri schrillten die Alarmglocken. Er roch eindeutig Rauch. Zigarettenrauch. Und das in einem Gebäude, in dem Rauchverbot herrschte. Wie in allen öffentlichen Gebäuden Italiens war auch im Kongresszentrum von Grado das Rauchen untersagt. Davon kündeten überall große Anschlagtafeln. Wer rauchen wollte (oder musste), durfte seinem Laster nur draußen vor der Tür frönen. Der Palazzo dei Congressi

im Parco delle Rose bildete im allgemeinen Rauchverbot des Landes keine Ausnahme.
Camilieri hatte die offiziell „Come together“ genannte Phase des Kennenlernens vor Kongressbeginn genutzt, um sich im Gebäude umzusehen. Da marschierten alle kreuz und quer herum. Einer mehr oder weniger, der durch die Hallen und Säle irrte, fiel nicht weiter auf. Wie er sich ausgemalt hatte, war es ein Leichtes, als Assistent Lydias zur Veranstaltung zugelassen zu werden. Für Spätentschlossene gab es einen eigenen Schalter, an dem sie sich am ersten Tag des Kongresses nachträglich akkreditieren lassen konnten. Zwar bedurfte es eines triftigen Grundes für die verspätete Anmeldung; Argumenten, dass man in der Hektik des Universitätsalltages einfach vergessen habe, sich zeitgerecht anzumelden, dass aber die Anwesenheit des Assistenten für die Qualität des Vortrags der Forscherin unerlässlich sei, konnte und wollte man nichts entgegensetzen. Zumal die Akkreditierung nach Veranstaltungsbeginn nicht gerade kostenlos war. Weder der Veranstalter noch der Kongressbetreiber hatten also irgendetwas gegen die Nennung Camilieris einzuwenden.

Während des Small Talks vor der offiziellen Eröffnung sprach Camilieri wenig. Fragen beantwortete er höflich, wollte jemand wissenschaftlich plaudern, verwies er auf Lydia, seine „Chefin“. Dazwischen schaute er immer wieder suchend in die Runde, ob irgendein Teilnehmer ein auffälliges Verhalten an den Tag legte. Wobei, das muss man feststellen, das Verhalten so manches Forschers den Commissario merkwürdig dünkte, sehr merkwürdig sogar, sodass er zwischendurch gar nicht glauben

konnte, dass Lydia auch eine von denen war. Spinner ja, Mörder nein, konstatierte er allerdings bei den meisten…
Er schlenderte während des wichtigtuerischen Getratsches vor Veranstaltungsbeginn durch alle Räume, die zugänglich, und durch einige Zimmer, die eigentlich nicht zugänglich, aber auch nicht versperrt waren. Zumindest nicht besonders gut. Als Commissario – wenn auch suspendiert – brachte er die nötige Routine mit, um im Falle, von einem Bediensteten angesprochen zu werden, was er da zu suchen habe, nicht in Nervosität zu verfallen und sich mit einer plausiblen Notlüge elegant und unauffällig aus der Affäre zu ziehen.
Rauch also. Zigarettenrauch. Dabei hatte er geglaubt, allein auf der Toilette im ersten Stock zu sein. Dass einer der Wissenschaftler heimlich am Klo rauchte, wollte er nicht so recht glauben. Sicher, einigen wäre es durchaus zuzutrauen, aber eher während der Vorträge der Kollegen, um zu unterstreichen, dass nur Unbedeutendes referiert würde, nur Dinge, die ohnehin jeder wüsste, wo man nichts versäumte, wenn man schnell am Klo eine runterzöge. Wie in der Schule also. Aber jetzt, vor Kongressbeginn, wo die wissenschaftliche Brunft ablief und jeder jovial über seine Forschungsprojekte sprach und die Erfolge, Erfolge, Erfolge – ausgeschlossen. Wenn auch noch so süchtig, zu diesem Zeitpunkt des Kongresses, da rauchte man draußen, wenn es unbedingt sein musste, um wenigstens den rauchenden Kollegen von den Erfolgen und Erfolgen und Erfolgen berichten zu können.
Camilieri öffnete alle Kabinentüren, denn ein Blick unter die Trennwände hindurch brachte nur unvollständige Sicherheit. Ein erfahrener Bösewicht, und man konnte davon ausgehen,

dass Alboin sehr erfahren war im Bösesein, ein erfahrener Bösewicht hätte sich für den Fall einer derartigen Durchsuchung einfach hochgestemmt, sodass keine Füße am Boden zu sehen waren. Trotz Öffnung aller Kabinentüren: Die Toilettenanlage war leer. Wer auch immer hier geraucht hatte, war verschwunden.

✝✝✝✝✝

Das war knapp, sehr knapp. Alboin schnaufte tief durch, als er sich in den Abstellraum gezwängt hatte, dessen Tür ein wenig versteckt hinter der letzten WC-Kabinenwand lag und in dem riesige Packungen WC-Papier und Unmengen von Reinigungsmaterial für das Raumpflegepersonal aufbewahrt wurden. Er ließ sich auf den Fliesenboden fallen. Die NT filtro war ihm brennend aus der Hand geglitten, Gott sei dank drinnen zwischen die Klopapierrollen und nicht draußen auf den Toilettenboden. Schnell trat er sie aus und verkeilte die Türklinke mit einem Besenstiel. Er musste vorsichtiger werden.

Viel hatte er erwartet. Aber den sizilianischen Schnüffler auf dem WC im Kongressgebäude, den hatte er offen gestanden nicht erwartet. Fast wäre sein Herz stillgestanden, als er im mannsbildhohen Spiegel der Anlage den Süditaliener die Toilette betreten sah.

Sein Plan war also gescheitert. Der Schnüffler hatte nicht aufgegeben und sich irgendwo schöne Tage mit seinem wiedergewonnenen Weibchen gemacht. Nein, er war mit der Wissenschaftlertussi schnurstracks hierher zur Veranstaltung gefahren. Was für eine Schmierenkomödie lief da eigentlich?

Was tat der Schnüffler auf dem Langobardenkongress? Die Antwort konnte nur lauten: Ihn, Alboin, suchen.
Er musste sich einen neuen Plan ausdenken. Einfach hineinspazieren und stimmige Bestrafungsmöglichkeiten für die Langobardenschänder unter wissenschaftlichem Deckmantel zu suchen, das spielte es nach dem Auftauchen der beiden nicht mehr. Wie gut war es doch in Cividale gelaufen! Alte Langobardenstätten, die ganze Stadt galt ja als solche, um kunstvolle Bestrafungen zu arrangieren und damit das Andenken an das Volk hochzuhalten. Keine Bullen weit und breit! Vielleicht ein paar Einheimische, auf die man Rücksicht nehmen musste und – wie bei einer der Bestrafungen aufgrund einer Putzfrau, die sich ausgerechnet um Mitternacht den Tempietto zu reinigen anschickte, notwendig geworden – im letzten Moment vom Langobardentempel in den Klosterkeller ausweichen. Trotz dieses Zwischenfalls war es alles in allem leichter als erwartet gefallen. Erst als die blonde Österreicherin aufgetaucht war, hatten die Schwierigkeiten begonnen!
Er griff an sein goldenes Medaillon, das um den Hals baumelte, als könnte er damit den Geist der feindseligen Frau vertreiben, wie man sonst mit einem Kreuz einen Vampir abzuwehren suchte.

✢✢✢✢✢

Rauch also. Camilieri war sich sicher, dass hier nur einer geraucht haben konnte: Alboin. Er hätte alles darauf gewettet, dass Alboin der Raucher war, und kein ernst zu nehmender Kriminalbeamter hätte dagegengehalten. Camilieri ärgerte

sich, dass er offensichtlich gerade einmal um ein paar Minuten zu spät gekommen war – aber Alboin war weg, auch die Tür zum Abstellraum hinten im WC war fest verschlossen, dort konnte er sich also nicht versteckt haben, dachte der Commissario. Andererseits: Wenn der rauchende Alboin erst vor wenigen Augenblicken die Toilettenanlage des Kongresszentrums verlassen hatte, wenn sein Rauch noch in der Luft lag, dann konnte er nicht weit gekommen sein. Im Gegensatz zur Altstadt von Grado lag das Kongresszentrum in einem übersichtlichen Park. Und der Parco delle Rose wiederum grenzte nicht an das Gassengewirr der mittelalterlichen Stadt, sondern wurde auf der einen Seite vom eingezäunten Strand, auf den anderen Seiten von breiten Straßen und touristisch genutzten Gebäuden begrenzt – ebenfalls übersichtlich und als schnelles Versteck nur bedingt geeignet.
Camilieri griff zu seinem Diensthandy und schmunzelte trotz des Ernsts der Lage. Während Forza sein altes Mobiltelefon spektakulär im Hafenbecken versenkt hatte und damit die diversen Telefonanrufe beim Kollegen im wahrsten Sinne des Wortes für die Fische waren, hatte er, Camilieri, für sein Diensthandy eine Rufumleitung gewählt: Riefen ihn seine Gegner an, landeten sie unweigerlich auf dem Kommissariat von Cividale…
Er wählte Forzas neue Nummer und bestellte ihn und den Hundeführer mit Gero von Bellheim unverzüglich, zugleich aber unauffällig in die Nähe des Eingangs zum Kongress. Wenige Minuten später traf man in der Viale Italia zusammen, das Gebäude immer im Blick. Camilieri erklärte kurz den Sachverhalt. „Zusammen mit Giuseppes Beobachtung des Briefträgers er-

gibt das wohl einen klaren Hinweis darauf, dass Alboin hier ist“, fasste der Hundeführer zusammen, was alle dachten.
„Es sind zwar nach wie vor nur Spekulationen“, warf Forza ein, „aber die Indizien sprechen wirklich sehr eindeutig dafür.“
Gero bellte.
„Wir müssen auf jeden Fall davon ausgehen“, ergänzte Camilieri, „und danach handeln. Sonst hätten wir ohnehin zur örtlichen Polizei gehen und warten können, bis Bewegung in die Sache kommt.“
„Viel zu spät, Commissario“, meinte der Hundeführer, „Sie haben mit Ihrer Einschätzung, dass Alboin schneller zuschlagen würde, als wir den Fall zu übergeben in der Lage wären, ins Schwarze getroffen.“
Gero bellte aufgeregt.
„Wenn meine Vermutung stimmt, dass es Alboin war, der im WC des Kongressgebäudes geraucht hat, kann er noch nicht weit sein. Ich habe den Rauch so intensiv gerochen, dass der Mann just in dem Moment die Toiletten verlassen haben muss, als ich sie betreten habe.“
„Durch die Tür kann er also nicht entkommen sein“, gab der Hundeführer zu bedenken.
„Vielleicht ist er durchs Fenster?“, meinte Forza.
„Schauen Sie sich das Gebäude doch einmal genauer an“, sagte Camilieri, „sehen Sie da irgendwo Fenster?“
Forza musterte den flachen weißen Bau und musste eingestehen: „Nicht wirklich. Komisch, ein Haus mehr oder weniger ohne Fenster.“
„Logisch“, erklärte Camilieri, „hätte der Bau Fenster, müsste man sie während der Veranstaltungen immer blickdicht schlie-

ßen, damit man die Projektionen auf den Leinwänden sehen kann. Da hat man gleich auf Fenster verzichtet."
„Wenn es keine Fenster gibt", warf der Hundeführer ein, „bedeutet das, dass sich Alboin noch im Gebäude aufhalten muss. Sonst hätten wir ihn durch das Hauptportal rausgehen sehen."
„Wenn er nicht irgendein Schlupfloch gefunden hat, muss das wohl so sein", bestätigte Camilieri nachdenklich.
„Schauriger Gedanke", meinte Forza, „dann wird es jetzt wohl wirklich ernst."
Camilieri übernahm die Führung des kleinen Trupps: „Los, gehen wir wieder hinein!"
Gero zog so hart an seiner Leine, dass er sich damit beinahe erwürgt hätte.
Mit raschen Schritten eilten die Vier zum Eingang und betraten den Kongress.
„Gehen Sie voran, Commissario", scherzte Forza keuchend, „schließlich sind Sie der Einzige von uns, der akkreditiert ist."
„Witzbold", meinte Camilieri zu dem bereits etliche Meter hinter ihm laufenden Forza, „kennen Sie eigentlich den Hauptmann von Köpenick?"
„Wen?", keuchte Forza.
„Den Hauptmann von Köpenick", wiederholte Camilieri und erklärte, „das ist eine deutsche Geschichte, in der sich ein ganz normaler Bürger als Hauptmann ausgibt. Und weil er seine Rolle so überzeugend spielt, glauben alle, dass er wirklich ein Hauptmann ist, obwohl er nur ein einfacher Schuhmacher ist. Auf diese Weise dringt er ins Rathaus ein, lässt den Bürgermeister festsetzen und erbeutet die Stadtkasse."

„Hochinteressant, Commissario", brachte Forza unter tiefen Atemzügen hervor, „aber warum erzählen Sie uns das ausgerechnet jetzt?"

„Weil unser Auftritt genauso überzeugend verlaufen muss. Vergessen Sie nicht, ich bin vom Dienst suspendiert, unser Kollege mit dem Hund hat Urlaub und Sie keinen Befehl, hier zu ermitteln."

✢✢✢✢✢

Und so stürmten sie zurück ins Gebäude: Camilieri, Forza, der Hundeführer, Gero an der kurzen Leine, heftig ziehend und überall hineinschnüffelnd. Die im Foyer fachsimpelnden Wissenschaftler beachteten das Quartett kaum, sie waren mit Eigenlob beschäftigt.

Camilieri griff sich den ersten Securitymann, dessen er ansichtig wurde. Er pflanzte sich vor ihm auf und sagte scharf: „Kriminalpolizei!"

Der Securitymann sah ihn fragend an und meinte: „Sind Sie nicht der Sekretär der österreichischen Professorin Lydia Brenner? Zumindest haben Sie sich vorhin als solcher registrieren lassen."

Camilieri konterte schlagfertig: „Guter Beobachter. Doch jetzt ist keine Zeit mehr für Verkleidungen."

Dann befahl er schroff zu Forza nach hinten: „Zeigen Sie dem Kollegen Ihren Ausweis!"

Nach einer kurzen, effektvollen Pause fügte er hinzu: „Wenn er ihn denn sehen will. Ich weiß, ich weiß, er muss ihn sogar sehen wollen, das ist sein Auftrag. Also, zeigen Sie schon das Ding her! Die Zeit drängt."

Bevor Forza herangekeucht kam und den Ausweis überhaupt in Sichtweite bringen konnte, setzte Camilieri fort: „Nachdem die leidigen Formalitäten endlich erledigt sind, können wir zur Sache kommen."

Forza schaute fragend drein, was er nun mit dem Dienstausweis tun sollte: Zurück in die Brusttasche stecken oder herzeigen? Ungeduldig, geradezu grob herrschte ihn Camilieri an: „Was stehen Sie noch herum und verplempern die Zeit? Der Kollege konnte sich davon überzeugen, wer wir wirklich sind. Fangen Sie jetzt also endlich mit der gottverdammten Suche an!"

Camilieri wandte sich wieder dem Securitymann zu und sagte jovial: „Kollege, wir benötigen Ihre Unterstützung. Aber bitte unauffällig. Es muss ja nicht jeder gleich wissen, dass wir von der Kripo sind und bei der Security um Hilfe nachfragen müssen. Aber der Personalmangel, Sie verstehen mich?"

Der Securitymann wollte zu einer Antwort ansetzen. Die würgte Camilieri ab und sagte: „Ich wusste, dass ich mich auf Sie verlassen kann. Natürlich werde ich Ihr ausgesprochen kooperatives Verhalten in meinem Bericht erwähnen. Also, zur Sache…"

Während Camilieri dem Securitymann erklärte, was er für unbedingt notwendig erachtete, und dem wahren Sacherverhalt hinzudichtete, was er für nötig hielt, um sich dessen volle Unterstützung bei gleichzeitiger Verschwiegenheit zu sichern, marschierten Forza, der Hundeführer und Gero bereits durch das Gebäude. Doch wonach sollten sie eigentlich suchen? Welche Witterung sollte der Hund aufnehmen?

+++++

Er saß in der Falle. Der sizilianische Schnüffler hatte ihn zwar im WC nicht entdeckt; zu schnell war er in der Abstellkammer abgetaucht. Aber er war da, war da, war da. Das konnte kein Zufall sein. Wie war er darauf gekommen, ihn hier zu finden? Und warum verbrachte er nicht einfach schöne Tage mit seiner freigelassenen Freundin, wie man es von einem faulen Südländer erwarten durfte?

Die geplanten Bestrafungen mussten warten. Jetzt musste er zuerst einmal aus dem Kongress hinaus. Das verfluchte Gebäude verfügte über keine Fenster! Hätte es noch eines Beweises bedurft, wie unfähig die modernen Architekten waren, hier hätte man ihn frei Haus geliefert bekommen!

Alboin zwang sich zur Ruhe und analysierte exakt seine Lage: Der Schnüffler hatte ihn nicht gesehen. Niemand wusste, wie er aussah. Das war sein entscheidender Vorteil. Er durfte keine Panik zeigen, musste sich ganz normal verhalten – wie ein Bediensteter. Niemand durfte auf den Gedanken kommen, er könnte nicht zum Personal des Kongresses gehören. Völlig unauffällig musste er sich bewegen, aber Unauffälligkeit war ohnehin seine große Stärke. Wenn ihn jemand fragte, würde er brav antworten, und wenn man ihn um Hilfe bat, würde er helfen. So führte der Weg nach draußen. Zur Umsetzung seines Plans zog er sich Dienstkleidung über, die in der Abstellkammer aufbewahrt wurde, und schnappte sich ein Putztuch.

+++++

Ungeachtet der Vorgänge nahm der Kongress seinen Lauf. Bereits der erste Fachvortrag erweckte Lydias Interesse. Es ging um Spuren der Langobarden, die in Wahrheit keine Spuren des Germanenvolkes waren. Um Irrtümer in der Forschung also, die modernen Erkenntnissen nicht standhielten. Um – auch in der Wissenschaftsgeschichte zu beobachtende – romantische Verklärung. Um Thesen, die Kind der Zeit waren, in der sie aufgestellt worden waren. Um die Abhängigkeit der historischen Forschung von der Politik.
Im Falle der Langobarden beispielsweise diente das rätselhafte Volk früher dazu, um die Herkunft der Bewohner entlegener Gebirgstäler zu erklären, die, obwohl im italienischsprachigen Umfeld gelegen, germanische Dialekte sprachen. Zugegeben, die Vermutung lag auf der Hand, dass während der Züge der Völkerwanderungszeit ein paar Stammesgenossen sesshaft wurden und irgendwo in der Einschicht eine Population gründeten, die in der Abgeschiedenheit die Jahrhunderte überdauerte. Und mit ihnen ihre Sprache. Trotzdem stellten derartige Thesen nur Vermutungen dar, die nicht mit Fakten zu belegen waren und deshalb auch nicht den strengen wissenschaftlichen Kriterien entsprachen. Es gab sie aber, und in Zeiten, wo man das Klischee vom „edlen Wilden“ hochhielt, drangen solche Vorstellungen tief in die Forschung ein und prägten einschlägige Arbeiten. Ein paar deutsche Sprachinseln im norditalienischen Teil der Karnischen Alpen führte man bis weit ins 19. Jahrhundert hinein auf die Langobarden oder andere Germanenstämme zurück. Erst neuere Forschungen ergaben, dass die für Wissenschaftler hochinteressante Tatsache, dass man an manchen Flecken in Norditalien Deutsch

oder zumindest eine mit dem Deutschen verwandte Sprache sprach, vermutlich andere Ursachen haben dürfte: Diese Gebiete wurden im Hochmittelalter von Kärnten aus besiedelt, meist aus dem nachvollziehbaren Grund, dass die Siedler vor kriegerischen Auseinandersetzungen flüchteten und im entlegenen Hochgebirge Zuflucht suchten.

Weniger romantisch, aber genauso einem bestimmten, in diesem Fall ideologisch-politisch geprägten Weltbild untergeordnet präsentierte sich die Wissenschaft während der NS-Zeit. Für die Langobarden genügte bereits die Tatsache, ein germanisches Volk zu sein, um in der Achtung der politischen Machthaber – und damit in weiten Bereichen der Forschung – weit oben zu stehen.

Historische Forschung als Kind ihrer Zeit – Lydia musste lächeln bei dem Gedanken. Auch sie selbst war felsenfest überzeugt von den Ergebnissen ihrer Arbeit. Nie wäre sie auf die Idee gekommen, dass ihre Herangehensweise an die Materie vielleicht von ihrer Umgebung und der Zeit, in der sie lebte, geprägt sein könnte. Dass sie vielleicht als emanzipierte Forscherin der Rolle der Frau in der Vergangenheit eine besondere Aufmerksamkeit zumaß und danach Sympathie und Antipathie verteilte, was wiederum Auswirkungen auf ihre Forschungen haben könnte. Mit dem modernen pazifistischen Ansatz des 21. Jahrhunderts konnte man ebenso wenig Verständnis für das Verhalten eines „alten“ Langobardenhäuptlings aufbringen, wie man mit dem heutigen Hightech-Denken den Bau der Pyramiden erklären konnte.

In Zukunft, das nahm sie aus dem Vortrag des Kollegen mit, würde sie sich mehr in die Lebensumstände derjenigen hineinversetzen, deren Geschichte sie erforschte. Sie würde aus der Zeit heraus die Zeit zu deuten versuchen und nicht vom aufgeklärten Standpunkt der Jetztzeit. Einen Versuch war es wert, wer weiß, vielleicht erhielt sie dadurch völlig neue Erkenntnisse und Erklärungen für Geschehnisse, deren Gründe bis dato im Dunkeln lagen.

✝✝✝✝✝

Der Bürgermeister tobte. Eleonora weinte. Und Onkel Giorgio versuchte, Klarheit in die Sache zu bringen. Zumindest so viel Klarheit, dass er wusste, wie er seinen Neffen erreichen konnte. Anlass für den wilden Streit am Kommissariat war ein Auftritt des Bürgermeisters gewesen.

„Eleonora", schrie er schon bei der Tür herein, „haben Sie die Bande endlich erreicht?"

Anfangs wehrte die schwarzhaarige, rassige Vermittlerin den Bürgermeister klug ab. Sie erklärte mit – für eine Italienerin in einer derartigen Situation – ruhiger Stimme, dass sie regelmäßig Forzas Diensthandy angerufen habe, dass aber niemand rangegangen sei.

Der Bürgermeister insistierte: „Haben Sie auch wirklich die richtige Nummer gewählt?"

Darauf Eleonora bockig: „Ich bin doch nicht blöd!"

„Das steht jetzt nicht zur Debatte!"

„Was wollen Sie damit sagen? Dass ich blöd bin?"

„Das steht nicht zur Debatte, habe ich gesagt!"

„Also doch! Sie glauben, ich bin blöd!"

Sie heulte auf und knallte den Hörer aufs Telefon, dass es einem potenziellen Gesprächsteilnehmer am anderen Ende der Leitung das Trommelfell zerrissen hätte. Gut, dass sie wusste, auf Giuseppes Diensthandy konnte ohnehin niemand abheben, weil es höchstens noch als Fischfutter diente. Vorausgesetzt, die Meeresbewohner in Grados Hafenbecken schätzten Plastik und seltene Edelmetalle.

„Was ich glaube, hat Sie nicht zu interessieren", schrie der Bürgermeister, „ich will sofort Forza sprechen. Was ist denn das für ein Saustall hier?"

„Wollen Sie damit sagen, dass ich mein Büro nicht in Ordnung habe?" – Jetzt schrie auch Eleonora hysterisch.

„Was heißt in Ordnung? Sie können ja nicht einmal die Beamten Ihrer eigenen Dienststelle erreichen! Sie sind völlig überfordert!"

„Überfordert?" – Eleonoras Stimme drohte zu kippen.

„Ja, überfordert", brüllte der Bürgermeister, dessen Stimme jetzt lauter ertönte als im Wahlkampf, „überfordert mit Ihrem Beruf, überfordert mit Ihrem Telefon, überfordert wahrscheinlich auch mit sich selbst!"

Eleonora heulte auf und verfiel in weinerliches Schluchzen.

„Das ist nicht gerecht. Was kann ich denn dafür..."

„Wofür?", unterbrach sie der Bürgermeister barsch. „Wofür? Wofür? Wofür? Sie wissen doch mehr, als Sie zugeben! Wofür können Sie nichts?"

„Nichts."

„Wie, nichts?"

„Na, nichts halt", schluchzte Eleonora.

„Reden Sie jetzt sofort“, herrschte sie der Bürgermeister an, „sonst sorge ich persönlich dafür, dass Sie rausgeschmissen werden. Wie Ihr Ex-Chef aus Sizilien.“

„Aber ich darf doch nichts…“

„Ah!“, brüllte der Bürgermeister, „jetzt habe ich Sie! Jetzt haben Sie sich verraten! Was dürfen Sie nicht? Was?“

In der Sekunde wechselte der lautstark schreiende Bürgermeister den Ton und meinte leise, höflich und versöhnlich: „Schauen Sie, Eleonora, Ihnen kann niemand etwas verbieten. Dafür garantiere ich. Ich bin Bürgermeister dieser Stadt und als solcher verantwortlich für das Wohl aller Bürgerinnen und Bürger. Ich fühle mich auch für Sie verantwortlich. Und glauben Sie mir“ – jetzt wurde die Stimme des Bürgermeisters wieder gefährlich, zwar noch leise, aber bedrohlich, wenngleich sich die Bedrohung nicht gegen Eleonora zu richten schien, sondern gegen jeden, der ihr Übles wollte – „ich werde auf Sie aufpassen und Sie beschützen.“

Der Bürgermeister ging um den Tresen herum und legte Eleonora seine Hand leicht auf die Schulter.

„Dafür müssen Sie mir aber sagen, was Sie bedrückt.“

„Aber ich darf doch nicht“, schluchzte Eleonora.

„Eleonora“, jetzt legte der Bürgermeister sämtliches Schmalz in die Stimme, über das er verfügte, „ich werde schweigen wie ein Grab. Aber sagen Sie mir, was Sie wissen, damit ich auf Sie aufpassen kann.“

Und dann brach Eleonora ein. Der Widerstand schwand, die Aufgewühltheit, der Streit, der Stress, die Sorgen, einfach alles fiel von ihr ab und sie fühlte sich beim Bürgermeister plötzlich in vermeintlicher Sicherheit. Es brach aus ihr hervor. Aufmerksamkeit vortäuschend, hörte der Bürgermeister zu, bis er Forzas neue Handynummer auf einem kleinen weißen Zettel notiert hatte.

Die Tür ging auf, und Onkel Giorgio betrat das Kommissariat.

„Was ist denn hier los?“, fragte er erstaunt, „man hört euch bis auf die Straße hinaus schreien.“

„Dafür habe ich die neue Handynummer Ihres Neffen“, antwortete der Bürgermeister, „los, kommen Sie mit!“

✢✢✢✢✢

Nicht nur in Cividales Kommissariat ging es heiß her; auch in Mamma Forzas Küche dampfte es aus allen Töpfen. Die Frau kochte, und wie sie kochte. Man hatte den Eindruck, dass sie umso mehr kochte, je weniger Leute zum Essen kamen. Ihr Sohn Giuseppe war seit einigen Tagen fort. Dienstlich, wie es hieß, aber von ihm hatte sie das nicht erfahren. Im Coop-Supermarkt erzählte man sich davon. Am Tag vor der Abreise war er auf jeden Fall weder zum Mittagessen noch zur cena erschienen, dem üppigen Abendessen, für das Mamma Forza immer groß aufkochte.

Gerade bereitete sie stoccafisso zu – Stockfisch. Dafür wurde der getrocknete Kabeljau über Nacht in Milch eingeweicht. Dann servierte man ihn in einer cremigen Sauce und reichte gebratene Polentaschnitten dazu. Die gelbe Polenta wohlgemerkt, denn die weiße aß man hauptsächlich in Grado, weniger im Hinterland. Ein ausgezeichnetes Gericht mit wenig Arbeit – sieht man davon ab, dass man rechtzeitig daran denken muss, den Fisch zu wässern oder in Milch einzulegen. Ideal also für ein köstliches, sättigendes Mahl unter der Woche. Weil eine Vorspeise niemals fehlen durfte, war bereits Nudelwasser in der kleinen Küche aufgesetzt. Bissfest gekocht, würde Signora Forza gebratene Pancetta – Bauchspeck – unter die Nudeln heben, mit Eidotter vermischen und damit eine erstklassige Carbonara bereiten. Frisch gemahlenen Pfeffer darüber gerieben und ein wenig Parmesan, mehr brauchte sie dazu nicht. Mamma Forza war der festen Überzeugung, dass ein leichter Secondo, also ein leichter zweiter Gang, wie ihn der Stockfisch darstellte, einen kräftigen Primo – ersten Gang – vertrug. Und umgekehrt.

Die alte Frau seufzte. Sollte sie Panna cotta als Dessert bereiten? Dafür war's zwar ein wenig spät, aber Panna cotta war nun einmal Giuseppes Lieblingsnachspeise. Doch wozu? Er würde ja doch nicht kommen.

„Dienstreise", schnaubte sie erbost. Nicht ihr Giuseppe. Wenn ihr Sohn bisher auf Dienstreise gegangen war, dann hatte sie im Vorfeld alle Hände voll zu tun gehabt. Wäsche waschen, bügeln und im Koffer verstauen. Ohne frisches Hemd fuhr ihr der geliebte figlio nicht fort! Dann Gubana backen und portionsgerecht in Folie verpacken. Ohne Proviant verließ ihr niemand das Haus, man wusste nie, wann man das nächste Mal in einem Ristorante zu einem ordentlichen Essen kommen würde. Dazu die Preise, die für ein gutes zumindest dreigängiges Menü verlangt wurden! Die schreckten jeden ab, der die Lira – Elisabetta Forza seufzte abermals beim Gedanken an die guten alten Lire – hochhielt.

Ob sie Giuseppe anrufen sollte? Vielleicht würde er heute zum Essen kommen. Der Stockfisch war ihr wirklich ausgezeichnet gelungen, obwohl sie hier in Cividale gar nicht so viel Erfahrung mit der mediterranen Fischküche sammeln hatte können. Wieder dasselbe: Die gewählte Nummer war nicht erreichbar. „Da steckt sicher die schwarzhaarige tipa aus Giuseppes Büro dahinter!", schimpfte Mamma Forza ungewohnt derb, denn Wörter wie Tussi zählten sonst gar nicht zu ihrem Vokabular. Egal, es war ohnehin niemand da, der sie hören hätte können.

+++++

Grado erfreute sich als Kongressstadt großer Beliebtheit. Auch im benachbarten Ausland. So tagten beispielsweise österreichische Ärzte in schöner Regelmäßigkeit in dem norditalienischen Badeort. Kein Wunder, bot das Städtchen, das zugleich Insel ist, doch alles, was man zu einer gelungenen Veranstaltung benötigte: noble Hotels; eine gediegene Gastronomie; schmucke Shoppingmeilen; schöne, alte Häuser zum Anschauen; einen malerischen Hafen und damit die Möglichkeit, auf ein Boot zu steigen und übers Meer zu fahren. Zur nahe gelegenen Insel Barbana, einem Wallfahrtsort, den die Fischer von Grado einmal pro Jahr in einer feierlichen Bootsprozession aufsuchten, dauerte die Ausflugsfahrt gerade einmal eine halbe Stunde. Man konnte aber auch durch die Lagune schippern und – in Wahrheit keinen – Eindruck gewinnen, wie rau das Leben früher zu den wenigen Menschen war, die sich in der Lagune dem Kampf gegen das Meer stellten. Unvorstellbar an einem sonnigen Sommertag, dass an derselben Stelle das Meer und der Wind im Winter langsam, aber beharrlich die kleinen Inselchen, die sich in der Lagune bildeten, regelrecht auffraßen. Die winzigen Fischerhütten, die früher auf den kleinen Aufschüttungen, die das Meer gab und wieder nahm, errichtet wurden, waren heute verfallen, überhaupt verschwunden oder – in seltenen Fällen – restauriert und Herberge für ein paar Touristen, die es sich leisten konnten. Und wenn man an demselben Sommersonnentag die Geschichte hörte, dass die zwei Kreuze auf der schmalen Sandbank, an der man auf dem Wasserweg nach Barbana vorbeituckerte, an zwei Fischer erinnerten, die an dieser Stelle erfroren sein sollen, dann will man es fast nicht glauben. Aber sie hatten sich im stürmischen Winter zu weit hinausgewagt und starben in der plötzlichen Abgeschiedenheit den Kältetod, bevor sie aus eigener Kraft zurückkehren oder von den Kollegen gerettet werden konnten. Biagio Marin, der berühmte Dichter, den die Insel hervorgebracht hat, beschrieb in seiner Erzählung „Die Bora" eindringlich das Geschick eines Fischers, dem so ein tödliches Missgeschick widerfahren war. Gerufen habe er, die ganze Nacht hindurch, aber an eine Ausfahrt zur Rettung des armen Wichts war wegen des Sturms und der Finsternis nicht zu denken. An Land hörten sie seine Rufe, standen dem Schicksal jedoch machtlos gegenüber. Immer leiser wurden die Hilferufe des Unglückseligen, bis sie mit ihm erstarben. Und am Morgen – Ironie, nein, Gemeinheit des Schicksals – blies kein Wind mehr und die Sonne schien. Zwar lag Schnee auf den kleinen Inseln in der Lagune, aber die Bergung des Mannes stellte kein Problem mehr dar. Doch der war leider längst tot…

Das war in der Jahreszeit, in der im Palazzo dei Congressi gerade getagt wurde, freilich kein Thema. Da ging es darum, in welchem lauschigen Gastgarten man den Abend verbringen wollte, welches Ristorante den besten Fisch servierte und wo man die trendigsten Guccitaschen erwerben konnte, ohne dass einem die strenge italienische Finanz einen teuren Strich durch die vermeintlich billige Rechnung machte und das gekaufte Gut beschlagnahmte, weil es gefälscht war. Ganztägige Damenprogramme führten in die Schlösser Duino oder Miramare, die man mit dem Auto genauso rasch erreichte wie mit dem Schiff. Und wem der Sinn nach antiker Hochkultur stand, der wurde in Aquileia gleich mehrfach fündig: mit den Ausgrabungen des alten, römischen Flusshafens am Natisone und mit einer der ältesten christlichen Kirchen, deren figurenverzierter Mosaikfußboden den Petersdom im Vergleich dazu wie eine nüchterne Dorfkirche aussehen ließ. Oder man begab sich abends in die Oper der ehemaligen k. u. k. Metropole Triest.

Grado als Kongressstadt erfreute sich also nicht von ungefähr großer Beliebtheit. Was allerdings auf dem Kongress zur Geschichte der Langobarden gerade vor sich ging, das hatten auch langjährige Kongressbeobachter noch nicht erlebt. Da stöberten Forza und der Hundeführer kreuz und quer durch das Gebäude, während im großen Saal der erste Fachvortrag lief, dem angesichts der frühen Stunde noch die meisten Teilnehmer lauschten. Lediglich eine Handvoll hatte sich entschieden, den gestrigen Abend erst einmal in der Cafeteria fortzusetzen. Da diskutierte Camilieri mit dem Securitymann und legte ihm nahe, nicht zu viel zu fragen. Weil wer viel fragt, der geht viel irr. Der Securitymann, der in Wirklichkeit lieber Polizist geworden wäre, aber an der Aufnahmeprüfung für die Polizeischule gescheitert war, hing Camilieri ohnehin an den Lippen und dachte gar nicht daran, viel zu fragen. Er saugte jedes Wort des Commissario auf, der keiner mehr war, aber das konnte der Securitymann nicht wissen, hatte er sich doch mit dem Herzeigen eines Ausweises seines Kollegen begnügt und nicht weiter nachgefragt. Zauber der Montur, der Hauptmann von Köpenick hatte das vollkommen richtig erkannt, und der Securitymann inhalierte förmlich Camilieris Worte, so, wie Alboin seine NT filtro inhalierte. Mag Zigarettenrauch in den Augen der Ärzte schädlicher sein als Worte, wirklich gesund war der Wortschwall des vermeintlichen Commissario auch nicht. Zumindest nicht für die weitere Karriere des Securitymannes. Denn wenn aufkam, dass er einen vom Dienst suspendierten Commissario unterstützte, statt ihn des Gebäudes zu verweisen, wenn man spitzkriegte, dass er Camilieri auch gegen eventuell hereinstürmende Polizei geholfen hätte – so war zumindest sein fester Vorsatz, denn das ständige Titulieren als Kollege durch Camilieri zeigte seine Wirkung, er konnte kaum den Abend erwarten, um seiner Dulcinea vom Kollegen Commissario zu erzählen, „im Übrigen ein toller Kumpel, man glaubt gar nicht, dass er ein so hohes Tier bei der Kriminalpolizei ist" –, wenn das seinen Chefs zu Ohren gekommen wäre, dann war ein Raucherhusten harmlos im Vergleich zu den Folgen, die dem Securitymann drohten. Gott sei's gedankt, dass er gar nicht mitkriegte, in welcher Gefahr er eigentlich schwebte. Und damit meinen wir jetzt ausnahmsweise nicht Alboin, der am Kongress ein Gemetzel anrichten wollte, denn eins war auch sicher: Langobardenforscher zu sein, ja überhaupt irgendein Forscher zu sein, da war der Securitymann nicht nur seines Aussehens wegen vollkommen unverdächtig. Also würde sich Alboin für ihn auch nicht eine Sekunde lang interessieren.

Camilieri blieb in der Nähe des Wachmannes. So konnte er alles überblicken. Und Gero benötigte bei der Durchsuchung des Kongresspalasts keine Unterstützung. Das Tier wusste, was es tat.

Keine Ecke ließ der deutsche Schäfer aus. Dabei war es anfangs nicht leicht gewesen, dem Hund klarzumachen, wonach er suchen sollte. Der Hundeführer entschied sich schließlich, ihm eine Zigarette unter die Nase zu halten. In einem Gebäude mit offiziellem Rauchverbot müsste sich der spezifische Geruch von Tabak auf einige wenige Stellen beschränken.

Als Gero von Bellheim am Glimmstängel schnupperte, bellte er laut auf.

„Wau, wau, wau – Willst du mich vergiften, Capitano?"

„Such, Gero, such!"

Der Hund beutelte sich ab.

„Wuff, wau, wuff – Wer nimmt denn so etwas zu sich? Im Vergleich dazu war der abgelaufene Müsliriegel ja erfrischend wie ein Hundestangerl aus der Originalverpackung."

Forza fragte: „Was sagt der Hund?"

„Hunde sprechen nicht", antwortete der Hundeführer.

„Wuff – Schwerer Irrtum, Capitano, ihr könnt uns nur nicht verstehen, so schaut's aus."

„Ich meine", korrigierte sich Forza, „hat er Witterung aufgenommen? Spürt er etwas?"

Bevor der Hundeführer Forzas Frage beantworten konnte, zog Gero los, sein Herrl an der Leine im Schlepptau.

Camilieri, der die Vorgänge aus den Augenwinkeln beobachtete, während er dem Securitymann mit einem Becherkaffee aus dem Automaten zuprostete, war heilfroh, dass das Gros der

Wissenschaftler diszipliniert im Vortragssaal saß und den Ausführungen lauschte. So beschränkte sich die Zahl derjenigen, die von dem Treiben etwas bemerkten, auf die Securityleute – und die hatte er mithilfe seines neuen „Freundes" inzwischen besser im Griff als früher in Sizilien seine eigene Polizeitruppe. Außerdem musste er nur den Eingang in den großen Vortragssaal im Auge behalten, um fürs Erste zu verhindern, dass Alboin hineinmarschierte und dort ein Blutbad anrichtete. Bei der Überwachung der Eingangstür durfte er weder Rücksicht auf Rang noch Stand noch Namen nehmen. Keinen würde er hineinlassen, nicht einmal den Papst persönlich. Schließlich wusste er nach wie vor nicht, wie Alboin eigentlich aussah.

✢✢✢✢✢

Eleonora war verzweifelt. Inniglich hatte Giuseppe sie gebeten, regelrecht beschworen, niemandem seine neue Handynummer zu nennen. Und jetzt hatte sie sie ausgerechnet dem Bürgermeister verraten! Sie hatte Giuseppes Vertrauen aufs Gröbste missbraucht! Was aber hätte sie tun sollen? Wie der Bürgermeister bedrohlich vor ihr gestanden war, wie er geschrien hatte, dass ihm die Halsschlagadern zum Kopf herauswuchsen, wie er gedroht hatte, sie sei zu dumm fürs Telefonieren und damit für ihren Job, wo doch jeder wusste, dass man in Italien heute so leicht keine andere Stelle finden würde bei den vielen Arbeitslosen im Land und der Schuldenkrise und den Sparpaketen – da verspürte sie Angst, große Angst. Wobei, noch mehr Angst bereitete ihr beinahe die süßliche Art, die der Bürgermeister seiner Zorneswut folgen lassen hatte.

Hoffentlich würde ihr Giuseppe verzeihen können, hoffentlich, hoffentlich, hoffentlich. Santa Maria betete sie leise, Santa Maria, Madre di Dio, prega per noi peccatori,
adesso e nell'ora della nostra morte... Am Abend würde sie ihn anrufen, ihren Giuseppe, und versuchen zu erklären...

+++++

Während der Hund von unten nach oben arbeitete, versuchte Alboin von oben nach unten zu gelangen. Konsequent Richtung Ausgang, aber unauffällig und ohne Eile, so, als würde er zum Kongresspersonal gehören. Oder, besser noch, zu einer der Brigaden, die die Reinigungsdienste verrichteten. Da erwartete niemand von ihm, dass er Italienisch sprach, folglich konnte er in kein Gespräch verwickelt werden, in dem er sich verraten hätte können. Sein Aussehen, sein rötlicher Teint unterstützten die Tarnung ebenfalls. Er zückte sein Putztuch.
Der Palazzo dei Congressi bestand aus zwei Stockwerken. Dazu kam ein sogenannter technischer Stock. Sowohl im Erdgeschoß als auch im ersten Stock befanden sich je ein großer Saal und natürlich Toiletten. Der Auftaktvortrag fand im Saal im Parterre statt. Vor diesem Saal erstreckte sich das großzügige Foyer, rechts und links vom Eingang gab es eine Reihe größerer und kleinerer Räume für Garderobe, Rezeption und andere unabdingbare Nebensächlichkeiten eines funktionierenden Kongressbetriebes.
„Wuff, winsel, wuff – der Boden stinkt höllisch nach Reinigungsmittel."

Gero schnupperte den Fußboden entlang und in jeden Winkel hinein.

„Wau, wau, wau – obwohl ich nicht zu den Zigarettenfressern gehöre, frage ich mich ernsthaft, ob die nicht gesünder sind als das Bodenreinigungsmittel hier. Grauslich."

Der Hund würgte, als müsste er in die Ecke kotzen.

„Fehlt ihm was?", fragte Forza, der hinter Hund und Hundeführer herhechelte.

„Wuff, wau, wuff – Du kannst von Glück reden, Dickerchen, dass mein Leitspruch ‚Viribus unitis' lautet. Deshalb werde ich auch dir helfen, wenngleich du es dir wahrlich nicht errochen hast. Du hast die Nase nur zum Schnäuzen, wie ich immer schon sagte."

„Keine Sorge", antwortete der Hundeführer, „aber es strömen so viele Gerüche auf den Hund ein. Als echtes Nasentier stellt das natürlich eine enorme Herausforderung dar."

„Wau – Du sprichst ein wahres Wort gelassen aus, Capitano!"

Nachdem Gero das Erdgeschoß durchschnüffelt und alles Mögliche errochen hatte nur keinen Zigarettenrauch, hüpfte er die ersten Stufen nach oben.

✢✢✢✢✢

Bis jetzt war alles gut gegangen. Nur mühsam konnte er seine Beine im Zaum halten, am liebsten wäre er so schnell er vermochte durch das Foyer im ersten Stock gerannt, das Treppenhaus hinuntergesprungen, drei oder mehr Stufen auf einmal nehmend, wie er das früher in seiner Kindheit getan hatte, als er am Staudamm spielte und – verbotenerweise – zum Kraftwerksraum hinuntereilte, um an der Eisentür zu probieren, ob sie nicht eventuell offen wäre und sich ihm ein Abenteuer der Extraklasse bieten würde. Und dann mit Vollgas durchs Foyer im Erdgeschoß und nichts wie raus aus dem Gebäude und rein in die verwinkelte Altstadt Grados.

Bis zur Erlösung war es noch ein zwar nicht weiter, aber nervenzerfetzender und gefährlicher Weg. Der Schnüffler, so viel war klar, hatte sich ihm an die Fersen gesetzt. Und wenn er eins und eins zusammenzählen konnte, dann wusste er, dass Alboin im Haus war.

Alboin zwang sich, langsam zu gehen und nur eine Stufe nach der anderen zu nehmen.

✢✢✢✢✢

Leichtfüßig sprang Gero die Stufen empor, der Hundeführer folgte ihm mit sportlichen Schritten und Forza keuchte wie immer hinterher. Plötzlich hielt Gero inne und streckte seinen Zinken hoch in die Luft.

„Wau, wau, wau – Riecht ihr's auch, Genossen? Da nähert sich der Geruch von Tabakrauch, eindeutig."

✢✢✢✢✢

Als Alboin um den Halbstock bog, wäre er gerne zur Salzsäule erstarrt. Oder umgedreht und, abermals viele Stufen auf einmal nehmend, zurückgerannt. Aber wohin? Oben saß er in der Falle. Und um hinunterzugelangen, musste er an dem bellenden Polizeischnüffelhund vorbei, der ebenfalls gerade um die Kurve im Halbstock des Treppenhauses gebogen kam. Sein Herrl, natürlich ein Bulle, wie er wusste, im Schlepptau. Wie grässlich das Vieh bellte! Es hatte schon seinen Grund, warum er Hunde hasste. Diese gemeinen Augen, mit denen ihn das Tier fixierte. Der Geifer, der ihm aus dem aufgeregten Maul sabberte. Nie würde er verstehen, wie sich ein Mensch freiwillig einen Hund halten konnte, statt dass man diese Biester einfach ausrottete. Er zwang sich zur Ruhe.

+++++

„Beeilen Sie sich, Forza!“, rief der Hundeführer zu seinem Kollegen zurück, der den unteren Teil der Stiege gerade erst zur Hälfte zurückgelegt hatte, „Gero wittert was!“
„Scusi“, sagte er dann zum Reinigungsmann, der von oben kommend um die Kurve marschierte und gewissenhaft die Sauberkeit im Gebäude kontrollierte. Der Putzfetzen in der Hand, mit dem er den Handlauf der Treppe entlangwischte, ließ darauf schließen. Eigentlich fleißig, diese Ausländer, dachte der Hundeführer. Obwohl Gero den Mann wild anbellte, ließ er sich nicht in der Erfüllung seiner Pflicht irritieren und putzte konzentriert weiter.

+++++

Dem Hund in die Augen zu schauen kostete ihn unter Garantie zehn Jahre seines Lebens. Er, Alboin, der Hunde fürchtete und auf den Tod nicht ausstehen konnte, musste diesem Höllenhund mit den Blicken Paroli bieten und gute Miene zum wahrlich bösen Spiel machen. Lange, so wusste er, würde das sein Herz nicht aushalten. Ruhig bleiben, ruhig, redete er sich ein. Und wischen, wischen, wischen…

+++++

Der Hundeführer zog Gero hart am Halsband.
„Los, Gero, such! Rauf mit dir in den ersten Stock und such!“, befahl er.
„Wau, wau, wau – Was heißt hier ‚such‘, Capitano, schau dir lieber den stinkenden Kerl da vor mir an. Wau, wau, wau – Der mieft so penetrant nach Rauch! Das kann wohl nur ein Mensch überriechen!“
Inzwischen war auch Forza auf der Höhe des Halbstocks angelangt.
„Haben Sie oben irgendetwas Verdächtiges gesehen?“, fragte er den Reinigungsmann atemlos.
Der hielt im Abwischen des Stiegengeländers inne und schaute Forza verdutzt an.
„Na, irgendetwas Auffälliges? Du haben etwas bemerkt? Haben gesehen, was normal nicht sehen?“, fragte Forza und schöpfte tief Luft, vor Anstrengung, aber auch weil er glaubte, sich nicht verständlich machen zu können.
„Parli italiano?“, setzte er noch nach und meinte zum Hundeführer: „Ausländer, eh klar. Aber welcher Italiener geht schon um den Spottlohn arbeiten, den sie in der Reinigungsbranche zahlen?“
Nach längerem Zögern brachte Alboin nur ein hingehauchtes „No“ hervor. Ob er es als Antwort auf die Frage nach einer

verdächtigen Beobachtung meinte oder damit bekunden wollte, dass er nicht Italienisch sprach, um sich keiner weiteren Diskussion aussetzen zu müssen, hätte er in seiner Aufregung nicht sagen können.

Für Forza hingegen war die Sache klar: „Ich hab's ja vermutet, der spricht überhaupt nicht Italienisch. Armes Schwein. Kommt kaum an die Sonne, so bleich, wie der ist. Stammt sicher aus dem Osten."

Gero bellte Alboin immer noch laut und feindselig an.

„Wau, wau, wau – Riecht ihr das denn nicht? Den da suchen wir. Capitano, mach nicht noch einmal denselben Fehler, dass du auf deinen nasenlosen Kollegen hörst!"

Plötzlich klingelte Forzas Handy. Er war froh, zum Ausschnaufen noch ein paar Sekunden im Halbstock verweilen zu können, bis er das Handy aus der Tasche genestelt und abgehoben hatte.

„Pronto?"

„Giuseppe!", dröhnte es aus der Leitung, „bist du vollkommen wahnsinnig geworden! Wo bist du? Du riskierst gerade deine Beförderung!"

„Onkel Giorgio", stammelte Forza ähnlich betreten, wie Alboin vorhin verneint hatte.

„Der Bürgermeister hat dich zum Leiter des Kommissariats in Cividale ernannt. Eigentlich war ich es. Du musst mir nicht danken. Aber dafür musst du deinen Arsch jetzt in Bewegung setzen und hierherkommen! Du hast drei Morde aufzuklären."

„Äh, Onkel Giorgio", unterbrach Forza die Wortflut seines Onkels, „ich kann jetzt nicht. Ciao!"

Und er drückte das rote Knöpfchen.

Zum Hundeführer sagte er verärgert: „Merda! Eleonora hat nicht dichtgehalten. Die haben meine neue Handynummer."
Die kurze Ablenkung hatte Alboin genützt, um ins Foyer hinunterzugelangen. Dieses durchschritt er, sich immer noch zu langsamer Gangart zwingend und geschäftig mit dem Putzlappen wedelnd, in Richtung Ausgang. Camilieri beachtete den Reinigungsmann überhaupt nicht, er war damit beschäftigt, den Eingang zum großen Vortragssaal zu überwachen, dass da ja niemand hineinging, der ein Attentat verüben konnte. Wer den Kongress verließ, interessierte ihn fälschlicherweise wenig.
Der Hundeführer zog den nach wie vor wild bellenden Gero von Bellheim, der seinem Namen alle Ehre machte, am Halsband nach oben. Fast schon ein Gewaltakt war das, so sträubte sich das Tier dagegen. Oben angelangt, fiel ihm auf, dass der Hund plötzlich verstummte und nicht mehr zog. In keine Richtung, weder das Stiegenhaus hinunter noch ins Foyer des ersten Stockwerks hinein. Lustlos stand er am Treppenabsatz, schaute in die Tiefe und bellte kurz und resigniert.
„Wau – Ich bin von Idioten umzingelt. Und du, Capitano, gehörst ebenfalls dazu."
„Gero zieht nicht mehr", analysierte der Hundeführer und meinte zu Forza, der langsam die letzten Stufen heraufkeuchte: „Ob wir was übersehen haben?"
„Keine Ahnung", schnaufte Forza, „mir ist nichts aufgefallen."
„Wir sollten auf alle Fälle Camilieri informieren", schlug der Hundeführer vor, „halten Sie inzwischen den Hund. Ich geh runter, Sie sind ja völlig außer Atem."
Als der Hundeführer Camilieri nach wenigen Augenblicken ins Ohr flüsterte, dass sich die Spur Alboins offensichtlich

verloren habe, wandte sich der suspendierte Commissario an den Securitymann, der die ganze Zeit nicht von seiner Seite gewichen war, und sagte feierlich: „Kollege, wir müssen kurz weg. Übernehmen Sie, ich verlasse mich auf Sie!"
„Ehrensache, Commissario!", brüllte der Securitymann zackig. Und Camilieri, der Hundeführer, Forza und der Hund, die inzwischen beide ebenfalls heruntergekommen waren, rauschten ab.

✢✢✢✢✢

„Manchmal glaube ich, Alboin ist nur ein Phantom und wir verrennen uns da in etwas", erklärte Camilieri resigniert.
„Die drei Toten mögen zwar gespenstisch gewesen sein, aber sie waren sehr real und sehr, sehr tot für ein Phantom", erwiderte Forza.
„Ich weiß, ich weiß", gab ihm Camilieri Recht, „aber so etwas habe ich noch nicht erlebt: Wohin wir auch kommen, immer ist Alboin schon wieder weg. Nur der Rauch liegt noch gelegentlich in der Luft."
„War es nicht riskant, den Kongress zu verlassen?", fragte Lydia, „was, wenn Alboin noch dort war?" Lydia hatte sich zuvor noch die Vorträge des restlichen Kongresstages angehört, Camilieri, Forza, der Hundeführer und Gero waren ziellos durch Grado gestreunt in der wohl ein wenig selbstbetrügerischen Hoffnung, zufällig auf eine Spur Alboins zu stoßen.
„Erstens hatte der Hund plötzlich keine Witterung mehr", begründete Camilieri, warum sie den Kongress verlassen hatten, obwohl noch einige Vorträge auf dem Programm standen.

„Und das bedeutet, dass Alboin verschwunden sein muss. Zumindest der Mann, der im WC geraucht hat", bestätigte der Hundeführer.
„Wir sind uns doch einig, dass es sich bei der Person um Alboin handelt?", sagte Camilieri fragend.
„Ja", bekräftigte Lydia, als wäre nur sie angesprochen gewesen.
„Zweitens", nahm Camilieri den Faden von vorhin wieder auf, „war die Gefahr zu groß, dass unsere Streifzüge mit dem Hund allmählich auffällig geworden wären und irgendjemand die Polizei alarmiert hätte. Ich meine, die nicht suspendierten und rechtmäßig für den Kongress zuständigen Polizisten. Die Kollegen hätten wahrscheinlich wenig Verständnis für unsere Umtriebe gehabt. Schließlich sind wir rechtlich derzeit nichts anderes als Privatpersonen, die Polizei spielen. Drittens habe ich für den Fall der Fälle den Securitymann angewiesen, die Augen offen und gleichzeitig den Mund geschlossen zu halten. Falls Alboin ins Gebäude zurückkehren sollte."
„Der Securitymann, Ihr neuer Bewunderer…", sagte Forza spöttisch.
„Ich hab's Ihnen ja gesagt, Forza: Hauptmann von Köpenick."
Die gesamte Mannschaft – Camilieri, Lydia, Forza, der Hundeführer und Gero von Bellheim – saß in einem Ristorante am Hafen von Grado und beratschlagte die Lage.
Es war Abend. In Wahrheit standen sie wieder am Anfang. Alboin geisterte als Phantom, wie Camilieri es formuliert hatte, in ihrer Nähe herum, war aber nicht zu greifen. Wie auch immer sie es anstellten, was auch immer sie taten, der Dreifachmörder war ihnen ständig einen Schritt voraus. Und er war hochgefährlich. Durch sein Eindringen ins Kongressgebäude war er

kurzfristig seinem mutmaßlichen Ziel weiterer Anschläge auf die Langobardenforscher sehr nahe gekommen. Dass ihn wahrscheinlich ihre rasche Hausdurchsuchung mit dem Hund von seinem grausamen Vorhaben abgehalten hatte, war ein kleiner Trost, aber immerhin war es ein Trost.

Am nächsten Morgen sollte Lydia ihren Vortrag halten.

„Glauben Sie mir, Commissario", sagte sie zu Camilieri, „am liebsten würde ich abreisen. Ich weiß nicht, ob ich unter diesen Umständen meine Ausführungen darzulegen imstande sein werde."

„Das kann ich gut verstehen", antwortete Camilieri verständnisvoll, „aber ich bin überzeugt davon, dass von Alboin hier in Grado keine Gefahr mehr ausgehen wird. Er weiß, dass wir ihm auf den Fersen sind, und er ist intelligent genug zu verstehen, wann er verloren hat. Aber er wird weitermachen: an einem anderen Ort, zu einer anderen Zeit."

„Und wir müssen ihm endlich das Handwerk legen", schaltete sich der Hundeführer in das Gespräch ein.

„Ja, das wäre gut", bestätigte Camilieri nachdenklich, „wenn wir nur wüssten, wo er das nächste Mal zuschlagen könnte. Wirklich seltsam, ich habe schon einiges erlebt bei der Polizeiarbeit in Sizilien, aber so etwas ist mir noch nicht untergekommen."

„Wieso sind Sie eigentlich aus Sizilien weg?", fragte Forza unvermittelt.

„Weil ich musste", antwortete Camilieri kurz angebunden.

Bevor Forza weiterfragen konnte, warum Camilieri denn wegmusste, klingelte das Handy in seiner Hosentasche. Er zog das

Gerät heraus, schaute auf das Display und strahlte über das ganze Gesicht, als er die Nummer erblickte.
„Scusi“, murmelte er, bevor er abhob, „es ist Eleonora.“
Während Forza sich ein wenig absonderte, um in Ruhe zu telefonieren, nahm Lydia das von Forza begonnene Frage-Antwort-Spiel über Camilieris sizilianische Jahre wieder auf.
„Sie sprechen nicht gerne darüber, was Ihnen in Ihrer Heimat widerfahren ist, stimmt's?“, fragte sie.
„Wozu auch“, grummelte Camilieri, „wen interessiert das schon?“
„Mich interessiert es“, antwortete Lydia ehrlich.
„Wirklich?“, fragte Camilieri überrascht.
„Wirklich“, bekräftigte Lydia, „erzählen Sie es mir!“
„Wenn Sie meinen“, begann Camilieri und plötzlich waren die Anspannung des heutigen Tages, die Enttäuschung über die erfolglose Mörderjagd, der Stress wegen der Ermittlungen im eigentlich illegalen Zustand, verflogen. Camilieri fühlte sich wohl wie seit Langem nicht mehr. Und das, obwohl er über seine Vergangenheit erzählen sollte. Noch dazu einer Frau. Das, muss man wissen, tut ein italienischer Commissario nämlich gar nicht gerne.
„Ich weiß gar nicht, wo ich beginnen soll“, zögerte Camilieri verlegen.
„Am besten am Anfang“, meinte Lydia neckisch.
„Danke für den Tipp“, sagte Camilieri gelöst lächelnd. Und dann erzählte er eine Geschichte, die einen guten Krimi abgegeben hätte. Daraus hätte man ohne irgendetwas hinzuzudichten oder zu erfinden einen richtigen Thriller machen können. Lydia hing an seinen Lippen, als er von Giftmüll sprach, der

heimlich gegen eine entsprechende Schutzgebühr im Meer verklappt wurde, und von Ehrenmorden, bei deren Aufklärung er als Commissario gegen eine Wand aus Schweigen anzukämpfen hatte, die auch Menschen, die sonst gerne redeten, aus Angst miterrichteten. Priester beispielsweise. „Jeden Sonntag von der Kanzel predigen, aber den Bossen die Mauer machen", kommentierte Camilieri verächtlich.

„Der ganz normale Kriminalpolizeialltag auf Sizilien also", erklärte er Lydia, die sich plötzlich nicht mehr so sicher war, ob sie noch immer auf die Insel ihrer Sehnsucht reisen wollte.

„Das müssen Sie unbedingt!", beschwor Camilieri sie, „Sizilien ist der Schlüssel zu allem, hat schon dieser berühmte deutsche Dichter gesagt. Wie heißt er doch gleich?"

„Meinen Sie Goethe?"

„Genau. Goethe" – Camilieri sprach den Namen mit getrenntem o und e sowie sehr hartem t aus. „Der ist ja damals durch ganz Italien gefahren."

„Und warum haben Sie Sizilien verlassen?", hakte Lydia plötzlich nach.

„Wissen Sie, so schön Sizilien auch sein mag, gewisse Leute dort sind alles andere als angenehm. In dem Geflecht aus lokaler Verwaltung und organisiertem Verbrechen bin ich zu oft lästig geworden. Und dass ich immer zu sagen pflege, was ich denke, das wissen Sie ja."

„O ja", bestätigte Lydia.

„Man könnte es auch Mangel an Diplomatie nennen", fuhr Camilieri selbstkritisch fort, „auf jeden Fall habe ich einmal zu oft einen Fall nicht zu den Akten gelegt und gegen den Wunsch

der Mächtigen weiterermittelt. Da hat man mich dann hierher in den Norden versetzt."
„Ein ziemlicher Schock, vermute ich", fragte Lydia einfühlsam.
„Anfangs schon", gab Camilieri zu, „aber der Norden hat auch schöne Seiten. Sie zum Beispiel. Hätte man mich nicht nach Cividale versetzt, hätte ich nicht das Vergnügen gehabt, Sie aus den Fängen eines Geisteskranken retten zu dürfen."
Lydia lächelte verlegen. Diese Italiener, dachte sie, echte Charmebolzen, auch wenn sie im beruflichen Alltag mit der Mafia andrehten. Und der, der hier am romantisch beleuchteten Hafen von Grado vor ihr saß, lieblich schaukelten die weißen Boote im gelblichen Licht, das den alten Straßenlaternen entströmte und sich in der Rotweinkaraffe vor ihr am Tisch genauso brach wie im Meerwasser des Hafenbeckens, der stellte ein ganz besonderes Exemplar dar. Noch war sie nicht so weit, sich das einzugestehen, ihre Gefühle für Camilieri schlummerten noch tief in ihr, arbeiteten sich aber sukzessive an die Oberfläche.
Forza befreite Lydia aus ihrer Verlegenheit und rettete Camilieri vor einem weiteren Zugeständnis seiner Sympathie für die österreichische Wissenschaftlerin. Freudestrahlend kam er vom Hafenbecken zurück, zu dem er während des Telefonats mit Eleonora langsam geschlendert war.
„Eleonora geht's gut", rief er zum Tisch herüber, an dem sich Camilieri und Lydia inniglich unterhielten, daneben der Hundeführer, schweigend den beiden zuhörend, und unter dem Tisch friedlich schlummernd Gero.
„Obwohl sie der Bürgermeister so in die Mangel genommen hat, dass sie meine neue Handynummer verraten hat. La mia

ragazza povera. Wenn ich den in die Finger kriege! Und Onkel Giorgio gleich dazu!", ärgerte sich Forza und bekräftigte ungefragt, keinerlei Interesse zu haben, demnächst seinen Dienst als Chef des Kommissariats in Cividale anzutreten.

„Ärgern Sie sich nicht, Forza!", meinte Camilieri locker, gelöst und ein wenig spöttisch, „und passen Sie auf Ihr Handy auf, dass es nicht wieder ins Hafenbecken fällt!"

„Keine Sorge, Commissario!", konterte Forza und lachte aus breitem Mund, „wenn auch nur die Nummer eines aus der verdammten Bande aufleuchtet, drehe ich das Ding sofort ab. Nur bei Eleonoras Nummer gibt es grünes Licht durchs Drücken des grünen Knöpfchens."

V.
SCHNEA IM AVOST

Sogar eine eigene Sprache hatten die da oben. Nicht Italienisch und auch nicht mit dem Italienischen verwandt. Nein, ein bairischer Dialekt wurde in Sauris gesprochen. Jetzt aber auch wieder kein Bairisch, wie man es in München zu hören bekommt. In Sauris, einer deutschen Sprachinsel im italienischen Teil der Karnischen Alpen, sprach man einen Dialekt, der zur bairischen Sprachfamilie gehörte – die ist bekanntlich riesengroß – und der sich aufgrund der Abgeschiedenheit der Gegend über Jahrhunderte kaum verändert hatte. Man sprach eine seltsame Mischung aus Alt- und Mittelhochdeutsch. Unter Mussolini hatte man den Versuch unternommen, die Sprache der Bewohner von Sauris auszurotten und die ausschließliche Verwendung des Italienischen durchzudrücken. Der Widerstand im Bergdorf war stärker: Mussolini ist inzwischen Gott sei Dank längst Geschichte, den eigenen Dialekt kennen die Bewohner von Sauris immer noch; in den letzten Jahrzehnten wurde er sogar gefördert und wird mittlerweile wieder in der Schule unterrichtet.

Der Dialekt von Sauris klingt deutschsprechenden Menschen aufgrund der Herkunft vom Bairischen irgendwie vertraut; wenn er gesprochen wird, verstehen sie zwar nicht viel, doch geschrieben lässt sich mit ein wenig Fantasie einiges deuten. Schnea zum Beispiel heißt Schnee, poch bezeichnet einen Bach, das dunkhatle ist ein Gericht mit einer cremigen Sauce zum Eintunken, avost ist der August, haus, stol und doch verraten ebenfalls die Verwandtschaft zum Deutschen und klingen mit Haus, Stall und Dach ziemlich ähnlich. De Zahre, so nennt man den Ort Sauris in der Sprache der Einheimischen, verdankt neueren Erkenntnissen zufolge seine Sprache zwei deutschen

Soldaten, die sich im Mittelalter auf die Hochebene flüchteten, dort niederließen und die Gemeinde begründeten. Genau gesichert ist das alles natürlich nicht. Aber was aus dem Mittelalter ist schon sicher?

Dieses und vieles andere über Sauris erzählte Lydia, als der Alfa Sportwagon von Grado Richtung Norden brauste. Mit an Bord waren Camilieri, der Hundeführer, Gero und natürlich Forza am Steuer. Camilieri als Privatmann, seit seiner Suspendierung begleitete er unsere Mannschaft nur mehr auf eigene Faust, was seiner Rolle als Anführer der Gruppe keinen Abbruch tat. Der Hundeführer hatte Urlaub genommen, auch er also in Eigenregie mit dabei. Gero von Bellheim trottete ohnehin genau dorthin, wohin es sein Herrl verschlug, dafür benötigte er keinen Urlaub, das zählte sozusagen zu seinen Dienstpflichten. Lydia hatte man als Expertin mitgenommen – hätten Camilieris Vorgesetzte davon gewusst, dass man bei der Mördersuche ein Opfer mitführte, das dem Täter und damit dem sicheren Tod vor weniger als einer Woche erst in letzter Sekunde entronnen war, hätte man seine vorläufige Suspendierung wohl in eine fristlose Entlassung umgewandelt. Das einzige offizielle Organ an Bord, wenn man so sagen darf, war somit Forza, den Onkel Giorgio und der Bürgermeister von Cividale freilich auch schon seit geraumer Zeit vergeblich zurückzubeordern versuchten. Nachdem er von Eleonora erfahren hatte, wie die beiden an seine neue Nummer gelangt waren, hob er einfach nicht mehr ab, wenn er die ihm wohlbekannten Ziffernfolgen auf dem Display aufleuchten sah. Auch für Mamma Forza gab es kein Durchkommen mehr, sie würde ohnehin nur als Strohfrau des Onkels dienen. Oder ihn fragen, ob er zum Essen heimkehre…

Eleonora war die Einzige in Cividale, die Kontakt zu Forza hatte; er freute sich jedes Mal, wenn sie anrief, was sie in letzter Zeit häufiger tat. Zumindest Camilieri dünkte es so.
Schnea im avost, Schnee im August also, schien Camilieri immer mehr möglich, je weiter Forza den Alfa nach Norden trieb. Das Wetter verschlechterte sich schlagartig, als sie zwischen den Bergen ins Kanaltal eintauchten. Ein kalter Wind wehte, gelegentlich klatschten Regentropfen gegen die Scheiben, die oben in den Bergen auch im August das Zeug dazu hatten, in Schnee überzugehen.
Sie verließen die Autostrada bei Carnia und fuhren über den Tagliamento nach Tolmezzo. Von dort ging es über Villa Santina weiter bis Ampezzo – nicht zu verwechseln mit dem wesentlich berühmteren Nobelskisportort Cortina d'Ampezzo in den Dolomiten. Die Straße nach Verlassen der Autobahn präsentierte sich zwar gut ausgebaut, für Forzas Geschwindigkeit hätte sie aber besser der hauseigenen Ferrari-Teststrecke in Maranello entsprechen sollen als einer durchschnittlichen italienischen Landstraße.
Alles freilich nichts im Vergleich zu dem, was ab Ampezzo folgte. Knapp vor Ortsende ging es rechts Richtung Sauris weg. 13 Kilometer verriet ein Wegweiser und an der Straße aufgestellte Kilometersteine zählten genau dieselbe Distanz herunter. Angesichts der Straßenverhältnisse relativ schnell, zu schnell für Camilieris Geschmack: Diese 13 Kilometer boten dem suspendierten Commissario ein Erlebnis, durchaus einer Fahrt auf der Hochschaubahn vergleichbar. In engen Kurven und mit etlichen Kehren schraubte sich die schmale Straße vom Tal in die Höhe. Sauris, im Wesentlichen bestehend aus

zwei Teilen, einem Sauris di Sotto und einem Sauris di Sopra, also Unter- und Obersauris, in deren eigener Sprache dörf und plozn genannt, lag auf 1212 beziehungsweise 1400 Metern Seehöhe. Die Straße war erst im 20. Jahrhundert errichtet worden. Vorher war Sauris nur über den Passo di Pura erreichbar – im Winter oft wochenlang überhaupt nicht. Man kann sich also vorstellen, dass es bei der Bergstraße in den höchstgelegenen Ort Friauls hinauf ordentlich zur Sache ging. Camilieri, zwar an schmale Straßen gewöhnt, denn auch in Sizilien kann es eng hergehen, schauderte. In Sizilien, dachte er, wäre der Wagen im Falle eines Unfalles wenigstens ins Meer gestürzt, eine „weichere" Landung somit garantiert. Aber hier, hier würde man auf den Felsen zerschellen.

Forza beeindruckte das wenig. Er wuchtete den Alfa um die spitzen Kurven und Kehren, als würde er das kurze Stück nach Castelmonte hinauffahren. Als sie schließlich einige Tunnels passierten, die so, wie sie aus dem Berg gesprengt worden waren, in der Landschaft standen – ohne betonverkleidete Innenwände und mit einem ruppigen Kopfsteinpflaster als Straßenbelag –, glaubte Camilieri, es ginge mitten durch ein Bergwerk. Wasser troff von den Wänden und klatschte von der Decke auf die Windschutzscheibe des Alfa, der über das Pflaster holperte. Nicht nur draußen im Nieselregen, der sich, je höher sie gelangten, immer mehr in Schnee überzugehen anschickte – und das im August! –, mussten die Scheibenwischer Dienst tun, nein, auch drinnen unter Tag war ihr Einsatz gefordert.

Nur einmal, da zeigte auch Forza eine menschliche Regung. Als ein tonnenschwerer, bis oben beladener Holzlaster mit Anhänger unter lautem Hupen um eine uneinsehbare Kurve kam, entfleuchte ihm ein „Oha". Forza sprang auf die Bremse, riss den Retourgang hinein und reversierte beinahe im gleichen Tempo, in dem er heraufgefahren war, bis zur nächsten Ausweiche zurück. Der Lasterfahrer winkte beim Vorbeipreschen, Forza grüßte genauso freundlich zurück, man spürte, hier trafen sich zwei Verwandte im Geist – verkappte Rallyepiloten, beide. Nach dem letzten Tunnel – oder sollte man sagen: Stollen? – lag plötzlich ein gewaltiger Stausee vor ihnen. Forza raste an dessen Ufer vorbei und weiter über eine Brücke, die die Lumieischlucht überspannte – ohne diese technische Meisterleistung wäre Sauris heute noch abgeschieden wie im Mittelalter.

Bald danach öffnete sich die Enge zwischen den Felsen und machte einer sanft zu den Bergen hin ansteigenden Hochebene Platz. Linker Hand bildete eine Handvoll schmuck renovierter Holzhäuser einen kleinen Weiler, der zu Füßen einer steinernen Kirche lag. Sauris di Sotto, Untersauris, dörf war erreicht. Camilieri atmete tief durch; Gero bellte freudig erregt; der Hundeführer versuchte, das Tier zu beruhigen; Lydia drückte sich die Nase am Autoglas platt, weil sie das erste Mal den Ort erblickte, von dem sie in eigenen Forschungen und zuletzt am Kongress in Grado schon so viel gehört und gelesen hatte.

Und Forza sagte überrascht: „Oh, schon da."

Man hätte glauben können, er hätte sich eine Rallye-Monte-Carlo-Distanz herauf nach Sauris gewünscht und nicht nur 13 Kilometer. Im Vergleich zu dem, was ihnen noch bevorstand, sollte die als „Nacht der langen Messer" bekannte Monte-Etappe über den Col de Turini freilich wie eine Spazierfahrt wirken.

+++++

Das technische Zeitalter hatte sich Zeit gelassen, bevor es in Sauris Einzug hielt. Bis man die Straße errichtete, die Camilieri und seine Mannschaft in den Ort heraufgebracht hatte, waren Jahrzehnte vergangen. Trassen wurden gefunden und wieder verworfen. Über die Finanzierung des wegen des unwegsamen Geländes teuren Bauwerks gab es ebenfalls Streit. Aber irgendwann hatte der Fortschritt auch vor dieser Enklave nicht Halt gemacht. Heute fuhr sogar ein öffentlicher Autobus nach Sauris. Und die Fabrik, in der der würzige Prosciutto di Sauris hergestellt wurde, musste keinen Vergleich mit einer Schinkenfabrik in San Daniele scheuen – der Geschmack des Prosciutto übrigens auch nicht. Er schmeckte der Kräuter und der zarten Räucherung wegen zwar mehr nach Bergen, aber er war genauso einzigartig wie der bekanntere „Bruder“ aus der Ebene. Sogar ein Schinkenfest veranstaltete man in Sauris regelmäßig, bei dem eine zweite Spezialität des Bergdorfes reichlich floss: das selbstgebraute Bier. „Zahre Beer“ genannt, gab es das Sauriser Bier in verschiedenen Geschmacksrichtungen, von einem hellblonden, naturtrüben Zwicklbier nach Pilsener Art über eine rötliche Variante bis hin zu einem sehr rauchig schmeckenden dunklen Gebräu. Bier, Prosciutto und die traumhafte Berglandschaft sehr knapp unter dem Dach des Himmelsgewölbes stellten drei ausgezeichnete Gründe dar, Sauris einen Besuch abzustatten, was sich verstärkt in der Tourismusbilanz des Ortes niederschlug.

Das war nicht immer so: Wenn Sauris heute seiner Zeit voraus ist, weil es durch die Schaffung von Erwerbsquellen die Abwanderung der Bewohner gestoppt hat, so war der entlegene Ort viele Jahre hindurch eher spät dran. Der Bau der Straße wurde schon genannt, die, das muss man wissen, anfangs auch so mancher Einheimische skeptisch sah. Der Straßenbau zog ein anderes Bauwerk nach sich, das man in dieser Abgeschiedenheit nicht vermutet hätte: den Stausee, mit dem das Wasser des Lumiei-Flusses und etlicher anderer Bäche aufgestaut wurde und der während und nach dem Zweiten Weltkrieg errichtet wurde. Damals galt der Staudamm als höchster Italiens.

So brachten die zwei Infrastrukturprojekte die neue Zeit nach Sauris. Trotzdem: Wenn man in den Aufzeichnungen der Chronisten liest, dass es in extremen Wintern mehr als neun Meter Schnee gegeben hat; wenn man erfährt, dass die Menschen nach so einem Extremwinter im Juni Erde auf die immer noch nicht schneefreien Felder warfen, weil sie endlich die Saat ausbringen mussten – im September war die Vegetationsperiode schon wieder zu Ende; wenn man von Hochwasser und Vermurungen hört, die die Felder der Hochebene unbrauchbar machten; wenn die Mär von Feuersbrünsten in dem vorwiegend aus Holz gebauten Dörfchen erzählt; wenn man weiß, dass Fußgänger, die nach Ampezzo hinuntergingen, um das für die Konservierung der Lebensmittel notwendige Salz zu holen, auf dem Rückweg vom Schnee überrascht wurden und am Passo di Pura den Tod fanden; wenn Missernten und Seuchen die Bevölkerung hinwegrafften und Hilfe zu bringen wegen der Unwegsamkeit des Geländes schlicht und einfach unmöglich war – vom fehlenden Willen ganz zu schweigen; wenn man sich all das vergegenwärtigt, dann bekommt man ungefähr eine Ahnung, dass aufgrund der Jahrhunderte dauernden Abgeschiedenheit die Uhren in Sauris auch heute noch ein wenig anders gehen als im Rest der Welt, und man beginnt auch zu verstehen, warum. Die Sprache, die sich die Menschen seit dem Mittelalter bewahrt haben und die Kriege, Hunger, Krankheiten und Tod, sogar die politischen Ausrottungsversuche durch die Faschisten überdauert hat, ist da wohl nur das äußere Zeichen dafür.

Man spürt es auch heute noch, wenn man durch Sauris spaziert. Natürlich ist alles so wie überall sonst in Italien. Autos verkehren, es gilt die Rechtsregel, das Essen ist fantastisch. Wenn sich dann aber die Sonne aus der Hochebene zurückzieht und die Schatten der Berge das Dorf zuzudecken beginnen, dann spürt man, dass sich Sauris ein Stück von früher bewahrt hat. Ein Stück Vergangenheit, die hart, unerbittlich, todbringend war. Eine Vergangenheit, die meistens nur forderte und selten gab. Trotz Straße, trotz Staumauer, trotz Elektrizität.

✢✢✢✢✢

Alboin hielt inne. Er hatte den Sizilianer unterschätzt. Mit der Rückgabe seines Weibchens, so hatte er gehofft, würde sich seine Energie reduzieren. Aber der Drang zur Suche nach dem Mörder, also ihm, war bei dem Südländer offenbar ähnlich stark ausgeprägt wie der Eros. Das hatte er noch nie erlebt. Er hätte schwören können, dass es dem Mann vor allem darum gegangen war, sich mit seiner unglücklich Entführten zu vergnügen. Eine schwere Täuschung, wie er bereits in Grado feststellen hatte müssen.

Was bedeutete das? Wenig Gutes, kaum Hoffnung. Bis in seine Heimat war er jetzt vor seinem Gegner geflohen. Doch sogar hier hatte er ihn nicht abschütteln können. Soeben war der Sizilianer vor der dem heiligen Oswald, König von Northumberland, geweihten Kirche von Sauris di Sotto vorgefahren. Auch sein Weibchen hatte er mitgebracht. Mutig, das musste man ihm lassen. Und den verflixten Köter hatte er ebenfalls dabei. Er hasste Hunde.

Wenn einem die Heimat keinen Schutz mehr bieten konnte, dachte Alboin, dann schaute es schlecht um einen aus. Wo sollte man hin, wenn nicht nach Hause? Er machte sich mit dem Gedanken vertraut, dass nichts mehr so lief, wie er es sich vorgestellt hatte: Ein wenig Zeit in einer abgeschiedenen Hütte hier heroben in Zahre verbringen, bis Gras über die Sache gewachsen war. Vielleicht bis ins Frühjahr hinein. In diesem Jahr würde der Winter ohnehin früh beginnen, schon jetzt im August gab's ein leichtes Schneegrießeln, ein paar schöne Tage noch, dann schneite es zu. Keiner würde ihn in der Hütte vermuten, und wenn, dann würde es keinen kümmern. Hier heroben war man an Sonderlinge gewöhnt, hier heroben zählten andere Werte als der logische Verstand. Schließlich hatte man Jahrhunderte damit zugebracht, unter widrigsten Umständen zu überleben. Hier heroben überwintern, so hatte er es sich vorgestellt, und dann die Bestrafungen zu Ende bringen. Nach dem Schlamassel in Grado gab es diesbezüglich ja noch genug zu tun.

Seine Heimat Sauris bot keinen Schutz mehr für ihn. Er spürte, der Südländer würde nach dem Winter wiederkommen, mochte der auch noch so lange dauern. Wenn er ihn denn nicht

schon vor dem ersten großen Schneefall schnappte. Doch er würde nicht alleine sterben, wenn man ihn fasste. Nicht hier, nicht in seiner Heimat.
Wer hätte gedacht, dass der unselige Stausee noch einmal sein Gutes haben könnte? Er nahm das Medaillon aus Gold ab, das um seinen Hals hing, klappte es auf und schaute hinein. Tränen entsprangen seinen Augenwinkeln. Oder war es nur ein Regentropfen, der auf sein Gesicht gefallen war? Dann steckte er das Medaillon in die Hosentasche, um es bei der bevorstehenden Hatz nicht zu verlieren.

+++++

Am liebsten hätte Camilieri Lydia in Grado belassen oder – noch besser – zurück nach Österreich geschickt, wo sie fürs Erste aus der Schusslinie des wahnsinnigen Alboin wäre. Aber wie Lydia den Weg nach Sauris wies, wie sie logisch analysierte, wohin sich Alboin geflüchtet haben könnte, ließ dem Commissario gar keine andere Möglichkeit, als sie mitzunehmen. Weniger der Belohnung für ihr strategisches Denken wegen – Belohnungen, muss man wissen, interessieren einen italienischen Commissario erst nach Abschluss eines Falles – als vielmehr wegen ihres klaren, sachlichen Verstandes, den man in der Bergwelt von Sauris noch dringend benötigen würde.
Der Grundstein, dass Lydia Alboin in Sauris aufzuspüren vermutete, wurde bereits während ihrer Entführung gelegt. Sie hörte ihren Entführer in einer Sprache reden, die ihr zuerst fremd, gleichzeitig aber irgendwie vertraut erschien. Sie lauschte seinen Worten genau, auch weil sie Möglichkeiten zu

erhaschen hoffte, wie sie eventuell ihrem Peiniger entkommen könnte. Bald wurde ihr klar: Da sprach einer nicht Italienisch; Deutsch sprach er ebenfalls nicht. Trotzdem klang es hin und wieder dem Deutschen ähnlich; je länger sie zuhörte, umso öfter verstand sie Wortfetzen. „Niamond reidet", herrschte er sie beispielsweise an. Die Gestik des Mannes mit dem abgewandten Gesicht machte deutlich, dass sie ruhig sein sollte, obwohl sie aus ihrem verklebten Mund ohnehin kein Wort pressen hätte können. Oder „Gei schlofn", als er ihr das Betäubungsmittel spritzte. Und während sie hinüberdämmerte, begann er plötzlich den steinernen Fußboden des Turms zu kehren. Sie hörte gerade noch, wie er „kheirar" murmelte und „voschankh", bevor sie in den Nebel der Bewusstlosigkeit versank. Sein heiseres Lachen begleitete sie dabei.

Nach ihrer Befreiung, am Rande des Kongresses in Grado begann Lydia nachzuforschen, welche Sprache ihr Entführer gesprochen haben könnte. Dass es sich um eine Variante des Deutschen beziehungsweise um einen mit dem Deutschen verwandten Dialekt handeln musste, lag auf der Hand. Allzu viele Sprachinseln, in denen sich derart alte Dialekte gehalten hatten, gab es nicht. Timau – Tischlbong – zum Beispiel, Sauris – Zahre – und Sappada – Pladen – im Friaul, im Trentino und im Veneto ein paar weitere. Als sie dann in einem Vortrag auf dem Kongress die (vermutlich falsche) These hörte, die Bevölkerung von Sauris könnte von den Langobarden abstammen, lag der logische Schritt für einen logisch denkenden Menschen wie Lydia nahe: Alboin stand mit Sauris in Zusammenhang, vermutlich stammte er aus dem Bergdorf.

Ein paar zusätzliche Internetrecherchen folgten, schließlich brachte der Austausch mit Kollegen, die sich auf die Erforschung der Sprachinseln spezialisiert hatten, endgültig Gewissheit: Alboin sprach saurischen Dialekt, das Hochgebirgsdorf musste seine Heimat sein, zumal er über dessen Sitten und Gebräuche offenbar bestens Bescheid wusste. So war der „kheirar", also der Kehrer, eine wichtige Figur im „voschankh", dem Karneval oder Fasching. Mit seinem Besen kehrte der „kheirar" symbolisch den Winter aus. Hatte Alboin mit seinem Vergleich, als er ihre Spuren im mittelalterlichen Turmstumpf zu beseitigen versuchte, etwa gar Humor bewiesen?
Lydias These überzeugte den Commissario. Die Suche nach Alboin wurde in Sauris fortgesetzt.

✢✢✢✢✢

Alboin inspizierte die Schleusen des Staudamms. Alles wie früher, als er häufig rund um den Stausee gespielt hatte. Nur wesentlich mehr Autos als früher fuhren auf der Straße das Ufer entlang. Er roch die Pilze in den Wäldern ringsum und dachte an die Häuser von La Maina, einem Ortsteil, den man mit dem Stausee geflutet hatte. Wenn das Wasser abgelassen wurde, so konnte er sich erinnern, tauchten die Ruinen des alten Dörfchens aus dem See auf. Oft hatte er daran gedacht, mit einem Boot auf den See hinauszurudern und zu den versunkenen Häusern hinunterzutauchen. Mit seinen Schulkameraden hatte er diesbezügliche Pläne gewälzt. Tagelang waren sie zusammengesessen und hatten überlegt, was man für diese Expedition alles brauchen würde. Beim Sammeln der benötigten Gegenstände stieß man auf die ersten Probleme, weil die Eltern die Idee gar nicht gut fanden. Trotzdem gaben die Kinder nicht auf, besorgten sich heimlich die Dinge, die sie für ihre Expedition als notwendig erachteten. Als Lohn für die Mühe hofften sie auf reichliche Schätze, die sie aus den versunkenen Mauern bergen könnten. Dann würden sie staunen, die Eltern, die Erwachsenen und die Lehrer!

Was aus seinen Spielkameraden von damals wohl geworden war? Ob sie wie er fortgegangen waren? Oder führten sie die kleinen Betriebe der Eltern fort? Das Gasthaus beispielsweise oder den Bauernhof? Die Genossenschaft? Wenn er an die Autos dachte, die am See vorbei nach Zahre hinauffuhren, bestand die berechtigte Hoffnung, dass die Touristen genug Geld rauftrugen, damit die Einheimischen überleben konnten. In seiner Jugend war das noch nicht selbstverständlich gewesen. Er dachte auch an die erste Liebe. Und da war er wieder – der Zorn. Der Hass. Die von auswärts waren schuld und mussten bestraft werden! Auch wenn sie Geld brachten, letztlich hatten sie doch alles zerstört!

Für ihn gab es keine Rückkehr. Er war zwar wieder zuhause, aber es gab kein Zurück mehr. Der sizilianische Schnüffler würde es nicht zulassen. Die Konsequenzen seiner Hartnäckigkeit hatte dann aber auch der Schnüffler selbst zu tragen! Bis es so weit war, würden noch ein paar Tage ins Land ziehen. Er musste sich ein Versteck suchen, am besten eine Hütte oder zumindest einen Holzfäller-Unterstand, wo ihn der Regen nicht durchnässte. Vielleicht würde morgen in der Früh sogar Schnee liegen. Er verließ die Staumauer, spazierte das Ufer des Sees entlang, bis er zum Mitreikenpoch gelangte. Dort stieg er das Bachbett hinauf und suchte sich einen Unterstand, ganz in der Nähe vom dörf und doch so fern…

+++++

Der Regen wurde stärker, als Lydia, Forza, Camilieri, der Hundeführer und Gero knapp unterhalb der Chiesa di Sant'Osvaldo aus dem Auto stiegen.

„Und jetzt?", fragte Forza, dem es, offenbar noch im Geschwindigkeitsrausch gefangen, nicht schnell genug gehen konnte.

„Das wird nicht einfach", bemerkte der Hundeführer, „Alboin kann überall sein."

„Und ich glaube nicht", ergänzte Forza, „dass man uns das sofort auf die Nase binden wird."

„Schließlich sind wir hier die Fremden", führte der Hundeführer weiter aus, „Alboin ist, vorausgesetzt die Überlegungen unserer sympathischen Wissenschaftlerin stimmen, ein Einheimischer."

„Commissario?", fragte Forza plötzlich, „hören Sie überhaupt zu?"

„Ein Wahnsinn", sagte der Angesprochene nur, „schaut euch doch um! Dieses Bergpanorama ist gigantisch. So etwas habe ich noch nie gesehen."

„Durchaus", meinte Forza und wollte wieder zur Sache kommen, „ich kenne die Berge Friauls, die gibt's in Sizilien nicht. Aber wie geht's weiter, welche Schritte unternehmen..."

Camilieri schnitt ihm das Wort ab: „Unvorstellbar, diese Berge. So schön und gleichzeitig so bedrohlich. Und das Wetter! Mitten im August ist es saukalt, bald fängt es zu schneien an.

Dass man hier heroben das ganze Jahr leben kann!"
„So ein Wetter gibt es in den Alpen öfter. Auch in Sella Nevea können Sie im Sommer vom Schnee überrascht werden", sagte der Hundeführer, „und in Österreich sowieso."
Lydia, der sich der Hundeführer zugewandt hatte, nickte mit dem Kopf und meinte: „Da sehen Sie wieder, wie privilegiert Sie waren, Commissario, dass Sie in Sizilien leben durften."
„Allerdings", gab Camilieri zu, „wenngleich das Panorama hier sehr wohl seine Reize hat. Direkt zum Angreifen, die Berge."
„Besser wäre es", drängte Forza, „wir hätten Alboin zum Angreifen. Wie gehen wir vor?"
„Ein wenig mehr Ruhe täte Ihnen gut, Forza", erklärte Camilieri, offensichtlich von der Majestät der Berggipfel in der Hektik der Mörderjagd kurz eingebremst, „nicht nur beim Autofahren."
„Wir sind ja nicht auf Urlaub hier", murmelte der Angesprochene.
„Nun denn", Camilieri riss sich vom fantastischen Blick auf die Berge los, „wir teilen uns auf und klappern die Geschäfte und die Gasthöfe ab."
„Das wird nicht lange dauern", gab Forza zu bedenken, dass die Zahl öffentlicher und halböffentlicher Einrichtungen in Sauris überschaubar war.
„Nichtsdestotrotz", bestand Camilieri auf seinem Befehl, „Forza, Sie und der Hundeführer nehmen sich Obersauris vor. Fahren Sie mit dem Auto hinauf. Lydia und ich hören uns hier in Untersauris um. Ich schlage vor, wir treffen uns in zwei Stunden wieder auf dem Parkplatz unterhalb der Kirche. Und seien Sie vorsichtig!"

✝✝✝✝✝

Unterdessen gärte es in Cividale gewaltig. Drei unaufgeklärte Morde, und der zuständige Commissario war vom Dienst suspendiert, sein designierter Nachfolger unerreichbar. Die Nachrichten, die aus den verschiedenen Regionen Friauls eintrafen, deuteten darauf hin, dass Ersterer es mit seiner Suspendierung nicht besonders genau nahm. Was ein Beamter wie der Hundeführer im Urlaub machte, ging niemanden etwas an. Wenn er aber einen suspendierten Kollegen mit Hund (!) bei einer inoffiziellen Suche begleitete, dann hatte das schon einen zumindest offiziösen Charakter. Wenn dann noch eine Touristin mit von der Partie war, die man gerade erst aus den Fängen eines Entführers befreit hatte, konnte die Sache schnell ganz, ganz offiziell werden und sogar zu diplomatischen Verstimmungen führen. Und das wollte niemand, dass es plötzlich hieß, Italien könne für die Sicherheit seiner Gäste nicht mehr garantieren. Das hatte nicht einmal die Mafia hingekriegt, in Wahrheit sowieso keineswegs deren Absicht, schließlich verdiente die ehrenwerte Gesellschaft gut an den Touristen. Camilieri sollte es nun schaffen, dass sich Italien in der Meinung der Menschen plötzlich zu einem unsicheren Ferienland entwickelte?

Der Bürgermeister kochte vor Wut. Eigentlich weniger wegen Camilieri, der war suspendiert, für ihn damit eine Causa finita. Aber Forza, was bildete der sich ein? Nicht nur dass er Camilieri bei seinen halboffiziellen Ermittlungen offenkundig unterstützte, nein, mit seinem Verhalten brachte er auch Schimpf und Schande über das schöne Cividale und untergrub last, but not least die Autorität des Stadtoberhauptes. Nicht einmal Onkel Giorgio hatte es geschafft, Forza zur Räson zu bringen. Ob es der Mamma gelänge?

„Signora Forza", der Bürgermeister hatte sich extra in die kleine Wohnung der alten Frau bemüht, „ich weiß wirklich nicht, was mit Ihrem Giuseppe los ist. Der ist doch nicht James Bond. Ermittelt da mit diesem aus dem Amt gejagten sizilianischen Schnüffler mehr oder weniger auf eigene Faust!"

„Der arme Bub", jammerte Elisabetta Forza, „so etwas hätte er früher nicht gemacht. Daran ist nur die schwarzhaarige ragazza schuld!"

„Sie meinen Eleonora? Unsinn!", polterte der Bürgermeister, „die ist ja gar nicht mitgefahren."

„Trotzdem", beharrte Mamma Forza auf ihrem Verdacht, „seit er sich mit der trifft, kommt Giuseppe gar nicht mehr zum Essen heim. Können Sie sich das vorstellen?"

„Angesichts seiner Leibesfülle kaum", sagte der Bürgermeister mehr zu sich denn als Antwort, „aber Eleonora hat damit nichts zu tun. Die sitzt brav an der Vermittlung der Polizeiwache. Ohne sie wüssten wir gar nicht, wo sich die beiden herumtreiben."

„Sie meinen, sie verrät Ihnen die Pläne des Commissario und meines Giuseppe?"

„Naja, verraten kann man es vielleicht nicht nennen. Aber wenn man ihr die entsprechenden Fragen stellt, erhält man die entsprechenden Antworten. Logisches Denken ist nicht gerade ihre Stärke."

„Dann kann doch sie mit Giuseppe reden", schlug Elisabetta Forza vor.

„Unsinn!“, unterbrach sie der Bürgermeister barsch, „Sie sind seine Mamma. Nur Sie können ihn davon überzeugen, dass er unverzüglich zurückkommen muss, wenn er seine Chancen auf die Beförderung zum Commissario wahren möchte.“
„Aber er hebt nicht ab, wenn ich anrufe.“
„Merda!“, schimpfte der Bürgermeister.

✢✢✢✢✢

Camilieri und seine Begleitung nahmen sich Zimmer in einer Albergo nahe der Kirche. Die nach einem Berggipfel in der Nähe benannte Herberge erhob sich mitten im Ort auf einem Hügel steil in die Höhe. Fast hätte man glauben können, um das mit schwarz gestrichenem Holz verkleidete Dachgeschoß streiche der Nebel, wenn man von unten in den grau verhangenen Himmel schaute, vor dem sich das Gebäude abzeichnete. Zwei Zimmer direkt unter dem Dach waren noch frei, was bedeutete, dass man sich diese teilen musste. Camilieri und Forza wären eine logische Paarung gewesen. Das hätte freilich geheißen, dass Lydia mit dem Hundeführer das andere Zimmer beziehen hätte müssen. Und das ging nun gar nicht, befand der Commissario. Er war froh, dass Forza und der Hundeführer ähnlich dachten. Ohne viele Worte zu verlieren, kristallisierte sich schnell heraus, dass Forza zum Hundeführer wechselte, Lydia dafür ins Zimmer des Commissario. Camilieri tat, als sei ihm das peinlich; in Wahrheit empfand er es als das Beste, was ihm seit dem Zeitpunkt, als er Lydia beim Palio di San Donato das Glas Wein über die Bluse geschüttet hatte, passiert war. Sie und er in einem Zimmer, ganz ohne die peinliche Fragerei: Zu dir oder zu mir? Heimlich dankte er dem Herrgott für diese Fügung des Schicksals, und weil ihm auf die Schnelle kein anderer Heiliger einfiel, bezog er den ihm an und für sich unbekannten heiligen Oswald aus der Sauriser Kirche gleich mit in seinen Dank ein.

Nach dem Beziehen der Zimmer trafen sich alle im Restaurant der Herberge. Wie befürchtet hatten ihre Recherchen in den öffentlichen Institutionen und Gebäuden von Sauris di Sotto und Sauris di Sopra keine Ergebnisse gebracht. Freilich war das wirklich nicht einfach: Direkt nach einem Dreifachmörder konnte man schlecht fragen, einen richtigen Namen oder gar ein Foto des Gesuchten gab es nicht. Und auf die Frage, ob man vielleicht jemanden gesehen habe, der sich auffällig für die Langobarden interessierte, ernteten die Ermittler sogar von der an einiges gewöhnten Bevölkerung von Sauris skeptische Blicke. Alboin kannte niemand, im Gegensatz zu Cividale war der Name des Langobardenkönigs hier heroben unbekannt. Man hatte wahrlich andere Sorgen als die Langobarden…

Camilieri gab den „Befehl" aus, sich das Essen gut schmecken zu lassen. Was sich nicht schwer gestaltete: Zu Antipasti mit dem köstlichen Prosciutto und Speck di Sauris genoss man frisch gezapftes „Zahre Beer", hell und naturtrüb aus dem Fass. Zu den hausgemachten Nudeln und zum Wildragout ließ man sich ein paar Flaschen Merlot alla casa schmecken – Hauswein von weit unten aus dem Tal.

Bei den Dolci musste Lydia passen. Forza hingegen griff bei seinem Lieblingsdessert, Panna cotta, kräftig zu. Zumindest gleich gut wie bei Mamma, wenn nicht besser, konstatierte er insgeheim und bedauerte, dass Eleonora nicht da war. Sie näch-

tens anzurufen, wie er sich das in den letzten Tagen angewöhnt hatte, würde schwierig werden, schließlich teilte er das Zimmer mit dem Hundeführer. Vielleicht musste der Hund ja kurz raus, hoffte er. Vergeblich, wie sich gleich herausstellen wird.
Camilieri probierte den ihm völlig unbekannten Strudel di mele – Apfelstrudel. Schwere Kost für einen Sizilianer, aber sie passte ausgezeichnet zu den wilden Berggipfeln rundum, die sich in der wolkenverhangenen beginnenden Dunkelheit nur mehr schemenhaft durch die großen Fenster des Restaurants abzeichneten. Schön musste es hier heroben sein, dachte Camilieri, während er den Strudel verspeiste, wenn das Wetter mitspielte und wenn kein Mörder zu jagen war. Vielleicht sollte er einmal ein paar freie Tage in Sauris verbringen, wenn das alles vorbei war. Es musste ja nicht immer Sizilien sein.
Der Hundeführer schloss sich Lydia an und verzichtete auf die Nachspeise. Stattdessen schaute er nach Gero. Denn der hatte Pech. In die Herberge durften keine Hunde hinein, und so musste er im Alfa Sportwagon übernachten.
Für alle anderen wurde es noch ein langer Abend. Man wusste, dass eine Entscheidung bevorstand, vielleicht schon morgen. Obwohl es sich keiner eingestehen wollte, lag eine gewisse Anspannung über der Gruppe, die sich mit Bier, Wein und Grappa am besten in den Griff kriegen ließ.
Also genoss man Essen und Trinken, während draußen der Regen gegen die Scheiben des Restaurants prasselte.

✝✝✝✝✝

Wirklich! Am nächsten Morgen lag draußen Schnee. Nicht viel zwar, aber es genügte, dass die abschüssigen Wiesen in jungfräuliches Weiß getaucht waren. Und das im August. Sicher, bis Mittag würde der Schnee wieder geschmolzen sein, zumal die Wolken auflockerten und die Sonne hervorzublinzeln begonnen hatte.
Nach der Nacht, in der sich Lydia bald und ohne viele Worte zu verlieren eng an ihn geschmiegt hatte, stellte der Schnee für Camilieri das zweite Wunder an diesem noch frischen Tag dar. Es würde nicht das letzte bleiben…

✢✢✢✢✢

Er hatte es befürchtet. Zumindest am Wetter hatte sich in Sauris nichts geändert, seit er weggegangen war. Sein Instinkt, die Wettervorhersage betreffend, war gleich gut wie in seiner Jugendzeit. Als er sich aus der Decke schälte, die er am Boden der Holzfällerhütte aufgebreitet hatte, wusste er, dass es geschneit hatte, ohne einen Blick hinauszuwerfen. Er roch es. Und auch der Mitreikenpoch klang anders, wenn Schnee an seinen Ufern lag.
Schnee war schlecht. Denn im Schnee hinterließ man Spuren. Deshalb war er froh, dass es aufzuklaren begann und die Sonne bereits hinter den Wolken hervorlugte. Mit dem Augustschnee hatte sie leichtes Spiel, der würde schon zu Mittag Geschichte sein.

✢✢✢✢✢

Beim Frühstück wurde die Lage analysiert. Jetzt war es an der Zeit zu handeln.

„Fassen wir zusammen", sagte der Commissario, „in den Läden und Gastronomiebetrieben hat sich Alboin nicht blicken lassen. Zumindest hat uns gestern niemand davon erzählt, und wir wollen vorerst einmal einräumen, dass man uns die Wahrheit gesagt hat. Auf der anderen Seite spricht nach Lydias trefflicher Analyse alles dafür, dass Alboin hierher in seine Heimat geflüchtet ist."

Er wandte sich direkt an die Österreicherin und ergänzte: „So hast du das doch gemeint, Lydia, nicht?"

„Ja, Claudio, so habe ich es gemeint: Alboin ist hier, da bin ich mir sicher."

Dem Hundeführer und Forza fiel sofort das vertraute Du auf, das an die Stelle des Sie der letzten Tage getreten war. Sie schauten sich unauffällig an und ein Grinsen huschte über ihre Mienen. Es war nicht schwer zu erraten, dass die beiden damit gerechnet und vor dem Zubettgehen vielleicht sogar Wetten über den Ausgang von Lydias und Camilieris Nacht im gemeinsamen Zimmer abgeschlossen hatten. Forza beneidete seinen Chef und fragte sich kurz, warum nicht Eleonora statt des Hundeführers mitkommen hatte können. Aber dann hätten sie auf den Hund verzichten müssen. Und Gero brauchte man noch.

Camilieri dachte ähnlich.

Er schlug vor: „Eine Stecknadel im Heuhaufen findet man vermutlich leichter als einen Mann hier in den Wäldern. Wir können in Wahrheit nur hoffen, dass Alboin einen Fehler macht. Und auf Geros Spürnase setzen. Was meinen Sie?"

Er wandte sich an den Hundeführer.

„Das geht natürlich, Commissario“, bestätigte dieser, „ich kann ihn schon gelegentlich von der Leine lassen.“
„Auch wenn wir keinen konkreten Anhaltspunkt haben, wie zum Beispiel ein Kleidungsstück?“
„Auch dann. Sorgen bereiten mir nur die Jäger.“
„Welche Jäger?“
„Aufsichtsjäger“, erklärte der Hundeführer, „davon wird es hier genug geben bei den riesigen Wäldern. Aufsichtsjäger mögen keine frei gelassenen Hunde im Wald. An und für sich ist das auch in Ordnung. Wildernde Hunde haben im Wald nichts verloren.“
„Sie meinen“, fragte der Commissario, „wenn wir Gero im Wald suchen lassen und ein Jäger kommt zufällig des Weges, dann könnte er den Hund erschießen?“
„Er könnte nicht nur“, antwortete der Hundeführer, „er müsste sogar. Schließlich ist der Schutz des Wildes seine oberste Aufgabe.“
„Vielleicht sollten wir uns eine Bewilligung holen?“, warf Forza ein.
„Lieber Kollege“, meinte Camilieri jovial, „wenn die Bürokraten bei euch im Friaul so schnell arbeiten wie bei uns in Sizilien, dann würde sich das Problem von selbst lösen. Dann stürbe Alboin nämlich eines natürlichen Todes, bevor wir die gewünschte Bewilligung in Händen hielten.“
„In Sizilien hat ja auch die Mafia überall ihre Hände im Spiel“, erklärte Forza lachend.
„Che idiota!“, seufzte Camilieri.
„Außerdem“, gab der Hundeführer zu bedenken, „wer wird uns eine Bewilligung erteilen? Einem suspendierten Commissario?

Mir, der ich offiziell im Urlaub bin? Ihnen? Wenn Sie nicht ständig das Handy abwürgten, hätten Sie vermutlich schon ein Disziplinarverfahren am Hals, von dem Sie nur dank Ihrer Gesprächsverweigerung nichts mitgekriegt haben. Und Signora Lydia kann als österreichische Geisteswissenschaftlerin wohl schlecht um eine Bewilligung ansuchen, die Wälder rund um Sauris mit einem ausgebildeten italienischen Polizeihund zu durchsuchen."

„Er hat recht", sagte Camilieri, „für den offiziellen Weg ist es längst zu spät. Wir haben uns entschieden, auf eigene Faust zu ermitteln. Also müssen wir die Sache auch so zu Ende bringen."

„Was heißt das konkret?", mischte sich Lydia ein.

„Das heißt konkret", antwortete Camilieri, „dass wir uns in die Wälder begeben und dort Gero suchen lassen. Natürlich mit der gebotenen Vorsicht, damit dem Hund nichts passiert."

„Und wo fangen wir an?", fragte Forza.

„Beim Stausee", sagte Lydia spontan und ohne nachzudenken.

„Wieso beim Stausee?", wunderte sich Forza.

„Weil der Stausee das Einzige ist, das nicht hierher passt. Er wurde erst im 20. Jahrhundert gebaut. Er mag sich schön in die Landschaft einfügen, aber in Wahrheit gehört er nicht nach Sauris. Zumindest nicht ins alte Sauris, in dem man Dialekt spricht und das – wenn auch fälschlicherweise – manche auf die Langobarden zurückführen."

„Sie hat recht", bestätigte Camilieri, „Lydia, ich habe wirklich gewusst, warum ich dich mitgenommen habe."

Auch wenn der Commissario damit Lydias analytische Fähigkeiten loben wollte, gewann dieser Satz nach der vergangenen Nacht eine gehörige Portion Zweideutigkeit.

+++++

In Cividale ahnte man nichts vom Schnee, der in Sauris gefallen war. Man spürte höchstens ein kühles Lüftchen, das nach der brütenden Augusthitze durchaus als willkommen empfunden wurde.
Ein wenig Abkühlung schadete auch auf anderer Ebene nicht. Der Bürgermeister war jetzt wirklich zornig über Giuseppe Forzas Verhalten. Dass er seiner alten Mamma am Handy nicht antwortete, war schon ein starkes Stück. Hätte er aber noch verstehen können. Seine eigene Mamma konnte gelegentlich genauso lästig sein, wie das Mamma Forza war. Typisch Mamme eben. Dass Giuseppe, den er von Kind auf kannte, mit der Aktion auf bestem Wege war, seine Beförderung zum Commissario zu torpedieren, störte ihn schon mehr. Noch mehr aber ärgerte er sich, dass er seine schützende Hand über einen Mann gehalten hatte, der offensichtlich zu blöd war, seinen eigenen Vorteil zu erkennen. Er umgab sich nicht gerne mit Verlierern. Und am meisten wurmte ihn, dass er keine Ahnung hatte, wie er die wildgewordene Partie zähmen, was heißt zähmen, züchtigen und, ja, vernichten könnte.

Auch Onkel Giorgio wusste keinen Rat. Die herbstliche Lieferung von Wein und Nüssen hatte er bereits aufgekündigt. Giuseppe hatte davon allerdings nichts mitbekommen, weil er die rote Taste des Mobiltelefons gedrückt hatte, bevor er – sein leiblicher Onkel! – ausreden hatte können. Und in Wahrheit traf der Boykott ja mehr seine Schwester Elisabetta als den dummen Buben. Doch um auf verwandtschaftliche Beziehungen und Gefühle Rücksicht zu nehmen, war jetzt ein ganz, ganz schlechter Zeitpunkt.

+++++

Alboin stieg das Bachbett des Mitreikenpochs hinunter. Der gestrige Regen, der in der Nacht in Schnee übergegangen war, hatte den Bach ordentlich anschwellen lassen und dessen Bett mit viel Wasser gefüllt. Gut so, bei diesen Bedingungen kam keiner auf die Idee, das Bachbett zu passieren. Vor den Wanderern war er also sicher.

Er kletterte unter der Bogenbrücke durch, die die Schlucht überspannte, und eilte zum See. Von der Stelle, wo der nach dem Zusammenfluss mit dem Rio Sauris jetzt auf diesen Namen hörende Bach sich in den See ergoss, kämpfte er sich das teils bewaldete, teils von Geröll und Gestein übersäte Ufer des Sees entlang bis zur Staumauer.

Er rastete und rauchte. Seine NT filtro drückte er danach sorgfältig aus. Das tat man in den Wäldern einfach, muss man wissen, um nur ja keinen Waldbrand zu entfachen. Alte Gewohnheit, auch wenn das Unterholz feucht war.

An der Staumauer würde er sein Werk vollenden. Wenn er denn sterben musste, sollten es ihm andere gleichtun. Am besten die ganze Bagage im Tal unten. Alle. Was hatten sie denn anderes gemacht, als Verderben nach Sauris zu bringen? Ins Paradies. In sein Paradies! Den Stausee hatten sie hochgezogen, durch den Stausee sollten sie zu Fall kommen. Die im Tal unten. Er kontrollierte, ob das goldene Medaillon fest in seiner Hosentasche steckte.

Gut, dass bei der alten Schottergewinnung die Dynamitkisten neben dem vor sich hin rostenden Bagger nach wie vor am Waldrand standen. Wie in seiner Kindheit, nur ein wenig mehr zugewachsen. So hatten auch die schlampigen italienischen Verhältnisse ihre positiven Seiten.

+++++

Immer noch ungläubig, was er da sah, griff Camilieri in den Schnee. Patzig lag er in der Hand. Der Commissario formte daraus einen Schneeball und warf ihn durch die Luft. Gero von Bellheim, der spürte, dass sein Einsatz bald wieder gefordert war, sprang hinter der kalten Kugel hinterher und versuchte sie zu fassen. Vergeblich. Der Brocken klatschte auf die feuchte Erde und zerbarst. Mit einem Ruck riss sich Camilieri von diesem winzigen Anflug kindlicher Gemütslage los und mahnte zum Aufbruch. Kindliches Verhalten, das war allen klar, hatte in den nächsten Stunden keinen Platz in ihrem Leben.

Lydia, Camilieri, Forza, der Hundeführer und Gero stiegen ins Auto. Sie fuhren einige Serpentinen Richtung Tal hinunter, wo der Stausee lag. Man konnte von Sauris di Sotto gut auf ihn hinunterschauen, und der malerische Blick, den das grüne Wasser inmitten der Wälder bot, ließ Lydias Überlegung unwahrscheinlich erscheinen, wonach der Stausee irgendjemanden stören könnte. Doch Lydia hatte inzwischen mehrmals eine gute Nase bewiesen, fast wie Gero, sodass an der Spur, die sie in ihrem Kopf ausgearbeitet hatte, kein Zweifel bestand. Der Commissario lächelte bei dem Gedanken. Lydias Logik überzeugte ganz einfach, mit oder ohne gemeinsam verbrachte Nacht im Dachzimmer der Albergo.

Nach wenigen Minuten erreichten sie den Stausee. Die gesamte Straße von Sauris hinunter nach Ampezzo war sehr eng; so auch das Stück entlang des Stausees. Forza nützte eine der wenigen Ausweichbuchten, um den Alfa Sportwagon am Straßenrand abzustellen. Als sie ausstiegen, erkannten sie rasch, dass sie ein ausgezeichnetes Ziel abgeben würden, sollte Alboin versuchen, sie mit Waffengewalt aus einem Hinterhalt anzugreifen. Dementsprechend energisch forderte Camilieri seine Mitstreiter auf, die Straße schnell zu verlassen und im Unterholz entlang des Ufers besseren Schutz zu suchen.

„Sollen wir jetzt einmal Gero von der Leine lassen?“, fragte der Hundeführer.

„Probieren wir es“, entschied der Commissario.

Gero von Bellheim – il grande – flutschte davon wie ein Stück Seife in feuchten Händen. Er hatte keine Ahnung, wonach er suchen sollte. Aber er spürte, dass aller Blicke auf ihm ruhten. Und er spürte, dass jetzt absolute Ruhe angebracht war. Ihm entkam kein Bellen, lediglich zu einem gelegentlichen Winseln ließ er sich hinreißen, wenn er etwas erschnüffelte und in seinem Hundehirn abwog, ob es nur ein schemenhafter, bereits verblassender Geruch war oder ob es sich um eine frische Spur handelte.

„Winsel – Alles alt.“

„Hat der Hund irgendeine Chance, etwas zu entdecken?“, fragte Lydia neugierig.

„Kann ich nicht sagen“, meinte der Hundeführer beiläufig, „ausgeschlossen ist es nicht.“

„Mich würde interessieren, was er denkt“, fuhr Lydia fort.
„Keine Ahnung“, antwortete der Hundeführer, „da gibt es die unterschiedlichsten Theorien darüber. Ich hoffe nur, er ist uns nicht böse, weil er die Nacht im Auto verbringen musste. Das mag er nicht, da bin ich mir sicher.“
„Verständlich“, sagte Camilieri, „ich würde auch nicht gerne eine Nacht im Auto verbringen.“
„Vor allem die gestrige“, lachte Forza ein wenig schmutzig.
„Che idiota!“
„Winsel – Die Nacht im Auto war scheiße. Schön, dass ihr das versteht.“
„Der Hund winselt dauernd“, überging Forza die Zurechtweisung wegen seines schwachen Witzes, „hat er etwas entdeckt?“
„Wenn er etwas findet, das von Bedeutung sein könnte, stellt er es“, erklärte der Hundeführer, „dafür ist er ausgebildet.“
„Winsel – Wenn ihr wüsstet, was wir alles gelernt haben und wie selten wir es wegen eurer schlechten Instruktionen anwenden können!“

+++++

Seine Sinne funktionierten besser, seit er nach Hause zurückgekehrt war. So hatte er gehört, dass ein Auto oben auf der Straße gehalten hatte und nicht weitergefahren war. Das tat niemand, schon gar nicht bei einem Wetter wie diesem, das sich zwar stündlich besserte und den Schnee fast schon wieder aus dem August gedrängt hatte, das aber auch regennasse Wälder und Wiesen zurückgelassen hatte. Bei diesem Wetter marschierten die Wanderer und Walker auf den ausgetretenen Pfaden durch das Bergland, nicht durch dichtes Gebüsch und unwegsame Wälder. Man wollte ja nicht nass werden.

Der Schluss lag nahe, dass der stoppende Wagen dem sizilianischen Schnüffler und seinen Begleitern gehörte. Seit er sich mit dem Gedanken abgefunden hatte, dass er nicht entkommen konnte, ließ ihn diese Beobachtung völlig kalt. Die Bestrafungsaktionen wie geplant zu Ende zu führen war nicht mehr möglich und auch nicht mehr seine Absicht. Da musste man flexibel sein und die fassen, die man kriegen konnte. Dreck hatten sie ja alle genug am Stecken, ob sie nun die Langobardenschätze in Cividale schändeten oder die Langobardenenklave Sauris zubetonierten und damit den Tod in die abgeschiedene Gegend brachten.

Ruhig und gelassen ging er ans Werk. Wie er die gesicherten Kisten beim Schotterabbau aufbrach, in denen die Dynamitstangen gelagert waren, verriet eine gewisse Routine im Umgang mit Einbruchswerkzeug. Ein Geschick, das, anderweitig eingesetzt, dem Wohle der Menschen dienen hätte können. Aber dieses Wohl, so empfand er aufrichtig, ehrlich und tief, verdiente die ganze Menschheit nicht.

✢✢✢✢✢

„Winsel, winsel, winsel – Da schaut her!"

„Braver Hund", lobte der Hundeführer, „was hast du denn?"

„Winsel, winsel, winsel – Wenn ich in Menschensprache reden könnt', würde ich's ja sagen. Da mein Sprachschatz aber hundsgemein ist, musst du schon selbst deinen Hintern herbewegen, Capitano!"

Der Hundeführer kämpfte sich ein paar Schritte durchs Unterholz. Als er vor Gero stand, in die Hocke ging und schaute, worauf der Hund verwies, pfiff er durch die Zähne.

„Commissario, das müssen Sie sehen!“, rief er verhalten nach Camilieri.

Dieser kämpfte sich durch das Gehölz, der korpulente Forza brach hinter ihm einer Wildsau nicht unähnlich durch das Dickicht. Lydia folgte mit Respektabstand.

Als Camilieri auf besagte Stelle blickte, entkam ihm ein triumphierendes „Ha“.

Er drehte sich zu Lydia um und sagte: „Du hattest wieder einmal recht. Alboin ist hier.“

„Was hat der Hund denn gefunden?“, fragte Forza schnaufend.

„Einen Zigarettenstummel. Gut zertreten, aber eindeutig der Rest einer NT filtro. Wie im alten Turm“, antwortete Camilieri.

Lydia ergänzte mit einer messerscharfen Analyse: „Auch wenn NT filtro eine häufig gerauchte Marke ist, so viele Raucher dieser Marke werden nicht durch den unwegsamen Wald hier streifen.“

„Exakt“, bestätigte Camilieri, „außerdem ist der Stummel kaum nass. Er wurde also erst vor Kurzem weggeworfen, nach dem Regen beziehungsweise Schnee.“

„Stimmt“, pflichtete der Hundeführer bei, „wäre der schon während des Niederschlags auf dem Waldboden gelegen, dann wäre er bis zur Unkenntlichkeit aufgeweicht.“

✢✢✢✢✢

Das Dynamit in den Händen verlieh ihm Sicherheit. Er hätte es nehmen können, die Lunte entzünden und irgendwo in den Wald hinter sich schleudern. Vielleicht hätte er die Schnüffler getroffen und mit einem Schlag alle seine Verfolger ausgelöscht. Aber das war zu wenig. Seine Heimat verdiente vollen Einsatz, nicht nur billige Fluchtmanöver. Seine Heimat verdiente, dass er denen, die sie geschändet hatten, eine Lektion erteilte. Was dabei mit ihm geschah, war zweitrangig. Das war er seiner Heimat einfach schuldig. Auch wenn sie ihm jetzt keinen Schutz mehr gewähren konnte, musste er dennoch für ihren Schutz sorgen. Zumindest für Rache.

+++++

Was bisher berechtigte Vermutung gewesen war, wurde zur Gewissheit: Alboin hielt sich im Wald rund um den Stausee auf.
„Aufpassen", zischte Camilieri nur, „jetzt heißt es aufpassen. Alboin ist im Vorteil, er kennt sich hier aus."
„Ich glaube nicht", meinte Lydia, „dass er es auf uns abgesehen hat. Sonst hätte er schon viele Möglichkeiten gehabt, uns aus dem Weg zu schaffen." „Meine Liebe", erklärte Camilieri streng, „du vergisst, dass er das bei dir bereits versucht hat."
„Ja, schon", sagte Lydia nachdenklich, „aber ich glaube, dass das einen anderen Grund gehabt hat. Ich wollte ihm zum Zeitpunkt, als er mich entführt hat, ja überhaupt nichts antun. Ich kannte ihn nicht einmal persönlich."
„Trotzdem", beharrte Camilieri, „man weiß nie, was dem Verrückten als Nächstes einfällt. Wir bleiben eng zusammen und gehen kein Risiko ein."

Forza schwitzte, nicht nur weil sich die Sonne mittlerweile gegen die Regenwolken durchgesetzt hatte und mit ihren rasch auf sommerliche Touren kommenden Temperaturen den Niederschlag der vergangenen Stunden nebelähnlich aufsteigen ließ.

✢✢✢✢✢

Es war alles wie in seiner Kindheit: die großen Schleusen; der Mechanismus, um sie zu heben oder zu senken; die Straße über die Krone der Staumauer, die zum Passo di Pura führte, früher, vor dem Bau der Straße von Ampezzo herauf, der einzige Weg ins hochgelegene Tal herein. Wie oft hatten sie auf der Staumauer gespielt. Die Eltern durften davon natürlich nichts wissen, denn sonst hätten sie Angst gehabt, eins der Kinder könnte abstürzen und jenseits der Mauer im Rinnsal, das der durstige Stausee überließ, zerschmettern. Mit ihren 136 Metern war die Staumauer immerhin in etwa so hoch wie die Kuppel des Petersdoms in Rom. Und dort oben spielte man auch nicht. Die exakte Kenntnis der Staumauer, die er in seiner Jugend gewonnen hatte und die plötzlich in seinem Gehirn auf Abruf zur Verfügung stand, als hätte er erst gestern hier spielend alles genau erforscht, gepaart mit seinem guten technischen Wissen, machte es ihm leicht, die besten Stellen zu finden, um durch die Sprengung des Staudamms den größtmöglichen Schaden anzurichten.
Instinktiv, wie in Trance platzierte Alboin die Dynamitstäbe…

✢✢✢✢✢

… während wieder einmal Lydia den Weg wies. Ihre Logik war einfach umwerfend. Und nicht nur ihre Logik, gestattete sich Camilieri eine winzigkleine gedankliche Ablenkung von dem, was ihn eigentlich beschäftigen hätte sollen. Nach einem kurzen Blick auf ihren knackigen Hintern in der sportlichen Jean rief er sich wieder zur Sache.

„Er kann nur zur Staumauer vorgegangen sein“, analysierte Lydia knochentrocken wie gewohnt, „rechts ist der See, links oben die Straße. Was sollte er dort tun?“

„Autostoppen wohl kaum“, meinte Forza mit Ironie.

„Eben“, fuhr Lydia fort, „wenn er aus Sauris wegwollte, hätte er viele Möglichkeiten gehabt, uns abzuschütteln. Außerdem: Warum sollte er wegwollen, wenn er erst gestern heraufgekommen ist? Er plant noch irgendetwas.“

„Beunruhigend“, sagte der Hundeführer.

+++++

Wenn er den richtigen Zeitpunkt abwartete, dachte Alboin, könnte er zwei Fliegen mit einer Klappe schlagen: ein Loch in den Staudamm sprengen, sodass das aufgestaute Wasser, plötzlich aus seinem Gefängnis befreit, jenseits der Mauer durchs Tal stürzen, ganz Ampezzo überfluten und damit die gesamte Brut wegschwemmen würde, die seiner Heimat, seiner geliebten Heimat, seinem Paradies, einst diesen Staudamm aufgezwungen hatte. Zumindest deren Nachkommen, was ihn überhaupt nicht störte, denn Rache, das war eine Angelegenheit von Generationen. Nebenbei könnten durch die Sprengung auch seine Verfolger ums Leben kommen, wenn er punktgenau zuwartete.

+++++

Alboin und die Gruppe seiner Verfolger trennten lediglich ein paar Hundert Meter, höchstens ein halber Kilometer. Im Dickicht eines seit Jahrzehnten mehr oder weniger sich selbst überlassenen Waldes kann diese Distanz freilich mehr ausmachen als fünfzig Kilometer, die man mit einem flotten Sportwagen auf der Autostrada zurücklegt, vorausgesetzt, es gibt keinen Stau. Das muss man wissen, wenn man sich darüber wundert, dass die Gruppe so langsam vorankam.

Dessen eingedenk mahnte Camilieri abermals zur Vorsicht, als sie an der aufgebrochenen Lagerhütte des Schotterplatzes vorbeikamen. Wegen des verrosteten Baggers hätten sie den Einbruch beinahe übersehen. Der kleine Schotterabbau, bei dem man das von den Zuflüssen, allen voran dem Rio Sauris, sowie von den Strömungen im See angeschwemmte Material zur Gewinnung von Baumaterial nützte, erweckte nicht gerade den Eindruck, als hätte man in den letzten Jahren hier Schotter und Kies geschaufelt.

Gero war es, der auf die Hütte verwies. Als man sie näher inspizierte, entdeckte man schnell, dass sie aufgebrochen worden war. Dieser Vorgang, das erkannten Camilieri, Forza und der Hundeführer ebenfalls rasch, lag noch nicht lange zurück. Zu frisch präsentierten sich die Einbruchsspuren am Metall der Hüttentür, keinen Funken Rost hatte es angesetzt. Und warum sollten die rechtmäßigen Eigner der Lagerhütte diese aufbrechen? Wenn man den Schlüssel zuhause vergessen hatte, ging man ihn normalerweise holen, statt die Tür aufzubrechen. Ein Blick in die Hütte verriet, dass das Lager zwar lange nicht

mehr genutzt worden, nichtsdestotrotz gut aufgeräumt war. Bis auf eine Ausnahme: Die extra versperrten Dynamitkisten waren aufgebrochen, die Stangen lagen wild durcheinander. Um festzustellen, dass etliche fehlten, musste man nicht nachzählen, das war auf den ersten Blick evident.
„Er sprengt uns in die Luft“, erklärte Forza erschüttert.

+++++

Trotz der Raucherei war Alboin gut bei Kondition. Das kam ihm bei der Platzierung der Dynamitstangen zugute, denn die für eine erfolgreiche Sprengung besten Plätze waren nicht immer die am leichtesten erreichbaren. Als er daranging, das Dynamit an den für seine Zwecke geeigneten Stellen auszubringen, verzichtete er aufs Rauchen. Des richtigen Zeitpunkts wegen, den eine unbeabsichtigte Sprengung durch eine verlorene brennende Zigarette empfindlich stören hätte können. Er wollte nichts riskieren. Der spätere Erfolg lohnte so manchen Verzicht, war er einmal mehr überzeugt. Wenngleich ihm der Verzicht auf die Bestrafung der blonden Österreicherin nicht geholfen hatte, der sizilianische Schnüffler hatte sich trotz Rückgabe seines Weibchens weiter wie eine Zecke an ihn geheftet. Musste er deshalb sein Weltbild ändern? Nein. Das war die berühmte Ausnahme, die es von jeder Regel gab. Ehernes Gesetz.

+++++

„Unsinn“, schnitt Camilieri Forza das Wort ab, „wie soll er uns unter freiem Himmel sprengen können?“

„Das Einzige, das man hier sprengen kann, ist der Staudamm." Wieder war es Lydia, die eine bestechende Logik an den Tag legte.
„Um Gottes willen", waren sich Forza und der Hundeführer einig, „dann fliegen uns die Trümmer um die Ohren und erschlagen uns. Ganz zu schweigen vom Wasser, das das Tal überflutet."
„Leider habt ihr alle drei recht", seufzte Camilieri.

+++++

Alboin hatte das Dynamit in ausreichendem Maße an den strategisch günstigen Stellen der Wehr platziert. Seinen Berechnungen zufolge musste ihnen das Bauwerk dermaßen um die Ohren fliegen, dass er die Kapazität der Lunte zur Gänze ausreizen musste, um wenigstens den Funken einer Chance zu haben, dem Inferno aus explodierenden Wassermassen, herumfliegenden Betontrümmern, abgerissenen Baumstämmen und ähnlichen Unannehmlichkeiten zu entkommen.
Wenn er die Geräusche hinter sich im Wald richtig deutete, dürften seine Verfolger den Staudamm in wenigen Minuten erreichen. Höchste Zeit also, sich zurückzuziehen, dabei die Lunte leise, aber gefährlich wie eine Klapperschlange vom Band rollen zu lassen und auf den richtigen Zeitpunkt zu warten.

+++++

Wenn wir vorhin gemeint haben, fünfzig Autostrada-Kilometer ließen sich mit einem schicken italienischen Sportwagen schneller zurücklegen als zwei-, dreihundert Meter im Unterholz, dann haben wir von den Zweibeinern gesprochen. Für ein Reh gilt das beispielsweise nicht. Auch ein Hirsch findet trotz seines mächtigen Geweihs mit erstaunlicher Geschwindigkeit durch die Bäume. Und genauso tut dies ein Hund, obwohl er es weder tun darf – aus gesetzlichen Gründen – noch tun sollte – wegen der Aufsichtsjäger, die dann Gewissensbisse bekommen, ob sie den wildernden Hund erschießen sollen oder nicht. Machen müssten sie's, aber nicht jeder, der eine Flinte führt, macht's auch gern. Schließlich kann man sich einen ausgekochten und gebleichten Hundeschädel schlecht als Trophäe ins Jägerstüberl hängen. Dafür eignen sich der Hirsch und der Rehbock wesentlich besser.

Nun denn, Überlegungen wie diese stellt man sich kaum, wenn einer einen Staudamm in die Luft sprengen will. Und wenn man weiß, dass man mit dem Mauerwerk aller Wahrscheinlichkeit nach selbst mit in die Luft fliegen wird, stellt man derartige Überlegungen schon gar nicht an. Dann sucht man nach einem Ausweg und den wies – nein, dieses Mal nicht Lydia, denn die kannte sich mit den Langobarden aus, verstand sich auf alte Dialekte, ihr hätte ein Einser im nicht vorhandenen Schulfach Logik gebührt, sie hatte die blauesten Augen, die ein von Sizilien nach Cividale versetzter und mittlerweile vom Dienst suspendierter Commissario je gesehen hatte, und den knackigsten Hintern, den dieser Commissario erst in der letzten Nacht so richtig begutachten hatte können. Aber von der Tierwelt hatte sie keine Ahnung. Darin war ein anderer Experte – der Hundeführer.

Und weil sich Hund und Besitzer bekanntlich immer ähnlicher werden – das gilt natürlich auch für einen Hundeführer, dessen Tier sich im Besitz des Staates befindet, der aber an Staates statt die meiste Zeit mit seinem Vierbeiner verbringt –, färbte Geros Instinkt auf sein Herrl ab.

Ohne nachzudenken, ließ der Hundeführer Gero von der Leine, an die er ihn nach dem Zigarettenstummelfund genommen hatte, und gab ihm nur ein Kommando mit auf den Weg: „Fass!"

Wie dann Gero von Bellheim, noch bevor das Doppel-s verzischt war, durch das Unterholz schoss, da wären kein Ferrari auf der Teststrecke in Maranello, kein Michael Schumacher in seiner besten Zeit, nicht einmal Forza beim Bergstraßenfahren mitgekommen. Der Hund flog durch das Dickicht, direkt auf Alboin zu, der gebannt und mit Angst in den Augen auf das Geschoß starrte, das da aus dem Wald auf ihn zuschnellte. Alboin vergaß vor lauter Schrecken, die Beine in die Hand zu nehmen und davonzulaufen, er vergaß, die Lunte weiter abzurollen, vom Anzünden ganz zu schweigen. Er stand einfach da auf seiner Staumauer und schaute. Sekundenbruchteile nur, dann war Gero schon bei ihm und sprang ihm punktgenau an die Gurgel, in die er sich verbiss.

Durch die enorme Wucht, die der Hund von seinem Wahnsinnssprint mitnahm, riss es den attackierten Alboin von den Füßen, er taumelte zwei, drei Schritte zurück und stürzte rücklings über die Staumauer, 136 Meter in die Tiefe. Lautlos, ohne einen Schrei auszustoßen, denn in seiner Kehle steckte Geros kräftiges Hundegebiss.

„Grrr, winsel, grrr – Viribus unitis. Einer für alle, alle für einen. Ciao, Capitano!"
Mit einem kräftigen Knurren, unterbrochen von einem pflichtbewussten Winseln, in das sich ein Hauch Trauer mischte, verschwand Gero von Bellheim – il grande – mit seinem Opfer jenseits der Mauer.

VI.
ALLA FINE

Der Bericht, den Camilieri vorlegte, wäre locker als historische Abhandlung durchgegangen. Er trug eindeutig Lydias Handschrift – ohne sie wäre er in der Form wahrscheinlich nicht entstanden. Er trug in der Folge dazu bei, dass man Camilieris Suspendierung aufhob, ihn voll rehabilitierte und in seiner Funktion bestätigte. Nur Entschuldigung gab's keine, aber damit konnte Camilieri leben, denn was ein echter italienischer Commissario war, der entschuldigte sich nicht. Das galt natürlich auch für seine Vorgesetzten.
Bis der Bericht auf den Tischen von Camilieris Chefs lag, dauerte es freilich ein Weilchen. Und anfangs, da sah es gar nicht gut für den Commissario aus: Trotz Dienstfreistellung weiterermittelt; dabei den besten Polizeihund verloren, der, nebenbei bemerkt, nicht ganz billig in Anschaffung und Ausbildung gewesen war; eine treue Italientouristin unnötigen Gefahren ausgesetzt; von zwei Beamten der italienischen Kriminalpolizei ganz zu schweigen. Wäre nicht die Leiche eines Dreifachmörders 136 Meter unter der Staudammkrone gelegen, hätten sie Camilieri vom Fleck weg verhaften lassen. So aber mussten sie sich zuerst einmal von ihm erklären lassen, was genau vorgefallen war in der Abgeschiedenheit von Sauris. Und obwohl Camilieri mit einer Engelsgeduld Rede und Antwort stand, die man vor der gemeinsam mit Lydia verbrachten Nacht an ihm nicht gekannt hatte, verstanden seine Vorgesetzten wahrscheinlich nicht einmal die Hälfte dessen, was da alles geschehen war. Um ihr Unverständnis nicht eingestehen zu müssen, verlangten sie einen ausführlichen schriftlichen Bericht. Und danach, ja, danach werde man weitersehen.

Als Camilieri das umfangreiche Konvolut, im Büro seiner Vorgesetzten, auf einen Tisch knallte, dauerte es noch einmal eine gute Woche, bis man weitersah. So lange benötigten diese nämlich, um sich durch den Bericht zu ackern, der über weite Strecken einem gut geschriebenen Krimi glich. Lydia hatte ganze Arbeit geleistet und jeden einzelnen Schritt logisch rekonstruiert. Auch Forza hatte sich reingekniet und nachträglich ermittelt, was sie den Tatverdächtigen infolge des tödlichen Sturzes von der Brücke nicht mehr selbst fragen hatten können. Der Hundeführer schließlich begründete ausführlich, warum er den Hund spontan auf Alboin gehetzt hatte. Er verstand es nicht nur als Verteidigung seiner Vorgangsweise – immerhin hatte er dadurch das Leben des Trupps gerettet und verhindert, dass sich die Wassermassen aus dem Lago di Sauris ins Tal ergossen, mit nicht auszumalenden Folgen für die Menschen unten –, sondern er sah darin vielmehr ein Denkmal für seinen jahrelangen treuen Begleiter Gero von Bellheim, dessen Verlust schwer auf ihm, aber auch auf Forza, Camilieri und Lydia lastete. Ein Happy End, so wurde allen schnell bewusst, schaute anders aus, auch wenn man froh sein musste, dass Alboin seine letzte Untat nicht mehr auszuführen in der Lage gewesen war.

✢✢✢✢✢

So stellte sich die Entwicklung nun im Einzelnen dar: Alboin, der eigentlich Marco hieß, zog in jungen Jahren aus seiner Heimat Sauris weg. Der winzige Hochgebirgsort bot vor seiner touristischen und kulinarischen Erschließung kaum Perspektiven, die kleine Ackerfläche, die die Eltern bewirtschafteten, brachte, wie man so schön sagte, zu viel Ertrag zum Sterben, aber zum Leben war's dann fast wieder zu wenig. Was der Bub in die Fremde mitnahm, war eine große Portion Heimatliebe, die sich bald zur Psychose steigerte. In der Frage, wer Sauris begründet habe, begeisterte sich der junge Mann schnell für die Thesen honoriger, aber in ihren Meinungen längst überholter Forscher wie August Hans Lotz, der unter dem Pseudonym Mupperg publizierte, oder Carl Freiherr von Czörnig. Beide sahen – entgegen den Erkenntnissen der modernen Geschichtsschreibung – Germanenvölker als Gründerväter der Ortschaft in den Bergen, angefangen von den Dänen über die Zimbern bis hin zu den Langobarden. Letztere imponierten Marco besonders, da sie mehr als nur ein Hauch von Geheimnis umgab. Jedes Mal, wenn er in der Spiegel schaute und sein rötliches Haar, den spärlichen gleichfärbigen Bart sowie die helle, bleiche Farbe seiner Gesichtshaut erblickte, fühlte er sich den Langobarden enger verbunden, bis er ernsthaft glaubte, ein Nachfahre dieses ausgestorbenen Volksstammes zu sein.

Die Begeisterung für die Langobarden führte dazu, dass er sich eine große Fülle von Wissen über seine vermeintlichen Vorfahren aneignete. Um das angelesene Buchwissen zu ergänzen, trat er dem Internetforum bei, in dem Lydia und etliche andere Historiker ihre Kenntnisse austauschten. Dafür wählte er den Nickname Alboin nach dem Namen des Königs, unter dem die Langobarden auf italienisches Territorium gezogen waren. Weil er von Natur aus schüchtern war, gab er seine wahre Identität nicht preis; außerdem befürchtete er, trotz großer fachlicher Kompetenz im Forum nicht mehr ernst genommen zu werden, wenn bekannt geworden wäre, dass er kein „studierter" Historiker war, sondern „nur" ein Hobbywissenschaftler.

Wobei – von Hobby konnte schon lange keine Rede mehr sein. Marco vulgo Alboin vertiefte sich derart in die Studien zu den Langobarden, dass er bald jedem Universitätsprofessor das Wasser reichen konnte. Mehr noch – und da wurde es eindeutig psychotisch –, er steigerte sich immer mehr in die Idee hinein, als Bewohner von Sauris ein legitimer Nachfolge der Langobarden zu sein. Damit war er seiner Meinung nach auch legitimer Erbe von Kunst und Kultur der Langobarden und somit ihrer Schätze.

Denn das begann ihn mehr und mehr zu stören: Dass die Kunstschätze der Langobarden überall gezeigt wurden, dass man gutes Geld mit den kunstvoll gearbeiteten Geschmeiden verdiente. Offiziell, indem sie in Museen wie beispielsweise in Cividale gezeigt wurden, wofür man ordentlich Eintritt kassierte sowie durch Umwegrentabilität Einnahmen erzielte. Inoffiziell, indem ein nicht zu unterschätzender Schwarzmarkt für archäologische Schätze aus Raubgrabungen bestand. Dass die Goldschmiedearbeiten der Langobarden allein schon wegen des Materialwerts auf diesem sehr geschätzt waren, versteht sich eigentlich von selbst.

Kurz und gar nicht gut: Marco verbiss sich in die Idee, dass die Erforschung der Geschichte der Langobarden und ihre Zurschaustellung in den Museen dieser Welt seiner kleinen Welt in Sauris schadeten. Dass seine Heimat nur ausgebeutet wurde, ohne davon zu profitieren. Dass Sauris verfiel, während anderswo der große Reibach gemacht wurde.

Die Schuldigen an der Misere waren schnell erkannt: die Historiker, die Forscher, die Archäologen, die Wissenschaftler. Genau diese wurden Marco, der sich nun Alboin nannte, im Internetforum wie auf dem Tablett präsentiert. Als Forscher mit Geltungsdrang und dem Wunsch, für ihre Forschungen auch den entsprechenden Ruhm einzufahren, taten sie ihre Meinung – im Gegensatz zu ihm – unter vollem, echtem Namen kund. An ihnen Rache zu nehmen war nicht weiter schwer, weil sie Reisepläne ihre Forschung betreffend, Teilnahme an Kongressen und ähnliches bereitwillig im Internetforum verkündeten. Cividale als „Stadt der Langobarden", in der dieses rätselhafte Volk so viele Spuren hinterlassen hatte wie nirgendwo sonst, kam als Ziel einschlägiger Reisen natürlich häufig infrage; aber auch Kongresse wie der in Grado.

Wie sich noch herausstellen sollte, kam dazu ein weiterer Grund für seinen Hass auf „die da draußen", die seiner Meinung nach nur Schlechtes nach Sauris gebracht hatten. Und zwar ein sehr persönlicher Grund.

✝✝✝✝✝

Bei den ersten drei Morden – „Bestrafungen", wie Alboin sie nannte – klappte alles wie am Schnürchen. Bei der vierten geplanten „Bestrafung", die Lydia galt, stoppte er auf halbem Weg.

„Gott sei's gedankt", sagte Camilieri bei einem der zahlreichen Treffen, während er mit Lydia, Forza und dem Hundeführer am Bericht arbeitete, „aber warum hat er ausgerechnet dich freigelassen?"

„Ich weiß es nicht", antwortete Lydia, „vielleicht hat ihn beunruhigt, dass ihr ihm so schnell auf der Spur wart."
Camilieri und der Hundeführer fixierten Forza mit strengem Blick. Dieser schaute schuldbewusst zu Boden.
„Lassen wir das Thema", schlug Camilieri vor.
„Vielleicht wollte er euch weglocken", spekulierte Lydia weiter, „mit einem Zuckerl ruhigstellen: Er hat euch mich hingeworfen, in der Hoffnung, dass ihr dann wieder Ruhe gebt."
„Aber er hat vorher drei Morde begangen", gab Camilieri zu bedenken, „da gibt keine Polizei, die den Namen verdient, plötzlich Ruhe."
„Wir dürfen nie vergessen, dass er nicht normal tickt. Ihn mit unseren Maßstäben zu messen greift zu kurz", versuchte Lydia eine Erklärung.
„Dieses Rätsel wird wohl nie hundertprozentig geklärt werden", seufzte Camilieri, „wir werden diesen Punkt im Bericht ein wenig vage formulieren müssen."
„Das klingt ja fast schon, als würde es dir leidtun, dass mich Alboin freigelassen hat", scherzte Lydia.
„Hätte das Forza gesagt", brauste der Commissario auf, „dann hätte ich jetzt mit Fug und Recht gesagt: Che idiota."
„So muss es bei einem Kuss bleiben", meinte Lydia spontan, ging um den Schreibtisch herum und drückte Camilieri ein dickes Busserl auf die Wangen, das einen schönen, roten Lippenabdruck auf der Haut des Commissario hinterließ. Beinahe hätte er vor Überraschung die Kaffeetasse umgeworfen, die auf seinem Schreibtisch stand.

+++++

Auch die Klärung von zwei weiteren Rätseln wäre einfacher gewesen, hätte Alboin überlebt. Dann hätte man ihn nämlich fragen können. Erstens: Warum hat er seinen Opfern die Fesseln abgenommen und dabei riskiert, entdeckt zu werden? Zweitens: Wieso wollte er vor seinem Tod den Staudamm sprengen, statt sich in Sicherheit zu bringen? Gar nicht zu reden von dem Schwert, das immer noch fehlte: Beim in den Tod Gestürzten hatte man es nicht gefunden, genauso wenig in der Holzfällerhütte, in der Alboin die Nacht vor seinem Tod verbracht hatte. Und einen festen Wohnsitz des überzeugten Langobarden-Nachfahren hatte man auch nach Tagen intensivster Nachforschungen nicht ausfindig machen können. Wo war also das Schwert geblieben? Hatte es mit den Morden überhaupt etwas zu tun?

Lydia dachte lange nach, arbeitete intensiv mit ihrem Laptop und überschlief das Ganze sogar, bevor sie ihre Theorie über die beiden erstgenannten Fragen zur Diskussion stellte. Am nächsten Morgen warteten alle gespannt auf ihre Ausführungen. Sie kostete die Aufmerksamkeit, die ihr zuteil wurde, voll aus – wie im Hörsaal, wenn sie ihren Studenten eine Vorlesung hielt, die völlig neue Erkenntnisse versprach.

„Im Prinzip“, begann sie ihre Ausführungen, „hat mich so etwas wie eine Negative selection, also eine negative Auswahl, zu einem Ergebnis gebracht, wie es gewesen sein könnte.“

„Was hast du gemacht?“, fragte Camilieri.

„Ich habe die Begriffe ‚Langobarden‘ und ‚Fessel‘ gegoogelt. Prompt wurden mir die wichtigsten Schriften, die sich mit den Langobarden beschäftigen, ausgewiesen. Die meisten davon sind ja schon älteren Datums und deshalb längst digital erfasst, also im Internet abrufbar. Entgegen meinen Erwartungen hat die Google-Suche neben den erwähnten Schriften aber keine weiteren Ergebnisse gebracht. Ich hätte mit Tausenden Einträgen zu der Kombination Langobarden und Fessel gerechnet. Das Gegenteil war der Fall."

„Was bedeutet das jetzt?"

„Der einzige wirklich brauchbare Hinweis hat mich zu Paulus Diaconus geführt."

„Unser Geschichtsschreiber!", rief Forza erfreut.

„Genau", bestätigte Lydia, „Paulus Diaconus hat die ‚Historia Langobardorum' verfasst, die umfangreichste und beste Dokumentation langobardischen Lebens."

„Wenn wir hier in Cividale zweimal um die Ecke gehen", freute sich Forza noch immer, „stehen wir auf dem Platz, der nach ihm benannt ist. Sein Geburtshaus steht ebenfalls dort."

„Apropos Piazza Paolo Diacono", unterbrach Camilieri, „dort befindet sich ja auch das Caffè Longobardo. Wie wär's, wenn wir unsere historische Lehrstunde bei einem guten Espresso fortsetzen würden?"

„Wenn Sie den Kaffee zahlen", meinte Forza lächelnd.

„Che idiota", seufzte der Commissario, „va bene, wenn Lydia uns schon so viel Ermittlungsarbeit abnimmt, muss ich wohl etwas springen lassen."

Unser vertrauter Trupp, den die gemeinsam erlebten Abenteuer und der bei ihrer Rettung verendete Gero zusammengeschweißt hatten, verließ das Kommissariat und spazierte ein paar Schritte durch die engen Gassen des Städtchens zum bekanntesten Caffè Cividales.

Schnell stand der Espresso auf den kleinen Tischchen im Schatten unter dem Laubengang, und Lydia setzte ihre Erklärungen fort.

„Wie gesagt, die Kombination der Wörter Langobarden und Fessel brachte wenig brauchbare Einträge bei Google, mit Ausnahme eines Zitats bei Paulus Diaconus. Im ersten Buch seiner Geschichte der Langobarden erzählt Paulus eine Begebenheit, in der die Gepiden, ein ostgermanischer Stamm, gegen die Langobarden Krieg führten. In der Schlacht tötete Alboin den Sohn des Gepidenkönigs. Was dann folgt, ist nur schwer verständlich, weil es gesellschaftlichen Regeln gehorcht, die uns heutzutage völlig fremd sind. Nur so viel: Alboin sollte wegen seiner Tapferkeit in dem Kampf in die königliche Tafelrunde der Langobarden aufgenommen werden. Das ging allerdings nur, wenn er vom König eines anderen Volks die Waffen erhielt. So wollte es ein alter Brauch – alles nachzulesen bei Paulus Diaconus."

„Wir glauben dir auch so", sagte Camilieri.

„Fein", meinte Lydia und setzte ihre stark gekürzte Wiedergabe der Schriften des Paulus Diaconus fort: „Alboin reiste also zurück zum Gepidenkönig, dessen Sohn er vorher getötet und mit dem die Langobarden Krieg geführt hatten."

„Wieso?", fragte der Hundeführer erstaunt.

„Ja, das ist unlogisch", bekräftigte Forza, „gab's keinen anderen König, zu dem er gehen hätte können?"

Lydia schmunzelte: „Nicht in der Nähe… Uns mag es unlogisch erscheinen. Aber wir befinden uns im frühen Mittelalter. Da gab es weniger Logik, dafür viel mehr Bräuche und Riten. Mit Ritualen versuchte man den feindlichen Alltag zu zähmen.

Überall lauerten Feinde: die unwirtliche Natur, wilde Tiere, bösartige Menschen. Festgelegte, immer wiederholte Regeln sollten zumindest ein wenig Ordnung ins Leben bringen. Und genau deshalb nahm der Gepidenkönig Alboin auch freundlich auf. Die Rituale, die Regeln – in diesem Fall die Gastfreundschaft – besagten dies und sie waren stärker als die Trauer über den Tod des Sohnes. Gastfreundschaft war damals überlebensnotwendig, wo es keine Hotels und Gasthöfe gab, in die man sich auf Reisen zurückziehen konnte. Demgemäß galt sie als heilig. Allerdings waren die Menschen auch im Mittelalter nur Menschen. Während Alboin mit seinen Begleitern am Tisch des Gepidenkönigs saß, überkam Letzteren der Schmerz über den Verlust des Sohnes. Sinngemäß meinte er laut Paulus, dass es ihm sehr schwer falle, denjenigen an seiner Tafel zu sehen, der seinen Sohn getötet hatte. Das genügte, dass sich sein zweiter Sohn, der Bruder des Opfers, zu Schmähungen der Langobarden hinreißen ließ. Auch der Gegenstand seiner Provokation ist uns heutigen Menschen nur schwer nachvollziehbar. Er spielte auf die weißen Wadenbinden der langobardischen Tracht an und nannte die Langbärte ‚hochgestiefelte Stuten', weil sie mit ihren weißen Gamaschen wie ‚Stuten mit weißen Fesseln' aussehen würden. Jemanden Pferd zu nennen war früher eine schwere Beleidigung."

„Ein Kompliment ist es ja auch heute noch nicht", warf Forza ein, „Sie Pferd, Sie – das klingt wenig charmant."

„Eben", sagte Lydia, „und damals war's noch schlimmer. Die derart beleidigten Langobarden wollten einen Kampf draußen auf dem Feld, wo, so schmähten sie als Retourkutsche, noch die Knochen des getöteten Gepidenprinzen lagen. Doch der Gepidenkönig sprach sich klar gegen eine Lösung durch Waffengewalt aus, drohte sogar, an jedem ein Exempel zu statuieren, der als Erster zu den Waffen greifen würde. Im Gegenteil, statt seinen Sohn zu rächen, übergab er Alboin die Waffen seines getöteten Sohnes. Die Gastfreundschaft war ihm also heilig."

„Von der Sorte Mensch bräuchten wir auch heute mehr", sagte Forza.

„Vor allem in Führungspositionen", ergänzte Camilieri und ließ sich zu der Bemerkung hinreißen: „Beispielsweise im Rathaus von Cividale."

„Alles schön und gut", mahnte der Hundeführer eine Rückkehr zum Thema ein, „wie hängt die zweifellos sehr ehrenhafte Geschichte nun mit unserem Alboin beziehungsweise den Fesseln an den Mordopfern zusammen, die nach deren gewaltsamem Tod wieder gelöst wurden?"

„Ich habe nur die Andeutung einer Erklärung dafür", antwortete Lydia, „Alboin hat da etwas falsch interpretiert. Man darf nicht vergessen, dass die ‚Historia Langobardorum' in Latein abgefasst ist. Es gibt zwar ein paar Übersetzungen auf Italienisch. Wer weiß aber, ob Alboin diese zur Verfügung standen? Er dürfte ja keinen festen Wohnsitz gehabt haben und war deshalb auf schnelle Recherchen im Internet-Café angewiesen. Die neueren Übersetzungen mit einer klaren Sprache stehen, wenn überhaupt, nur in Auszügen im Netz. Und die alten Versionen, die wegen des abgelaufenen Urheberrechts vollständig im Internet abzurufen sind, lesen sich aufgrund ihrer blumigen Sprache nicht immer leicht verständlich. Wie auch immer, er hat offensichtlich die Doppeldeutigkeit des Wortes Fessel missverstanden. Statt an einen Teil des Pferdebeines hat er an eine Binde gedacht. Vielleicht wollte er durch die Abnahme der Fesseln von seinen Opfern symbolisch den Spott von den Langobarden nehmen, den die Gepiden in der von Paulus Diaconus erzählten Episode über – unter Anführungszeichen gesetzt – sein Volk geschüttet hatten. Damit war Alboins Meinung nach die Geschichte endlich gesühnt. Mehr als eineinhalbtausend Jahre, nachdem sie sich zugetragen hatte. Oder er wollte einfach zeigen: ‚Die Langobardenforscher und damit die Schänder meiner Heimat sind tot. Damit ist – wieder unter Anführungszeichen gesetzt – mein Volk frei.' Was genauso eine symbolische Geste wäre."

Lydia schwieg. Camilieri, Forza und der Hundeführer dachten nach.

Dann sagte der Hundeführer: „Das klingt zwar unglaublich, aber ja, so könnte es gewesen sein. Doch dass er für einen rein symbolischen Akt das Risiko einging, gefasst zu werden? Im Keltischen Hypogäum war die Gefahr noch gering, beim Abnehmen der Fesseln erwischt zu werden."

„Auch im Kloster", warf Forza ein.

„Aber unter der Teufelsbrücke? Ein einziger Nachtschwärmer, der gerade dann über die Brücke geht, wenn sich Alboin seinem zerschmetterten und im Fluss treibenden Opfer nähert, würde genügen…", wunderte sich der Hundeführer.

„Da sieht man einmal mehr, was die Einwohner Cividales doch für grundsolide Menschen sind. Nachts sind alle zu Hause", scherzte Camilieri, „im Ernst, Alboin kann nicht mit normalen Maßstäben gemessen werden. Das haben wir bereits mehrmals feststellen müssen. Ich glaube, er hat unbewusst immer auch den Wunsch in sich getragen, entdeckt zu werden. Was hilft die Rache der Langobarden, wenn niemand davon erfährt? Was nützt die Ausschaltung von seiner Meinung nach Verrätern am Langobardenvolk, wenn die Welt nichts von diesen ‚Taten' beziehungsweise den dahinterstehenden Motiven mitkriegt?"

„Fast schon wie im Kriminalpolizeilehrbuch", meinte der Hundeführer.

„Schaut zumindest danach aus. Wir wollen es dabei bewenden lassen", erklärte Camilieri bestimmt, „eine andere Theorie haben wir nicht. Und den Täter können wir nicht mehr ausquetschen. Lydia, könntest du deine Ausführungen bitte niederschreiben. Ich möchte sie gerne meinem Bericht beifügen. Eine symbolische Geste wie die von dir geschilderte Abnahme der Fesseln passt ausgezeichnet zu dem Bild des Psychotikers, das wir darin zeichnen."

✢✢✢✢✢

Noch immer herrschte in Cividale schönstes Wetter. Die Sonne strahlte vom Himmel und machte den Aufenthalt im Freien zu einem Muss. Folglich blieben Lydia, der Commissario, Forza und der Hundeführer im schattigen Laubengang des Caffè Longobardo sitzen und widmeten sich dem nächsten offenen Punkt ihrer Ermittlungen. Nach einer neuen Runde Espresso – die Menge des von Camilieri, Forza und dem Hundeführer getrunkenen Kaffees näherte sich mittlerweile gesundheitsgefährdenden Werten, lediglich Lydia hielt sich ein wenig zurück – verkündete der Commissario schnell und wie aus einem Guss seine Theorie zu den weiteren Vorkommnissen. Dabei entpuppte er sich als gelehriger Schüler Lydias. Bei der

Erörterung der Frage, warum Alboin den Staudamm sprengen wollte, wandte er ihre Analysemethode an und skizzierte ein Bild, das auch die Wissenschaftlerin in keinen anderen Farben malen hätte können.

„Alboins ganzes Sinnen und Trachten stand immer nur danach, seine Heimat Sauris zu schützen. Weil er aufgrund vermutlich falscher Historikertheorien glaubte, Sauris sei eine Gründung der Langobarden, übertrug er die Heimatliebe auf das Germanenvolk. Wer die Langobarden schmähte, beleidigte seine Heimat. Umgekehrt galt dasselbe: Wer Sauris schädigte, griff ‚seine' Langobarden an. Der Bau des Staudamms in der ersten Hälfte des 20. Jahrhunderts war alles andere als unumstritten, wie wir von Lydia schon auf unserer Fahrt ins Bergdorf hinauf erfahren haben. Sicher, er brachte Arbeitsplätze und vielleicht ein wenig Wohlstand nach Sauris. Man kann es aber auch anders sehen: Durch den Staudamm wurde ein Stück vom alten Sauris zerstört. Wörtlich, indem der alte Weiler, der dort lag, wo sich jetzt der See befindet, geflutet wurde und im Wasser versunken ist. Und im übertragenen Sinn war durch den Staudamm auch nichts mehr wir früher. Elektrischer Strom stand zur Verfügung, die langsame Veränderung des bäuerlichen Lebens hin zu dem, was wir die moderne Welt nennen, begann. Nicht nur Alboin könnte das als Bedrohung seiner Vorfahren interpretiert haben, ich kenne genug Leute, die auch heute jedwede Veränderung als Angriff auf ihre althergebrachte Lebensweise sehen."

„Mamma beispielsweise", seufzte Forza.

„Also, mir scheint das ein wenig weit hergegriffen", wandte der Hundeführer ein.

„Weit hergegriffen?", fragte Camilieri mit unüberhörbar verächtlichem Ton in der Stimme, „wohl kaum. Der Bürgermeister von Cividale zeigt vor, was ich meine. Auch Forzas Onkel. Unsere Mitwirkung am Palio di San Donato war den beiden wichtiger als die Befreiung Lydias oder die Aufklärung der Morde. Die Tradition, dass jemand beim Palio den Scharfrichter spielen muss, wog mehr als alles andere. Mehr als Leib und Leben. Wobei ich nichts gegen die Bewahrung des Bestehenden sagen möchte, in vielen Fällen scheint sie wesentlich vernünftiger als das Neue. Man sieht das ja auch anderswo: Denkt daran, was in Brasilien wegen des Kraftwerks Belo Monte gerade abgeht. Da wendet sich sogar ein Bischof gegen die Zerstörung der kleinen dörflichen Struktur durch den Staudammbau. Ähnlich war es in China beim Bau des Drei-Schluchten-Staudamms. Dort wurden ebenfalls ganze Dörfer geflutet, die Bewohner umgesiedelt. Alles zur höheren Ehre des technischen Fortschritts. Und verdient haben andere daran. Im Falle des Staudamms von Sauris ‚die im Tal unten'. Zumindest interpretierte es Alboin so. Was ich damit sagen will: Der Grat zwischen vernünftiger Traditionspflege und eigensinnigem Beharren, zwischen Schutz des Althergebrachten und unsinniger Fortschrittsfeindlichkeit ist schmal. Man kann schnell auf der einen oder anderen Seite abrutschen. Als Alboin erkannte, dass er die vermeintlichen Langobardenschänder, also die Wissenschaftler, nicht mehr vernichten konnte, weil wir ihm auf den Fersen waren, hat er sich den anderen zugewandt – den Technikgläubigen, die den Fortschritt und damit die Zerstörung in seine Heimat gebracht hatten. Also denen im Tal unten, den Bewohnern von Ampezzo. Wenn er nach seinem gescheiterten Anschlag in Grado die einen nicht mehr töten konnte, sollten eben die anderen durch die Zerstörung des Staudamms und die damit einhergehende Flutung des Tals daran glauben. Sauris und das Langobardenvolk waren in seinem kranken Hirn eins. Egal, wessen Feinde er bestrafte, er traf damit immer auch die Feinde des jeweils anderen."

Alle schwiegen.

Lydia fasste sich als Erste, sie sagte nur: „Bravo!"

Und Camilieri orderte einen neuen Espresso, weil er den alten in der Hitze der Ausführungen seiner Theorie umgeschüttet hatte.

So wuchs der Bericht, den Commissario Claudio Camilieri vorzulegen hatte und der über sein weiteres Schicksal entscheiden sollte.

+++++

Camilieris Rekonstruktion der Motive Alboins wurde durch ein Detail erhärtet, dem man erst einige Tage nach der Untersuchung des Leichnams die gebührende Aufmerksamkeit schenkte. In der Hosentasche des Toten hatte man ein goldenes Medaillon gefunden, mit dem Bild eines gleichermaßen hübschen wie kernigen Mädchens. Rote Backen deuteten auf einen häufigen Aufenthalt an der frischen Luft hin, die kräftige Statur ließ auf körperliche Tätigkeit, beispielsweise in der Landwirtschaft, schließen. In derselben Schrift, mit der Alboin die Tafeln unterfertigt hatte, die er seinen Opfern um den Hals gehängt hatte, las man unter dem Bild den Namen Lucia. Von offizieller Seite interessierte sich bei der Kriminalpolizei niemand dafür. Also forschte Camilieri mit Lydias Hilfe im Alleingang nach. Lucia, so fanden die beiden in einem Zeitungsarchiv in Udine heraus, war in den Achtzigerjahren des vorigen Jahrhunderts bei einem Verkehrsunfall ums Leben gekommen. Sie war mit dem Auto in den Stausee von Sauris gestürzt und ertrunken.

„Das ist wohl der Beweis für unsere Thesen", frohlockte Camilieri in dem kleinen Archiv, „Lucia war Alboins Freundin. Durch ihren Tod wurde sein Hass auf den Staudamm und damit auf alles, was von außen nach Sauris kam, geschürt. Er begann zu bekämpfen, was seiner Meinung nach schuld am Tod seiner Freundin war und seine Heimat bedrohte. Und wer bedrängte seine Heimat von außen neben den Technikern, die den Fortschritt brachten?"

„Die Langobardenforscher", antwortete Lydia, „denn Alboin sah Sauris – fälschlicherweise, wie wir inzwischen wissen – ja als Gründung der Langobarden an. Wenn wir als Forscher uns jetzt durch die Geheimnisse der Langobardengeschichte wühlten, waren wir automatisch seine Feinde."

„Wir haben es also mit einer gefährlichen Mischung aus Liebe zu einer Frau und Liebe zur Heimat zu tun", ergänzte Camilieri. „Und beides, was Alboin liebte, wurde ihm genommen. Die Geliebte starb im Stausee, und die Heimat schaute nach der Technisierung nicht mehr aus wie in den Jahrhunderten zuvor. Wenn das kein starkes Motiv ist, gehe ich zurück auf die Polizeischule."

„Da würden sie dich wohl nicht nehmen, immerhin bist du vom Dienst suspendiert", lachte Lydia. „Aber eins hätte ich doch noch gerne gewusst: Warum hat Alboin seine Verbrechen, um sein Volk und seine Freundin zu rächen, nicht ausschließlich in langobardischen Denkmälern verübt? Warum auf der Teufelsbrücke aus dem Spätmittelalter, wo die Langobarden längst von der Bildfläche verschwunden waren, statt im Geburtshaus des langobardischen Geschichtsschreibers Paulus Diaconus? Warum im Hypogäum aus der Keltenzeit, in der es noch lange keine Langobarden gegeben hat, statt an der Stelle auf der Piazza Paolo Diacono, an der man das Grabmal von Alboins Neffen Gisulf gefunden hat? Oder von mir aus in dessen Steinsarkophag im Archäologischen Nationalmuseum von Cividale?"

„Ich vermute, weil es sich so ergab und er an diesen Plätzen die beste Möglichkeit dafür vorfand", sagte Camilieri nach kurzem Nachdenken, „Gelegenheit macht nicht nur Diebe, sondern offenbar auch Mörder."

✝✝✝✝✝

Der Bürgermeister und Onkel Giorgio standen mit betretenen Mienen vor Camilieri. Dessen ausführlichster Bericht hatte, wie gesagt, nach genauem Studium Camilieris Vorgesetzte überzeugt und man hatte folglich die Suspendierung des Kriminalpolizisten aufgehoben. Der Commissario war wieder Commissario, er tat wieder hochoffiziell Dienst in Cividale. Das freute nicht nur Forza, dem der Chefsessel angesichts seiner Leibesfülle im wörtlichen Sinn zwar eher zu eng, im übertragenen Sinn aber viel zu breit gewesen wäre. Es freute auch Eleonora, die ihr ohnehin sehr italienisches Temperament nicht mehr zügeln konnte, als der rehabilitierte Camilieri mit seinem treuen Adlatus Giuseppe Forza durch die Tür des Kommissariats schritt. Sie setzte zu einem Begrüßungsredeschwall biblischen Ausmaßes an, in der sie in etwa bei Adam und Eva begann, in Camilieri, Forza und dem Hundeführer die heilige Dreifaltigkeit sah und auch mit der Madonna nicht sparte. Keine Spur mehr von Angst, die sie noch vor wenigen Tagen vor dem Commissario verspürt hatte.

Camilieri konnte sie erst stoppen, als er zu ihr sagte: „Signorina Eleonora – bald werde ich ja Signora zu Ihnen sagen müssen –, Forza hat mir vom versprochenen Urlaub erzählt. Selbstverständlich haben Sie beide die nächste Woche frei."

Die kurze Pause verblüffter Freude – „O, Giuseppe" – ergoss sich rasch in einen weiteren Redeschwall, in dem das „Grazie mille" zumindest zahlenmäßig keine Übertreibung darstellte. Ihre Dankesrede glich denen auf offiziellen Preisverleihungen, wie beispielsweise in der Oscar-Nacht. Nur wurde die Rede von Eleonora im Alleingang bestritten statt von vielen Rednern.

Als dann der Bürgermeister und Onkel Giorgio verlegen in der Tür standen, verstummte die schwarzhaarige Udineserin, die mit Elisabetta Forza demnächst nicht nur den Sohn, sondern auch den Nachnamen teilen würde, und verdrückte sich in ihre Ecke hinter der Telefonanlage.

„Commissario", der Bürgermeister breitete die Arme aus wie im schönsten Wahlkampf, „es gab in der Vergangenheit die eine oder andere Meinungsverschiedenheit zwischen uns. Aber ich bin froh, dass Sie wieder in Amt und Würden sind, das müssen Sie mir glauben! Ihre Vorgesetzten haben mich davon überzeugt, dass es keinen besseren Mann geben kann, um unsere Stadt noch sicherer zu machen. Begraben wir doch das Kriegsbeil!"

Bevor Camilieri etwas sagen konnte, ergriff Onkel Giorgio das Wort, nicht ohne dem Commissario eine Flasche Wein unter die Nase zu halten: „Commissario, der zählt zum Besten, was mein Keller zu bieten hat. Giuseppe wird das bestätigen, nicht wahr, Giuseppe? Nehmen Sie die Flasche und probieren Sie selbst! Und wenn der Wein hält, was ich verspreche, und da bin ich mir vollkommen sicher, dann kommen Sie und holen Sie sich Nachschub! Mein Keller ist auch Ihrer."

Camilieri wusste anfangs nicht so recht, ob er die zwei nicht einfach aus – mittlerweile wieder seinem – Kommissariat schmeißen sollte. Doch dann besann er sich eines Besseren, dachte daran, dass er es vielleicht sogar der Intrige der beiden zu verdanken hatte, Lydia so nahe kennengelernt zu haben, dass demnächst eine Doppelhochzeit ins Haus stehen könnte –Eleonora und Forza sowie, leicht möglich, Lydia und er. Und dann würde der Weinkeller des intriganten Onkels unter Garantie komplett geleert werden. Für einen Geizkragen wie Onkel Giorgio wäre das Strafe genug. Den Bürgermeister hingegen könnte er bei den nächsten Kommunalwahlen abstrafen. Wer weiß, vielleicht würde er sogar mit einer eigenen Liste gegen ihn antreten. Ja, da war was dran, nicht nur an der eigenen Liste, sondern auch am Gedanken, dass es vermutlich den zwei Tölpeln zuzuschreiben war, dass er mit Lydia nach Sauris gefahren war, wo sie in der idyllischen Albergo diese wunderbare erste Nacht miteinander verbracht hatten. Unter den bedrohlichen Umständen unmittelbar vor der finalen Jagd auf Alboin hatte er das Ganze noch intensiver verspürt. Es war eine erste Nacht gewesen, die gleichzeitig ihre letzte sein hätte können… Niemand wusste, was am nächsten Morgen auf sie wartete, welche Grausamkeit Alboin im Schilde führte und wie die Entscheidung letztlich ausfallen sollte. Es war eine erste Liebesnacht gewesen, die die Möglichkeit des nahen Todes in sich trug.

Ohne Suspendierung wäre Camilieri wohl nicht selbst nach Sauris gereist, sondern hätte einen Polizisten aus Tolmezzo hinaufgeschickt, um die Ermittlungen im norditalienischen Bergdorf durchzuführen. Das geisterte Camilieri durch das Hirn, als der Bürgermeister und Onkel Giorgio, Letzterer immer noch dem Commissario die Weinflasche unter die Nase haltend, im Kommissariat standen.

Deshalb dauerte es auch so lange, bis er antwortete: „Mut kann man nicht kaufen. Gesinnung ebenfalls nicht. Aber damit müssen Sie beide leben. Ich bin froh, dass die Morde geklärt sind und Alboin niemandem mehr Schaden zufügen kann."

Mehr sagte er nicht; seinem Blick war zu entnehmen, dass er keine weiteren Diskussionen zu dem Thema wünschte. Denn, auch das muss man wissen, einem Mann wie Camilieri war es peinlich, wenn man sich lang und breit bei ihm entschuldigte, auch wenn er noch so recht behalten hatte.

Der andernorts wenig feinfühlige Bürgermeister schien das zu kapieren und trat unter der Darreichung einiger Höflichkeitsfloskeln, wie „Auf gute Zusammenarbeit", „Nichts für ungut", „Falsche Einschätzung der Lage", „Überarbeitung", „Ich selbst nicht, aber gewisse Kreise hätten sich beschwert", „Immer schon von Ihrer Integrität überzeugt", „Danke für Ihre Bemühungen", den Rückzug an. Onkel Giorgio folgte ihm wie ein Hündchen. Im Rausgehen lud er Camilieri noch zum Essen bei seiner Schwester Elisabetta ein. Dass er meinte, Eleonora möge doch mitkommen, war aus beziehungstechnischer Sicht bezüglich der Telefonistin und seines Neffen zwar in Ordnung. Aus Mutter-Sohn-Beziehungssicht waren die nächsten Streitereien aber vorprogrammiert, wenn Eleonora auf Einladung Onkel Giorgios zu einem Essen im Haus ihrer künftigen Schwiegermutter erscheinen würde, der sie noch nicht einmal offiziell vorgestellt worden war und in deren Meinung sie brutal den geliebten Sohn verführt und gestohlen hatte.

Der Bürgermeister war heilfroh, aus dem Kommissariat draußen zu sein, sodass er nicht einmal, wie ursprünglich geplant, nach dem verschwundenen Schwert zu fragen wagte. Touristisch gesehen, hätte er das Prunkstück gerne wieder in Gemeindebesitz gewusst. Aber fürs Erste war ihm lieber, das Verhältnis zu Camilieri einigermaßen repariert zu haben. Schließlich hatten ihm das seine Vorgesetzten, aber auch Camilieris Vorgesetzte bei der Kriminalpolizei eindringlich ans Herz gelegt. Andeutungen, wie nächstes Mal würde wohl eher er, der Bürgermeister, suspendiert als ein hochverdienter Commissario, der innerhalb weniger Tage einen Dreifachmord aufgeklärt, ein Massaker auf einem internationalen Kongress verhindert und ein Gebirgstal vor der Überschwemmung gerettet hatte, durfte man nicht ignorieren – das wusste er.

Das Schwert, so stellte sich ein halbes Jahr später heraus, war ohnehin eine andere Baustelle. Mit Alboin hatte dessen Diebstahl überhaupt nichts zu tun. Angela Epifania, die Mutter jenes dicklichen Staffelläufers, hatte es schon einige Monate nach dem vorletzten Palio di San Donato entwendet, um sich an dem siegreichen Borgo zu rächen, der nicht nur die schnelleren Läufer in seinem Viertel beherbergte, sondern auch die Ehre hatte, das Schwert zu hüten. Wer ihren Sohn eine langsame Schnecke schimpfte, die noch dazu zu fett sei, der musste bestraft werden…

Finis operis

Sauris
Cividale/Castelmonte
Grado

Nachwort

Überflüssig zu erwähnen, trotzdem wollen wir es sagen: Alle Personen (und Tiere) dieses Romans sind frei erfunden. Etwaige Ähnlichkeiten mit tatsächlich lebenden Menschen (und Tieren) sind rein zufällig und absolut unbeabsichtigt. Das gilt im Besonderen für die im Buch genannten Amtsträger. Ich bin überzeugt davon, dass der Bürgermeister von Cividale in Wirklichkeit ein patenter Kerl ist (muss er als Oberhaupt einer derart tollen Stadt ja sein) und nichts mit seinem fiktiven Kollegen im Roman gemeinsam hat. Und auch der Commissario von Cividale, so es überhaupt einen gibt, stammt im echten Leben sicher nicht aus Sizilien…

Keineswegs erfunden sind hingegen die Schauplätze des Buchs. Ob die Langobardenstadt Cividale, die Sonneninsel Grado oder das abgeschiedene Bergdorf Sauris – sie alle zählen zum Schönsten, was das Friaul zu bieten hat. Einen Besuch möchte ich den geneigten Leserinnen und Lesern in jedem Fall ans Herz legen. Es lohnt sich!